Prologo

Giugno 2019

Samuel

«Jason Mott?»

«Sì, sono io. Eccomi».

Guardo giù e vedo un ragazzo sulla riva del Tamigi, con i piedi affondati nel fango e i capelli biondi che gli scendono sul viso lentigginoso come due tendine. Ha stivali di gomma alti fino al ginocchio e un gilet color kaki pieno di tasche. È insieme a un gruppetto di persone dall'aria sconcertata. Lo raggiungo cercando di non sporcarmi le scarpe di fango.

«Buongiorno» dico. «Sono l'ispettore Samuel Owusu, della Squadra investigativa. La mia collega è Saffron Brown, della Scientifica». Vedo che Jason Mott si sforza di darsi un contegno, ma è entusiasta di avere a che fare con due veri investigatori. «Vuole dirci qualcosa del ritrovamento?»

Mott annuisce soddisfatto. «Sì, certo. Come dicevo al suo collega al telefono, stavo accompagnando un gruppo a fare un'escursione lungo il Tamigi alla ricerca di reperti storici. Lo faccio di mestiere». Indica un ragazzino sui dodici anni. «Frugando nel fango, ha aperto quel sacco». Indica un sacco nero dell'immondizia adagiato sulla ghiaia. «Ora, sappiamo tutti che nel *mudlarking* la regola numero uno è "guardare e non toccare", ma nel caso specifico... Voglio dire, pareva roba buttata di recente e quindi è comprensibile che il ragazzo abbia voluto curiosare dentro».

Non conosco le regole del *mudlarking*, la ricerca di oggetti antichi o di valore lungo le rive dei fiumi con la bassa marea, ma lancio al ragazzino un'occhiata rassicurante e lo vedo tirare un sospiro di sollievo.

«Non mi intendo di queste cose, però...» Jason Mott sorride nervosamente a Saffron e arrossisce. «Voglio dire: a me sembrano ossa umane».

Mi avvicino guardingo sulla ghiaia e apro leggermente il sacco nero. Saffron mi segue e sbircia da dietro la mia spalla. La prima cosa che appare è la mandibola. Mi volto, guardo Saffron e lei me lo conferma: sì, sono ossa umane. Si infila i guanti e apre alcuni teli di plastica.

«Va bene» dichiaro, tirandomi su e rivolgendomi ai presenti. «La zona va sgomberata. Grazie per la collaborazione».

Per un attimo nessuno si muove. Poi Jason Mott si riscuote e instrada tutti quanti lungo la riva del fiume. Si fermano un po' più in là a guardare. Qualcuno tira fuori lo smartphone. «Per favore!» grido. «Niente foto né video. Questa è un'indagine di polizia. Grazie».

Gli smartphone scompaiono.

Mentre il gruppetto sale verso l'argine del fiume, Jason Mott si ferma a metà scala e mi guarda. «Quindi è vero?» comincia. «Sono davvero ossa umane?»

«Così pare, ma ne avremo la certezza solo dopo esami più approfonditi» rispondo. «Grazie della segnalazione, signor Mott». E gli sorrido cordiale, sperando che capisca e la pianti di farmi domande.

Saffron si volta di nuovo verso il sacco e comincia a estrarre le ossa e a posarle su un telo di plastica.

«Sono piccole» osserva. «Potrebbero addirittura essere di un ragazzino».

«Sei sicura che siano ossa umane?»

«Sicurissima».

Sento chiamare dall'alto e vedo Jason Mott. Sospiro e cerco di non perdere la pazienza.

«Quanti anni aveva?» domanda. «Si capisce?»

Saffron mi sorride a denti stretti, si gira e risponde: «No, così a prima vista non si può dargli un'età. Lasci i suoi contatti al collega in macchina e le faremo sapere».

«Grazie. Grazie mille. Gentilissimi».

Saffron estrae dal sacco un piccolo cranio e lo posa sul telo.

«Guarda qui» dice. «Vedi questa microfrattura?»

Mi accuccio e osservo la possibile causa di morte.

Poi passo in rassegna tutta la spiaggia fino all'ansa del fiume, come se sperassi di vedere l'assassino che fugge a gambe levate brandendo l'arma del delitto. Riporto lo sguardo sul piccolo cranio grigiastro e mi sento invadere dalla tristezza. Ma provo anche una grande determinazione.

In quel mucchietto di ossa è racchiuso un mondo.

La porta di quel mondo è socchiusa e io intendo varcarla.

Prima parte

1.

Luglio 2018

Rachel guardò insonnolita lo schermo dello smartphone: era un numero francese. Le cadde di mano il telefono, lo recuperò e rimase a fissarlo con gli occhi sbarrati e l'adrenalina a mille nonostante non fossero nemmeno le sette del mattino.

Alla fine premette il tasto verde. «Pronto».

«*Bonjour.* Sono l'ispettrice Avril Loubet della polizia municipale di Nizza. Parlo con la signora Rachel Rimmer?»

«Sì, sono io».

«Purtroppo la sto chiamando per comunicarle una brutta notizia, signora Rimmer. È sola o c'è qualcuno con lei?»

«No, sono sola».

«Può chiamare qualcuno che le tenga compagnia?»

«Mio padre, sì. Abita qui vicino. Ma, la prego, mi dica quello che mi deve dire».

«Questa mattina suo marito, Michael Rimmer, è stato ritrovato senza vita nella cantina della sua villa di Antibes. Lo ha scoperto la cameriera».

Rachel emise un verso che assomigliava allo sbuffo di una macchina a vapore. «Oh, no!» disse.

«Condoglianze. Sembra sia stato accoltellato diversi giorni fa. Il decesso risale almeno al weekend scorso».

Rachel si tirò su a sedere e appoggiò il telefono sull'altro orecchio. «Ma è... cioè... sapete chi è stato? E per quale motivo?»

«È in corso un sopralluogo da parte della Scientifica e valuteremo ogni indizio. Sembra che il sistema di videosorveglianza fosse spento, e la porta di servizio non era chiusa a chiave. Mi dispiace, signora Rimmer, al momento non le so dire altro. Di nuovo: condoglianze».

Rachel spense il telefono e lo lasciò cadere in grembo.

Guardò verso la finestra. Da dietro le tende spuntava la luce estiva. Sospirò, si riabbassò la mascherina sugli occhi, si sistemò su un fianco e si riaddormentò.

2.

Giugno 2019

Mi chiamo Henry Lamb, ho quarantadue anni e abito nell'appartamento più bello di uno stupendo palazzo art déco vicino a Harley Street. Come faccio a sapere che il mio è l'appartamento più bello di tutti? Me l'ha detto il portiere. Ogni volta che mi porta su un pacco – non rientra fra le sue mansioni, ma lo fa perché è curioso – sbircia dentro e si illumina nel vedere quel poco di salone che si scorge dalla porta. Per arredare la casa mi sono fatto aiutare da un architetto. Ho buon gusto, ma mi riesce difficile abbinare mobili e oggetti di design. Non riesco a trovare l'armonia. Ma non importa, sono bravo in molte altre cose.

In questo periodo non vivo solo. Sottolineo che si tratta di una cosa temporanea. Prima dell'invasione credevo di soffrire di solitudine. Tornavo nel mio bell'appartamento, sistemato secondo le mie esigenze e perfettamente in ordine, trovavo ad aspettarmi soltanto i miei gatti persiani immusoniti e mi intristivo al pensiero di non avere nessuno a cui raccontare la giornata. Come sarebbe stato bello avere qualcuno in cucina intento a preparare una buona cenetta, che appena mi vede prende dal frigo una bottiglia o – meglio ancora – mi versa un cocktail! Ero sinceramente convinto di soffrire di solitudine. Adesso, dopo un anno di convivenza con mia sorella Lucy e i suoi due figli, rimpiango la casa vuota.

Perché ora in cucina c'è sempre qualcuno che, lungi dall'offrirmi cocktail o aprire ostriche, manco mi chiede com'è andata la giornata. Qualcuno che usa il mio tostapane per abbrustolire panini improbabili, prepara la cioccolata nel pentolino sbagliato, butta sistematicamente i rifiuti nel contenitore della raccolta differenziata sbagliato, urla e schiamazza. I bambini stanno attaccati agli smartphone che gli ho regalato io a guardare video incomprensibili a un volume insopportabile e bisticciano in continuazione. Per non parlare del cane, una specie di Jack Russell che mia sorella ha raccolto per strada a Nizza cinque anni fa, impietosita dal fatto che cercava da mangiare nella spazzatura. Si chiama Fitz e mi adora. Ricambiato, perché io in realtà amo i cani e ho preso i gatti solo perché per noi egoisti sono meno impegnativi. Ho fatto un test online: *Qual è la tua razza felina ideale?* Ho risposto alle trenta domande ed è venuto fuori che sono un tipo da persiani. E in effetti con i persiani mi trovo abbastanza bene. Vero è che fino a quel momento avevo conosciuto un solo gatto, quando ero piccolo, ed era una bestiaccia feroce che graffiava tutti. I miei persiani hanno tutt'altro carattere: sono molto affettuosi e pretendono devozione incondizionata. Mal sopportano il cane Fitz e sono gelosi perché vedono che gli sono affezionato. Insomma, fra gli animali c'è tensione.

Mia sorella è venuta a stare da me un anno fa per via di una situazione difficile da spiegare. Non so da che parte cominciare. Potrei riassumerla in tre parole: viveva per strada. Per la versione dettagliata bisognerebbe scrivere un libro. Opterò per una versione intermedia: quando io avevo dieci anni venne a stare a casa nostra un approfittatore opportunista e psicopatico con la sua famiglia, che fece il lavaggio del cervello ai nostri genitori e nel giro di cinque anni si impossessò di tutti i loro beni. Era un sadico e ci teneva prigionieri, sempre chiusi in casa, senza permetterci di uscire. Dispotico e spietato, esigeva totale ubbidienza anche dalla moglie e dai figli. Furono anni tremendi, in cui successero cose indicibili. Mia sorella rimase incinta a tredici anni, a quattordici partorì e dieci mesi dopo scappò in Francia abbandonando a Londra la figlia. Da allora ha avuto altri due figli da due padri diversi e li ha mantenuti suonando il violino per le strade di Nizza. Ha fatto una vita dura e a un certo punto ha deciso di tornare a casa, anche perché sapeva di dover ricevere una cospicua eredità, frutto di un fondo fiduciario istituito dai nostri genitori quando eravamo piccoli.

La buona notizia è che la settimana scorsa abbiamo finalmente incassato il dovuto e – squillo di trombe, rullo di tamburi! – sia io sia Lucy adesso siamo milionari. Questo significa che finalmente mia sorella ha i soldi per comprarsi casa e togliersi da qui, lei, i suoi figli e il suo cane. Non vedo l'ora di tornare a vivere da solo.

Dopodiché dovrò affrontare una nuova fase della mia vita.

Quarantadue anni è una strana età, in cui non sei né vecchio né giovane. Se fossi etero, immagino che sarei alla frenetica ricerca di una moglie last minute dalle ovaie funzionanti. Ma siccome non sono etero e non sono nemmeno il genere di uomo con cui gli altri uomini desiderano instaurare relazioni stabili e durature, mi ritrovo nella posizione peggiore possibile: quella del gay stagionato di cui nessuno si innamora.

Posso pure morire.

Adesso però qualcosa è cambiato e mi si è riacceso un barlume di speranza. Avere un sacco di soldi è bellissimo, ma non si tratta di questo: a darmi speranza è aver ritrovato un pezzo del mio passato, l'uomo che amo dai tempi in cui eravamo tutti e due prigionieri nella casa degli orrori. Adesso ha quarantatré anni, la barba e qualche ruga di espressione e lavora in un safari lodge in Botswana. È – udite udite – il figlio del sadico che mi ha rovinato l'infanzia e – non è finita qui, signore e signori! – il padre di mia nipote Libby. Sì, Phineas è il padre della bambina che Lucy ha avuto quando lui aveva sedici anni e lei tredici e sì, lo so, non va bene da più punti di vista e la sola idea mi dovrebbe ripugnare. Infatti per un po' mi ha ripugnato. Però in quella casa non c'era una sola persona che si comportasse bene e nessuno ne è uscito indenne. Ho imparato a fare pace con i peccati che abbiamo commesso, a considerarli una strategia di sopravvivenza.

L'ultima volta che ho visto Phineas Thomsen, io avevo sedici anni e lui diciotto. La settimana scorsa, però, alla festa di compleanno di mia nipote, il suo compagno, che fa il giornalista d'inchiesta, ci ha detto che lo ha rintracciato. È stato il suo regalo di compleanno per Libby. Un super regalo, veramente: *Ho ritrovato il tuo papà!*

E così adesso, nel silenzio della mia camera, in questo splendido mercoledì mattina di giugno, ho le dita sul touchpad del portatile e navigo da una pagina all'altra del sito del safari lodge in cui lavora Phineas, dove intendo recarmi quanto prima.

Quando abitavamo insieme, era Phin Thomsen.

In questi anni si è nascosto dietro lo pseudonimo di Finn Thomsen.

Ci sarei potuto arrivare. Una differenza minima. La *F* al posto del *Ph.* Geniale. Ma Phin è sempre stato un genio. La persona più intelligente che io abbia mai conosciuto. A parte me, s'intende.

Sento bussare alla porta e faccio un salto. Sospiro. «Sì?»

«Henry? Sono io. Posso entrare?»

Mia sorella. Sospiro nuovamente, chiudo il portatile. «Sì, certo».

Lucy apre la porta quel tanto che le basta per infilarsi in camera e subito la richiude.

È molto bella. L'anno scorso, quando l'ho rivista per la prima volta dai tempi dell'adolescenza, sono rimasto sbalordito dalla sua bellezza. Ha il viso di chi ha vissuto intensamente e dimostra tutti i suoi quarant'anni, si cura pochissimo e si concia come una barbona, ma ovunque si trovi riesce a essere comunque la più bella di tutte. Credo che sia il risultato della combinazione fra il castano degli occhi e le sfumature dorate dei capelli, l'aria eterea, la voce calda e dolce come il miele, il modo di muoversi, di toccare gli oggetti, di guardare il prossimo... Mio padre era brutto e tracagnotto e mia sorella ha avuto la fortuna di prendere tutto da nostra madre, per metà turca e dotata di un'eleganza innata. Io assomiglio a tutti e due. Ho il fisico di mia madre, per fortuna, ma ho ereditato i lineamenti grossolani di mio padre. Ho cercato di rimediare, perché i soldi non possono comprare l'amore, ma ti consentono di rifarti mento e labbra e di raddrizzarti i denti.

La mia camera si riempie del profumo dell'olio che mia sorella usa sui capelli. È in una boccetta di vetro marrone che immagino abbia comprato in qualche mercatino.

«Volevo parlarti di una cosa» esordisce, spostando una giacca dalla sedia per sedersi. «Ti ricordi il compleanno di Libby, la settimana scorsa?»

La guardo come a dire: *Sì, certo che me lo ricordo. Va' avanti.*

«Di che cosa parlavi con Libby e Miller?»

Libby è la figlia che Lucy ha avuto a quattordici anni da Phin e Miller è il giornalista che sta con lei. Annuisco.

«Gli hai chiesto se potevi andare in Botswana insieme a loro?»

Annuisco. So cosa mi aspetta.

«Dicevi sul serio?»

«Sì, certo».

«E pensi che... cioè, ti sembra una buona idea?»

«Mi sembra un'ottima idea! Perché? Non sei dello stesso parere?»

«Be', l'avevano pensata come una vacanzina romantica per loro due soli...»

Faccio schioccare la lingua. «Non ho avuto questa impressione, veramente: lui parlava di portarsi appresso la madre...»

Non è vero, naturalmente, ma in qualche modo mi devo giustificare. Miller vuole portare Libby in Botswana a conoscere il padre che non ha praticamente mai visto.

Ma Phin fa parte anche della mia vita. Anzi, Phin è la mia vita. Penso a lui tutti i giorni, tutto il giorno, da quando avevo sedici anni. Come posso non andare da lui? Cosa faccio ancora qui?

«Lascerò a Libby e Miller i loro spazi» prometto. «Mi terrò in disparte».

«Capito» replica Lucy dubbiosa. «E che cosa pensi di fare?»

«Be', di...» Mi interrompo. Che cosa penso di fare? Non ne ho idea. So solo che voglio andare da Phin. Poi si vedrà. Da cosa nasce cosa, giusto?

3.

Agosto 2016

Rachel conobbe Michael a Martha's Vineyard, in farmacia, nell'agosto del 2016. Aveva consegnato a un dottorino dall'aria severa e giudicante la ricetta per la pillola del giorno dopo e stava aspettando che gliela portasse. Michael le passò avanti e chiese brusco al farmacista: «Ci siamo quasi?»

Questi chiuse un istante gli occhi e rispose: «C'è ancora un po' da aspettare, purtroppo. Vuole accomodarsi? La chiamo io».

Michael si sedette vicino a Rachel, incrociò le braccia e sospirò. Lei intuì che voleva attaccare discorso.

E infatti: «Un campione di cordialità il nostro farmacista, eh?»

Rachel rise e lo guardò meglio. Doveva avere una decina di anni più di lei, sui quaranta. Abbronzato, ovviamente. A Martha's Vineyard a fine estate tutti sono abbronzati. Capelli lunghi, ma probabilmente stava aspettando di tornare dalle vacanze per tagliarseli.

«Un tantino giudicante» replicò lei sottovoce.

«Sì» concordò lui. «Strano: è così giovane!»

Rachel si era appena tolta di dosso il sudore di un ragazzo di nome Aiden ed era ancora indolenzita dai loro amplessi. Le pareva di sentire il suo alito di maschio bevitore di birra. E, in attesa di un contraccettivo di emergenza, già flirtava con uno che sarebbe potuto essere il padre di Aiden.

Era arrivato il momento di tornare a casa, pensò. Dopo un'estate di sesso e di disperazione, era stanca, stufa.

Il dottorino raccolse un sacchetto di carta dalla vaschetta passafarmaci, lesse l'etichetta e chiamò ad alta voce: «Rachel Gold?»

«Ecco». Rachel sorrise a Michael. «Il mio è arrivato. Speriamo che adesso arrivi anche il suo».

«Ehi, furbetta, non si salta la fila!» protestò scherzosamente Michael.

Rachel pagò con la carta, prese il sacchetto e si voltò. Michael la stava ancora guardando. «Di dove sei?»

«Sono inglese».

«Sì, questo l'avevo capito. Di dove, esattamente?»

«Londra».

«In che quartiere?»

«Conosci Londra?»

«Ho casa a Fulham».

«Ah. Capito. Io sto a Camden Town».

«In che parte di Camden Town?»

«Be', non esageriamo». Rachel rise.

«Scusa, è che adoro l'Inghilterra e tutto ciò che è inglese. Basta domande. Arrivederci, Rachel Gold».

Lei gli fece un vago cenno di saluto e uscì dalla farmacia.

Due mesi dopo, mentre pranzava nel suo atelier, Rachel ricevette un'email che aveva come oggetto «Dall'anglofilo americano alla furbetta saltafila inglese».

Le ci volle un po' prima di raccapezzarsi in quella sequenza di parole apparentemente scollegate. Aprì il messaggio:

> Ciao, Rachel Gold,
> sono Michael. Ci siamo conosciuti in farmacia a Martha's Vineyard lo scorso agosto. Avevi un buon profumo, sapevi di fumo di legna e di birra. Sarò a Londra per qualche mese e mi chiedevo se avessi qualche bel posticino a Camden Town da consigliarmi. Non ci sono mai più tor-

nato da quella volta che c'ero andato per procurarmi del fumo e avevo finito per comprarmi uno zainetto a strisce e un bong. Immagino che nel quartiere non ci siano soltanto il mercato e gli spacciatori. Mi piacerebbe avere qualche dritta da una che ci abita. Se mi trovi importuno, cancella/ignora il mio messaggio e/o chiama la polizia. (Anzi, no, va': la polizia non la chiamare.) Insomma, mi farebbe piacere sentirti. Ho trovato il tuo indirizzo email perché sono un po' fissato e conosco i codici postali di Londra. Sono andato in Rete, ho cercato «Rachel Gold» e «NW1» e ho trovato il tuo sito. Buffo che ti chiami Gold e fai l'orafa! Se io mi chiamassi Diamond, saremmo una coppia perfetta. Invece di cognome faccio Rimmer. Vedi tu. In ogni caso, se ti fai sentire, bene; altrimenti sceglierò sul sito uno dei tuoi gioielli e lo regalerò a mia madre per il suo compleanno. Sei davvero talentuosa.
Un caro saluto,

Michael
xo

Rachel rimase un attimo indecisa se prenderla sul ridere o arricciare il naso. Cercò di fare mente locale, ma non riusciva a ricordarsi che faccia avesse l'americano anglofilo perché ai suoi lineamenti si sovrapponevano quelli di Michael C. Hall. In fondo all'email c'era una ragione sociale: MCR International. La cercò su internet e trovò il sito, piuttosto anonimo, di una ditta di logistica/trasporti con sede in Francia, ad Antibes. Digitò «Michael Rimmer Antibes» e, dopo un po' di ricerche, trovò la sua foto sul sito di un giornale locale. Era l'inaugurazione di un nuovo ristorante e lui aveva in mano una flûte. Ingrandì la faccia e la studiò: non assomigliava per niente a Michael C. Hall. Era... non proprio un bell'uomo, ma discreto. Sì, non più che discreto. Ma c'era qualcosa di molto sexy nel confine fra i jeans e la T-shirt bianca, che non era infilata nella cintura e neppure fuori dai pantaloni, ma ne sfiorava il bordo. Era una sorta d'invito. Di colpo Rachel trovò tutta la faccenda stranamente emozionante e, quando gli riguardò la faccia, lo trovò più bello. Aveva lo sguardo truce, quasi crudele. A Rachel non dispiaceva, in un uomo. Era convinta di sapere come prenderlo.

Chiuse l'email, riproponendosi di rispondere. Sì, gli avrebbe dato appuntamento e sarebbero finiti a letto, lo sapeva. L'avrebbe fatto aspettare un po', tuttavia. In fondo non aveva nessuna fretta.

4.

Giugno 2019

La mattina dopo vado a fare una corsetta. A dire il vero correre non mi piace, ma non mi va nemmeno di andare in palestra, in mezzo a maschioni spettacolari che manco mi degnano di uno sguardo. Un tempo la palestra era il mio parco giochi, ma ora non più. Adesso vesto sobrio, tengo gli occhi bassi e corro stringendo i denti finché non trovo il giusto equilibrio fra il ritmo dei piedi, la musica che ho nelle orecchie e i pensieri che mi frullano per la testa. Allora continuo a correre fino a fare il giro completo di Regent's Park. A quel punto la giornata mi appartiene.

Oggi però faccio fatica a trovare il ritmo. Mi bruciano i polmoni e mi viene continuamente voglia di fermarmi e sedermi un attimo. Non va bene. Ma da quando ho scoperto che Phin esiste ancora non va più bene niente.

Pesto i piedi sull'asfalto con tanta forza che mi sembra quasi di sentirne le irregolarità attraverso le suole. Il sole spunta all'improvviso da dietro una vaporosa nuvola di inizio estate e mi abbaglia. Metto gli occhiali da sole e dopo un po' smetto di correre.

Mi sono smarrito. Soltanto Phin può farmi ritrovare la via.

Tornato a casa, chiamo Libby.

La cara, carissima Libby.

«Buondì».

Tipico di Libby.

Ricambio ostentatamente: «Buondì a te».

«Che mi dici di bello?»

«Oh, di bello niente. Sono andato a correre, mi sono fatto la doccia e pensavo a quello che ci siamo detti alla tua festa l'altra sera».

«A proposito del safari?»

«Esatto. Lucy dice che non dovrei venire».

«Oh. E perché?»

«Perché pensa che tu e Miller vogliate una vacanzina romantica. Voi due soli».

«Ma no, figurati. Ci sta bene che vieni anche tu. Però c'è un piccolo problema».

«Ovvero?»

«Miller l'altro giorno ha chiamato il lodge per chiedere se c'era posto per una terza persona ed è venuto fuori che Phin... Phin...» Non finisce la frase.

«Phin... cosa?»

«È andato via».

Mi lascio cadere sulla prima sedia che trovo, la bocca aperta per lo shock. «Ma come?»

«Ha detto che aveva un'emergenza di famiglia e che non sapeva quando sarebbe tornato».

«Ma...» Non ho parole. Sono furibondo. Il compagno di Libby, Miller, stimato giornalista d'inchiesta, ha impiegato un anno per scovare Phin (non per me, intendiamoci, per Libby) e, appena ha scoperto dove stava, ha combinato un casino e l'ha fatto scappare chissà dove. L'equivalente giornalistico del cacciatore che si apposta per ore in attesa del cervo e fa rumore nell'attimo in cui la preda compare.

«Non capisco» dico, cercando di mantenere un tono di voce pacato. «È successo qualcosa?»

Libby sospira e la immagino che si tocca le ciglia. È un gesto che fa spesso. «Non sappiamo. Miller è stato il massimo della discrezione, quando ha prenotato. L'unica spiegazione è che abbia riconosciuto il mio nome.

Davamo per scontato che non sapesse come mi chiamo da quando sono stata adottata invece forse, non so come, l'aveva scoperto».

«Immagino che Miller non abbia prenotato a suo nome, che abbia usato uno pseudonimo. Giusto?»

Silenzio. Sospiro e mi passo una mano fra i capelli ancora bagnati. Ripeto: «Giusto?»

«Non lo so. Voglio dire: perché avrebbe dovuto usare uno pseudonimo?»

«Perché è l'autore di un articolo di cinquemila parole sulla nostra famiglia, uscito su un quotidiano nazionale soltanto quattro anni fa. Magari Phin, oltre a portare i turisti in giro sulla jeep, ogni tanto si collega pure a internet». Mi mordo la lingua. *Non alzare la voce. Non usare questo tono con Libby.* «Scusa» le dico. «Mi spiace se mi sono alterato. È la delusione: ero convinto di...»

«Lo so» risponde Libby. «Ti capisco».

Invece no, non capisce. Non può capire.

«Quindi voi che cosa pensate di fare? Di partire comunque?»

«Non lo so» risponde. «Non abbiamo ancora deciso. Magari rimandiamo».

«Oppure...» inizio. Mi sta venendo in mente una soluzione. «Potreste cercare di scoprire dov'è andato».

«Sì. Miller sta sondando il tipo delle prenotazioni per vedere di estorcergli qualcosa, ma sembra che nessuno sappia niente. Evidentemente Phin Thomsen non ha raccontato i fatti propri a nessuno».

Decido di chiuderla qui. Mi affiorano alla mente un sacco di cose di cui non posso parlare con Libby e ho bisogno di riflettere e lasciare che prendano forma.

Mi ricollego al sito del safari lodge. È uno dei migliori, conosciuto a livello internazionale, totalmente ecosostenibile, a basso impatto ambientale e sociale. Del resto Phin non ci lavorerebbe, se non fosse così.

Una volta, quando aveva quindici anni, mi aveva detto che da grande voleva fare la guida naturalistica in Africa. Non so quali strade lo abbiano portato dalla casa degli orrori in cui siamo cresciuti al Botswana, ma evidentemente ha realizzato il suo sogno. A quell'età io sognavo di diventare socio fondatore di una piccola software house ad alta specializzazione? Naturalmente no. Avrei voluto una vita qualsiasi. Avrei voluto una vita normale. Avrei voluto fare quello che fanno tutti quelli che non hanno passato l'infanzia in una casa degli orrori e la giovinezza in camere ammobiliate, senza un titolo di studio, senza amici e senza famiglia. Ecco che cos'avrei voluto. Ma in questo vortice di infiniti universi a me è toccata una storia diversa e così io questo sono, qui sono arrivato e dovrei esserne grato e felice. Per certi versi lo sono, infatti. Avrei potuto star lì con le mani in mano come mio padre, in attesa di ereditare il patrimonio di famiglia. Avrei potuto vivere nella noia e nell'indolenza. Invece mi è toccato rimboccarmi le maniche e andare a lavorare e credo di aver avuto un discreto successo. E questa è una cosa buona, no?

Phin, però... Phin lo sapeva già da ragazzo che cosa voleva fare da grande. Non ha avuto bisogno di aspettare che il destino decidesse per lui: ha trovato la strada da solo.

Vado al lavoro e partecipo a una teleconferenza e a due riunioni, ma non riesco a concentrarmi, rispondo male a gente che di solito tratto gentilmente e mi faccio schifo da solo. Torno a casa alle sette di sera e trovo mio nipote Marco seduto sul divano insieme a un compagno di scuola, un ragazzino simpatico che ho sempre cercato di trattare con gentilezza. Vedendomi entrare, si alza e mi saluta. «Ciao, Henry. Marco ha detto che potevo venire. Spero di non disturbare». Si chiama Alf ed è un tesoro, ma in questo momento mi dà fastidio averlo fra i piedi e non gli sorrido nemmeno. «Basta che non vi venga in mente di cucinare» borbotto sgarbato.

Alf lancia a Marco un'occhiata interrogativa. Subito dopo scuotono entrambi la testa. «No, no» risponde Alf. «Volevamo solo stare un po' assieme».

Annuisco e mi fiondo in camera.

So che cosa devo fare. Qualcosa devo fare per forza, altrimenti esplodo. Non posso stare ad aspettare Miller Roe: devo trovare Phin con i miei mezzi.

Vado su Booking.com e prenoto un soggiorno di quattro giorni al Chobe Game Lodge, all-inclusive, categoria «Gold Star».

Andrò in Botswana.

Da solo.

5.

Ottobre 2016

Rachel aveva trentadue anni e cercava di non pensare troppo al fatto che la sua indipendenza in realtà era illusoria, perché l'appartamento in cui viveva era di suo padre, che la finanziava anche nell'attività professionale. Non se n'era accorta subito perché era successo in maniera molto graduale, ma quello che suo padre faceva per lei era assai di più di quel che fanno normalmente i genitori per avviare la vita adulta dei figli. Era imbarazzante. La sua bottega di orafa si teneva a galla, ma ancora non produceva utili. Rachel poteva far finta che la sua attività rendesse quando le arrivava il contributo mensile di suo padre e il saldo del suo conto tornava positivo, ma per raggiungere una vera indipendenza economica ci sarebbe voluto come minimo un altro anno. Ammesso e non concesso che tutto filasse liscio e non ci fossero imprevisti. Mancavano solo sei mesi al suo trentatreesimo compleanno, aveva già superato abbondantemente la boa dei trenta... A quell'età avrebbe dovuto mantenersi da sola e non aver bisogno dell'aiuto di suo padre.

Ma all'osservatore esterno Rachel Gold appariva come una donna affascinante: quasi uno e ottanta di statura, fisico atletico, curata, elegante, leggermente snob. Una donna autonoma, che si era fatta da sola e pagava con i suoi soldi il mutuo della casa, l'abbonamento alla palestra e Uber.

Un venerdì sera di fine ottobre, una settimana dopo l'arrivo dell'inaspettato messaggio dell'americano, al quale non aveva ancora risposto, Rachel andò a prendere l'aperitivo con Paige, che aveva la bottega accanto alla sua, fra West Hampstead e Kilburn. Paige aveva ventitré anni e abitava ancora con la madre, ma guadagnava abbastanza per pagarle l'affitto e permettersi vacanze e serate con gli amici e sedute dall'estetista. Paige creava gioielli a partire da metalli non pregiati, mentre Rachel usava oro e platino. Paige manteneva uno stile di vita frugale e metteva i soldi da parte. Aveva finito la scuola due anni prima, ma era già più adulta e matura di Rachel.

Rachel offrì il primo giro: una bottiglia di Pinot grigio. Siccome il dehors era riscaldato, decisero di sedersi fuori con un plaid sulle ginocchia. Rachel chiese a Paige se vedeva qualcuno e Paige rispose: «La mia vita sentimentale in questo periodo è pari a zero. *Nil. Nada. Zilch.* E tu?»

«Mah, c'è uno...» cominciò Rachel. Ebbe un attimo di incertezza, ma poi capì che aveva bisogno di parlarne con qualcuno. «L'ho conosciuto negli States l'estate scorsa. Mi ha cercato su internet e mi ha scritto all'indirizzo del sito per dirmi che stava per venire a Londra, che sarebbe rimasto qui qualche mese... Per fartela breve, mi vuole vedere. E io...» Rimise la bottiglia nel secchiello del ghiaccio. «Non faccio altro che pensare a lui. All'inizio, non so, mi è sembrato un tantino viscido. È più grande di me».

«Signore! Quanto "più grande"?»

«Mah, una decina d'anni. Sarà sui quaranta. Aspetta». Le mostrò la foto di Michael Rimmer che aveva salvato in galleria.

«Be', è fico».

«Trovi?»

«Sì. Manda vibrazioni toste».

«In che senso?» Rachel guardò Paige sospettosa, temendo che l'amica confermasse le sue strane perplessità sul conto dello sconosciuto.

«Sembra il tipo che ti scopa fino allo sfinimento, poi si mette comodo e ti chiede di portargli da bere».

«Echeccazzo». Rachel strappò di mano il telefono all'amica.

«Be', potrebbe anche essere... divertente? No?»

«Insomma. Boh, forse. Ma no, veramente no. Cioè, per certi versi potrebbe anche starmi bene, ma per altri no. Sto per compiere trentatré anni: è questo che voglio?»

«A me lo chiedi? Se non lo sai tu...» replicò Paige con un lampo di sfida negli occhi.

«No. Cioè, anche. Per divertimento, come dici tu. Non per sposarmelo e farci dei figli».

«Vorresti uno da sposare e con cui fare figli?»

«No, non adesso. Ma magari fra un po' sì. E se mi ritrovo con la persona sbagliata... Cioè, per mettere su famiglia ci vuole uno portato». Abbassa gli occhi sulla foto di Michael Rimmer in un ristorante kitsch in Costa Azzurra con una flûte di champagne in mano. «E lui non mi sembra affatto portato per fare il padre di famiglia».

«Be'» replicò Paige. «Se comunque non ti senti ancora pronta per mettere su famiglia, potresti considerarlo come l'ultimo uomo "sbagliato" prima di quello "giusto". In fondo starà a Londra soltanto qualche mese, no? Usalo!»

Nel sentire quel consiglio, Rachel provò un brivido di euforia: Paige aveva appena espresso il suo pensiero.

«Sì, hai ragione» rispose. «Magari farò così».

6.

Giugno 2019

Lucy si avvicina a un uomo in completo antracite che tiene sottobraccio una cartellina e gli stringe la mano.

«Piacere, Max Blackwood» dice l'uomo. «Lei è Lucy? Sono lieto di conoscerla. Ha avuto problemi a trovare la casa?»

«No» risponde lei. «Mi ha guidato Google Maps. Con queste app non ci si perde più».

«Vero, vero» risponde lui, ma poi le racconta di persone che seguendo le indicazioni di Google Maps si sono ritrovate in un vicolo cieco, in mezzo a un pascolo o nel giardino di qualcuno. Parlando, la accompagna verso il portone. Lucy non sta nella pelle, ma cerca di non mostrarlo. Indossa abiti scelti appositamente per l'occasione da suo fratello Henry. «Se vai a guardare immobili da un milione di sterline, ti devi presentare con l'aria di una che ha un milione di sterline da spendere» le aveva detto. L'aveva trascinata su e giù per Marylebone High Street, in varie boutique francesi molto trendy, e le aveva fatto comprare il guardaroba giusto per cercare casa: morbide magliette, calzoni firmati, abiti lunghi e fruscianti, blazer e scarpe da ginnastica bianche con inserti decorativi di metallo. Poi l'aveva fatta stare tre ore da un parrucchiere che si chiamava Jed e che le aveva tagliato venti centimetri di capelli rovinati dal sole e le aveva fatto le mèche di un colore che definiva «biondo vaniglia».

Poco dopo che Lucy era andata a stare a casa sua, Henry l'aveva mandata a farsi sbiancare i denti. Lei aveva notato che il fratello trasaliva ogni volta che gli sorrideva e dopo un po' gli aveva chiesto: «Cos'hanno i miei denti che non va?» Henry aveva risposto: «Capisco che, dopo tanto tempo senza specchi a disposizione, tu non ti sia accorta...»

È uno stronzo. Si trincera dietro una maschera di ironia dissacrante, ma a volte Lucy ha l'impressione che il fratello maggiore abbia veramente una vena di crudeltà.

Si sistema gli occhiali da sole sulla testa a mo' di cerchietto e guarda la casa che ha davanti. È un'ex canonica appena fuori St Albans. Ha quattro camere da letto, un frutteto, un'altalena di legno, un tappeto elastico e un giardino con un grande prato perfettamente rasato e un gazebo. Le finestre sono adorne di doccioni e colonnine in pietra, il portone ha il batacchio di ottone e ai lati due piccole panche incassate nel muro e cavalieri pulisciscarpe. È una casa un po' trascurata, che mostra i segni degli anni. Le tende alle finestre sono lacere e sbiadite, ma è una delle case più belle che Lucy abbia mai visto. Resta imperturbabile e commenta: «Carina».

«Sì, molto» replica l'agente cercando la chiave del portone. «Una casa così capita sul mercato ogni morte di papa. Lei conosce bene la zona?»

«Abbastanza» risponde Lucy. «Mia figlia abita a St Albans, vicino al centro».

Prova un brivido di piacere ogni volta che pronuncia quelle parole: *mia figlia.* Libby Jones, Serenity Lamb, la figlia che dovette abbandonare in fasce e che ha ritrovato soltanto un anno fa, quando ha compiuto venticinque anni. Libby è bionda con gli occhi azzurri e quando le parli ti guarda in un modo che ti viene voglia di aprirle il cuore, perché capisci che ti ascolterà senza giudicare. Ha l'accento londinese e non parla l'inglese aristocratico di Lucy, che da piccola andava in una di quelle scuole la cui divisa prevede collettino inamidato e cappello di paglia, ma quello popolare di chi ha fatto le scuole pubbliche, e in un quartiere di periferia. Ha le braccia lentigginose e un ciuffo di capelli che si ravvia dietro l'orecchio ogni due minuti. Ha il vizio di toccarsi le ciglia con il polpastrello, come per controllare di averle ancora, e profuma di vaniglia. Si lava spesso le mani, ama la frutta e ha una bella grafia. È una ragazza straordinaria.

«Oh, che bello» replica l'agente immobiliare con un gran sorriso. «Sarà contenta che la mamma vada a stare vicino».

La casa è vuota. I proprietari si sono trasferiti in un appartamento di nuova costruzione e hanno lasciato soltanto qualcosina qua e là. Se la loro intenzione era dare un'idea del focolare domestico che quella casa era stata, hanno ottenuto l'effetto contrario: i pochi mobili non fanno che sottolineare la fine della vita famigliare che la animava, i figli ormai grandi e lontani, la baraonda di un tempo ridotta all'esistenza silenziosa di due coniugi di mezz'età in un appartamento chissà dove, inframezzata da qualche telefonata e una visita ogni tanto.

«Ci sono un po' di lavori da fare» dice Max cercando l'interruttore. «I proprietari la ristrutturarono completamente quando ci vennero ad abitare, ma sono passati vent'anni e... Diciamo che è un po'... vintage».

Lucy ha già deciso di comprarla. Ha capito che era quella che cercava appena l'ha vista su internet. Ha una planimetria molto particolare e Lucy, essendo cresciuta in una casa perfettamente simmetrica, con un corridoio centrale e stanze identiche sui due lati, non vuole simmetria, ma vani tutti diversi, nicchie, cantucci, rientranze e passaggi verso locali di cui non si capisce l'utilità.

Le camere al primo piano hanno ancora la targhetta con il nome dei passati occupanti: Oliver, Maddy e Milly.

Sono nomi da bravi bambini, ma la casa reca i segni della presenza di piccole pesti: strappi nella tappezzeria, scritte a pennarello, robaccia verde fluorescente appiccicata alla moquette da pochi soldi.

Dopo aver vissuto un anno nell'appartamento impeccabile di Henry, dove è obbligatorio levarsi le scarpe per entrare, dove se si rovescia una goccia di qualcosa bisogna ripulire immediatamente con uno spray speciale, dove le spugnette hanno colori diversi a indicare utilizzi diversi, dove Lucy deve stare attenta che i bambini non facciano briciole, non sporchino e non rompano niente, ha voglia di una casa così, da vivere. Una casa in cui le moquette si possono macchiare, una casa che accolga loro e le loro imperfezioni.

Sorvola sui sanitari macchiati di ruggine, le incrostazioni di calcare nella vasca da bagno e il vetro mancante della credenza, sostituito con un pezzo di cartone. È disposta a pagare un milione di sterline per una casa in disordine, sporca, con le moquette e gli infissi da cambiare e un tappeto elastico semicoperto di muschio. È disposta a pagare qualsiasi cifra, pur di dare un tetto alla famigliola che ha cresciuto per strada, dormendo in spiaggia, su divani di fortuna, in camere ammobiliate e, per i primi anni di vita di Marco, in casa di un uomo violento.

Conclusa la visita, Lucy torna alla macchina, si fa dare le ultime informazioni da Max, gli stringe la mano e lo saluta. Poi posa la brochure sul sedile del passeggero e inserisce l'indirizzo di Henry in Google Maps. Prima di mettere in moto l'auto, però, manda un messaggio a Libby: *Appena visitata la casa di Burrow's End. È perfetta. Farò un'offerta. Urrà!*

Infila il telefono nell'apposito scomparto e si allontana, guardando la casa nello specchietto retrovisore finché non scompare fra gli alberi.

7.

Ottobre 2016

Rachel rispose a Michael Rimmer quella sera stessa. Aveva bevuto, ma non al punto di non riuscire a scrivere un'email.

Caro Michael,
che sorpresa trovare il tuo messaggio. Non me l'aspettavo proprio. Non sgradita, comunque. Ti ringrazio delle belle parole che hai usato per le mie creazioni. Per darti un po' di contesto, ti informo che abito dalle parti di King's Cross, lungo il canale, da sola e senza animali domestici. Bevo e ogni tanto fumo pure quindi sì, ammetto di essere un po' come Bridget Jones.
Volentieri ti porterò a fare un giro del quartiere. Ti lascio il mio numero di cellulare: mandami un WhatsApp per dirmi quando sei libero e organizziamo.
A presto,
Rachel

Rilesse velocemente una volta e con leggerezza premette invio, proiettando nell'universo quella risposta aperta e disinvolta, lontanissima dall'immaginare che le avrebbe cambiato la vita in maniera del tutto imprevedibile.

La mattina dopo trovò la risposta di Michael al suo risveglio. Era quasi mezzogiorno. Troppo tardi per la lezione di yoga. Non ci andava praticamente mai. Due mesi prima aveva prenotato e pagato in anticipo un carnet di dodici lezioni e ne aveva usufruito due volte soltanto. Prese lo smartphone, staccò il cavo del caricatore, lo accese e trovò il messaggio di Michael Rimmer, l'uomo che aveva imprudentemente invitato a entrare nella propria vita la sera prima, dopo una bottiglia di vino e una vodka accompagnate soltanto da una ciotola di olive.

Ciao, Rachel!
Che bello sentirti! Devi sapere che Bridget Jones è la donna dei miei sogni, quindi partiamo bene. Arriverò l'8. Che ne diresti di vederci una sera di quella settimana? Quando arrivo, ti mando un messaggio. Non vedo l'ora di incontrarti e passare un po' di tempo con te.
A presto,

Michael

Rachel sospirò. Era pentita di avergli scritto? No, proprio pentita no. Però... Comunque da lì all'8 mancavano ancora dieci giorni. In dieci giorni poteva succedere di tutto. Non era neppure detto che ci arrivassero vivi tutti e due. Magari sarebbe precipitato l'aereo e Michael Rimmer sarebbe finito disperso nell'Atlantico. Inutile preoccuparsi prima del tempo, si era detta: se son rose, fioriranno.

Dieci giorni dopo le arrivò un messaggio sul cellulare.

Ciao, Rachel! Sono Michael Rimmer. Sono appena atterrato a Londra. Come sei messa domani sera?

Rachel si sentì in subbuglio. Michael Rimmer non si era più fatto vivo dopo la risposta all'email che gli aveva scritto da ubriaca e lei aveva iniziato a sentirsi con uno su Tinder, tal Charlie, un po' più giovane di lei, ma non giovanissimo, che faceva il corriere di prodotti farmaceutici e stava nel Sudest di Londra. Il Sudest di Londra per Rachel era l'ignoto, ma pazienza. Lei e Charlie si sentivano spesso: si erano scambiati informazioni sulle rispettive famiglie e su sogni e rimpianti, arrivando persino a sfiorare temi politici. Charlie però non le aveva ancora proposto di incontrarsi di persona e Rachel non aveva voglia di aspettare più di tanto che uno dei numerosi Charlie di Tinder si decidesse a invitarla per un aperitivo. Michael Rimmer invece aveva avuto il coraggio di farsi avanti con un messaggio chiaro e un invito deciso e diretto, dal quale era lecito desumere che il giorno dopo a quell'ora sarebbero potuti essere a letto assieme... Be', questo gli dava diritto a passare davanti a tutti, perché a Rachel la prospettiva di far sesso nel giro di ventiquattr'ore allettava non poco.

Cercò sullo smartphone lo screenshot con la foto di Michael Rimmer alla festa, bicchiere di champagne in mano e aria soddisfatta e sicura di sé. Ruotò l'immagine per dritto e per traverso e la ingrandì con le dita per osservare i particolari.

Tornò al messaggio e scrisse velocemente la risposta: *Perfetto. Vieni a prendermi a casa?*

La sera dopo Michael Rimmer si presentò sulla porta di casa di Rachel alle sette in punto, con l'abbronzatura di chi arriva da un Paese dove è ancora estate. Le porse un mazzo di fiori e una bottiglia di champagne. Rachel mise i fiori in un vaso e la bottiglia in frigo e lo portò a prendere un aperitivo perché, se avessero aperto lo champagne, sarebbero finiti a letto nel giro di venti minuti e lei invece voleva godersi la serata e sentir crescere la tensione sessuale fino al punto di non ritorno.

Michael Rimmer le parve più bello di quanto ricordava. Scarpe da ginnastica, jeans e camicia azzurra, profumava di vestiti appena tirati fuori da una valigia e di acqua di colonia. Le cedette il passo davanti a ogni porta e le scostò la sedia per farla accomodare con una galanteria che difficilmente Charlie il corriere di prodotti farmaceutici avrebbe eguagliato.

Michael prese un Margarita, Rachel un Dark 'n' Stormy. Si misero a chiacchierare.

«Hai figli?» le chiese Michael.

Rachel rimase leggermente sconcertata: le sembrava una domanda inopportuna quanto chiederle se portasse la dentiera. Si sentiva giovane, troppo giovane per essere presa per una mamma. Ma Michael non era l'unico ad averglielo chiesto, in quegli ultimi due anni. Come se Rachel avesse varcato il confine invisibile oltre il quale c'era la zona maternità. Cercò di mantenersi impassibile e rispose: «No, non ancora. Tu?»

Michael si illuminò. «Sì» rispose. «Sì, ho un figlio, Marco. Ha... è nato nel 2006, quindi a questo punto avrà una decina d'anni. Giusto?»

«Se non lo sai tu...»

«È una storia complicata. Non lo vedo da un sacco di tempo».

«Sei divorziato?»

«Sì. E la mia ex...» Sospirò, a indicare che la ex moglie era causa di innumerevoli problemi. «Un casino, guarda. Per fartela breve, non mi vuole vedere. Eppure sa dove trovarmi. Ha una vita precaria e mi sono offerto di aiutarla, di contribuire al mantenimento di nostro figlio, ma lei... Niente, è sparita. Con il mio bambino. L'avessi visto quando era piccolo... era il bambino più bello del mondo. Purtroppo, a furia di far quella vita...»

Rachel vide che gli veniva da piangere ed ebbe la sensazione che l'incontro avesse cambiato registro e potesse rivelarsi prodromico non soltanto di una notte di sesso, ma anche di qualche cosa di più, totalmente inaspettato, maturo e concreto.

Gli sfiorò la mano, lui la girò e gliela strinse.

«Va bene lo stesso» riprese Michael, ricomponendosi. «Ma è triste, quando la vita ti porta via uno dei tuoi affetti più cari».

«Hai provato a chiedere l'affidamento?»

«No» rispose lui, accarezzandole delicatamente la mano. «Abbiamo divorziato in fretta: lei non ha voluto niente. Ero convinto che con il tempo saremmo riusciti a trovare un accordo, ma così non è stato. All'inizio vedevo

Marco abbastanza spesso, poi sono dovuto partire per gli Usa, sono stato via per lavoro qualche settimana e, quando sono tornato in Costa Azzurra...» Ritirò la mano per mimare uno sbuffo di fumo. «Pufff».

«Quindi vivi in Costa Azzurra?»

«Vivo un po' qua e un po' là, ma sì, ho una casa ad Antibes. Una casa rosa. Ti piacerebbe».

«Che tipo di rosa? Non fucsia, spero».

«No, no. Un rosa pallido. La mia ex diceva che era il colore delle rose appassite».

«Che immagine poetica!»

«Be', Lucy è un'artista. Ha una sua poesia».

Lucy, prese mentalmente nota Rachel. *Lucy*. Ecco come si chiamava la ex di Michael Rimmer, la donna di prima.

8.

Giugno 2019

Lucy gira la chiave nella serratura e apre la porta di casa di Henry trattenendo il fiato come al solito. Non è in ansia perché teme sia successo qualcosa, ma perché sa benissimo che Henry preferirebbe non averla fra i piedi e che il fatto che lei entri in casa sua, posi la borsa sul suo tavolo, apra il suo frigo, lo chiami, respiri la sua stessa aria e occupi i suoi spazi gli causerà un'irritazione che inevitabilmente si tradurrà in una frecciata, un predicozzo o musi lunghi e soggiorni prolungati in camera con la porta chiusa. Henry si chiude in camera sempre più spesso.

Stella è andata a giocare da un'amichetta, Freya G. (la chiama così perché anche l'altra sua migliore amica si chiama Freya), e Marco è davanti al megatelevisore al plasma, impegnato in un videogioco con il suo amico Alf, un ragazzino educato e simpatico. Lucy lancia un'occhiata ansiosa nel corridoio che porta alle camere e si augura che i rumori del videogame non disturbino Henry.

«Abbassate un po' il volume» chiede con dolcezza. Marco prende il telecomando e ubbidisce senza nemmeno alzare la testa.

Alf si volta e sorride a Lucy. «Ciao» la saluta. «Come stai?»

«Bene, grazie» risponde lei. «E tu?»

«Bene. Sono... Oh, merda!» Alf torna a rivolgere tutta

la sua attenzione al gioco e Lucy va in cucina a versarsi un bicchiere di vino.

Ha voglia di raccontare a Henry della casa straordinaria di St Albans, ma sa già che appena entrerà nei dettagli lui le dirà che è matta, che non va bene, che sarebbe un errore madornale, che mantenere una casa così è costosissimo, che non ha idea di come funzioni il mercato immobiliare, che se ne pentirà. E Lucy non ha voglia di sentirsi dire queste cose.

Prima che Henry le metta in testa troppi dubbi o la convinca a lasciar perdere, scrive all'agenzia e fa un'offerta.

Quando la mattina dopo alle nove meno dieci Lucy torna a casa dopo aver accompagnato a scuola Stella, la porta di Henry è ancora chiusa. Di solito a quell'ora Henry esce per andare a lavorare e spesso si incrociano per strada. Si avvicina in punta di piedi e abbassa con delicatezza la maniglia. Apre e vede che non c'è nessuno, il letto è fatto e le veneziane non sono abbassate.

Chiama Henry, nel caso sia in bagno. Nessuna risposta.

Forse aveva una riunione ed è uscito di casa prima. Ma Lucy è stata fuori soltanto venti minuti, sullo specchio del bagno non c'è condensa e la doccia è asciutta. Quando lei è uscita, Henry non si era ancora alzato e non è possibile che in quell'arco di tempo si sia preparato e sia uscito. Henry non mette piede fuori di casa se prima non si è fatto la doccia.

Sta per scrivergli un messaggio quando nota che manca il suo spazzolino. Henry ha uno spazzolino da denti supertecnologico con un caricatore con attacco usb e una spia azzurra lampeggiante, che tiene sul piano di marmo accanto al lavabo. E che adesso non c'è.

Lucy si sente torcere le budella. Ha un flash, un vago ricordo di Fitz che nel cuore della notte si era messo a ringhiare ai piedi del letto, con le orecchie dritte. Lei aveva sentito il ronzio dell'ascensore e poi si era riaddormentata.

Aveva dato per scontato che a svegliarli fosse stato un vicino sul pianerottolo, invece forse il rumore proveniva da dentro casa.

Accende lo smartphone e scrive a Henry.

Dove 6?

Guarda la spunta: una soltanto, grigia. La app la informa che l'ultimo accesso da parte di Henry risale alle 7:45.

Apre armadi e cassetti senza sapere neanche lei che cosa cercare. Ma un'idea di dove possa essere andato Henry ce l'ha. Dev'essere uscito nottetempo per prendere un volo per il Botswana. È andato a cercare Phin. E questo, per qualche motivo oscuro e spaventoso, la riempie di inquietudine.

9.

Volare in business class è un'esperienza. Se non l'avete mai fatta, ve la potete solo immaginare. Ma, una volta che l'avete fatta, non riuscirete più a toglierla dalla testa. È probabilmente la cosa migliore che il denaro possa comprare.

Sorseggio champagne. Non sono ancora le nove del mattino, sono sveglio dalle tre e per la verità la mia bocca non è pronta per la provocazione acidula delle bollicine, ma l'ho preso lo stesso perché è compreso nel prezzo. Immagino Lucy che torna dalla scuola e si chiede come mai non sono in cucina a fare colazione, dove mi sarò cacciato. Penso che non impiegherà molto a indovinare dove sono andato. Io e Lucy siamo diversissimi, ma tra di noi c'è un legame profondo e ci capiamo al volo nonostante i venticinque anni che abbiamo passato senza vederci. È abbastanza normale fra le persone che hanno vissuto il medesimo trauma nell'infanzia: c'è un filo che ci lega, sottilissimo ma tenace. In questo momento la connessione profonda che ho con Lucy mi dice che telefonerà a Libby, Libby telefonerà a Miller e la mia scomparsa verrà ingigantita fino a trasformarsi in dramma. Pazienza. Ormai sono in viaggio, e una volta che sarò sceso dall'aereo non avranno più modo di rintracciarmi.

Daranno tutti per scontato che sia andato in Botswana. Invece io non sto andando in Africa, ma a Chicago.

Ho deciso all'ultimo momento, naturalmente.

Avevo già pagato il volo fino al Victoria Falls Airport e un'auto con cui arrivare al lodge e quindi ci ho rimesso un sacco di soldi, ma per fortuna ero ancora in tempo per disdire l'hotel, che mi rimborserà la caparra. Francamente sono contento di non dover andare in Africa. I safari non mi piacciono, mentre l'idea di visitare Chicago mi attira molto.

Ma perché proprio Chicago?

Ieri sera sono andato su Tripadvisor a leggere le recensioni del Chobe Game Lodge per farmi un'idea di cosa mi aspettava e mi è caduto l'occhio sulla recensione di una single che al lodge aveva trascorso due settimane e ringraziava profusamente tutti quelli che aveva incontrato, citandoli per nome. Sembrava una tipa allegra e ciarliera e ho pensato che potesse essere una che dispensava volentieri consigli a eventuali sconosciuti che la contattassero con un messaggio. Non mi sbagliavo. Nancy Romano, del New Jersey, chatta con grande piacere. Le ho chiesto se avesse qualche guida da raccomandare, particolarmente preparata.

Assolutamente sì! ha risposto. *Chiedi di Finn! È inglese come te, di poche parole, ma acuto e preparato. Ti spiega le cose in maniera che pendi dalle sue labbra. Eccezionale.*

Le ho risposto che purtroppo Finn non era al lodge, che me lo aveva raccomandato anche qualcun altro e quando avevo chiesto di lui mi avevano risposto che era partito per motivi famigliari.

Oh. Speriamo che non sia niente di grave. Sarà partito per Chicago, quindi. Credo abbia famiglia là.

Chissà se la famiglia americana di Phin è vera o è una montatura.

Io, lui, Lucy e Clemency, la sorella di Phin, ci siamo nascosti per anni dietro montagne di bugie, costretti a restare fuori dai radar, a inventarci esistenze fasulle e passati fittizi. Fino a dieci anni fa io non avevo neppure il passaporto, e quando gli amici mi invitavano ad andare in vacanza con loro, dicevo che avevo paura di volare. Con l'Eurostar, poi, mi sono dovuto inventare anche la fobia delle gallerie. Quindi è plausibile che Phin abbia messo a punto una storia con cui giustificare la sua esistenza. Ciononostante, ho la sensazione che Phin abbia davvero una vita a Chicago. Mi sono imbarcato su questo aereo apposta per scoprirlo.

10.

Novembre 2016

Rachel si voltò e annusò la testa di Michael. Aveva una teoria secondo la quale, se si trova gradevole l'odore del cuoio capelluto di una persona, si è sessualmente compatibili. L'odore della testa di Michael le piaceva. Era l'odore di chi si fa lo shampoo tutti i giorni e cambia regolarmente le federe, non di uno che suda sotto il berretto da baseball, o che mangia hamburger e poi si passa le dita fra i capelli. Aveva sentori di sandalo e agrumi, con quel tanto di aroma muschiato da testosterone che bastava a differenziarlo da una spruzzata di profumo per ambienti.

Gli osservò la faccia. Interessante osservare il viso di un uomo di una certa età, con i pori dilatati sulle narici, le rughe sulla fronte e ai lati della bocca, ma la pelle ancora morbida e soda. Rachel sospettava che facesse uso di cosmetici costosi e andasse dall'estetista per la pulizia del viso. Se così era, lei non aveva nulla in contrario.

La serata era stata piacevole: avevano conversato amabilmente, mangiato bene e scopato bene. Adesso erano quasi le otto del mattino, lui dormiva ancora e Rachel gli stava annusando il cuoio capelluto ed esaminando i pori, trovandolo attraente persino nel sonno. Gli uomini di cui poteva dire altrettanto si contavano sulle dita di una mano.

Le tornarono in mente momenti della serata. Lui le

aveva parlato della casa a Martha's Vineyard (senza piscina, ma con una vasca idromassaggio da cui si godeva una vista mozzafiato) e aveva accennato a uno yacht nel porto di Antibes. Le aveva detto persino come si chiamava: nel nome c'era la parola diamante... O forse argento? E poi aveva nominato una stazione sciistica in cui aveva uno chalet. «Un monolocale, ma c'è tutto quello che serve». Se Rachel, che non aveva mai messo gli sci ai piedi, aveva sentito parlare di quella località, doveva essere proprio famosa.

«Ti piace sciare?»

«No» aveva risposto lei. «Però amo sia bere sia mangiare».

«Be', in montagna ti troveresti benissimo».

«Immaginavo».

Avevano bevuto due cocktail dividendo un tagliere di affettati, erano tornati a casa, avevano stappato lo champagne ed erano andati sul balcone a guardare il canale e a far battute su quanto puzzava, descrivendo il tanfo in maniera sempre più creativa. «Würstel del discount con aroma di sgombro andato a male e un vago retrogusto di polluzione notturna».

Dopo le risate, a un certo punto lui aveva detto: «Ti voglio baciare. Rientriamo?»

Rachel si aspettava un approccio un po' più rude e passionale, della serie: meno sguardi languidi e più alla pecorina. L'intensità emotiva, d'altra parte, l'aveva piacevolmente sorpresa.

E allo stesso tempo l'aveva turbata.

Michael Rimmer doveva essere la sua ultima zingarata, non il primo uomo con cui convolare a nozze.

Il giorno dopo Rachel andò a pranzo con suo padre, che le chiese com'era andata con «l'americano».

Rachel non si sbilanciò. «È simpatico» rispose, spostandosi per lasciare che il cameriere posasse sul tavolo il Prosecco che aveva ordinato. «Ti piacerebbe».

«Tu dici?» Il padre la guardò con aria perplessa.

«Credo di sì. È intelligente, ha fascino. È un uomo di successo».

«Di mezz'età».

«Un po' più grande di me».

«E cioè?»

«Ha quarantasei anni».

«Mm».

«Mm cosa?»

«Come mai non è sposato?»

«Oh, papà! Non ne ho idea. Come mai io non sono sposata?»

Lui rise e prese un panino, lo spezzò e si pulì le dita infarinate nel tovagliolo. «Be', occhio: un uomo che a quarantasei anni non è mai stato sposato...»

«Ma lui è già stato sposato».

«Hai appena detto che...»

«Che non è sposato. Attualmente. Lo è stato in passato. È divorziato. Con un figlio».

«Ah. Ha pure un figlio».

«Be', sì. Ha un figlio, ma non lo vede mai. La sua ex non glielo lascia tenere».

Il padre rovesciò la testa all'indietro, appoggiandosi allo schienale con fare melodrammatico. «Oh, Rachel...»

«Guarda che non è mica una cosa seria!» ribatté Rachel. «È qui solo per sei mesi. È una storia temporanea. Non ti preoccupare».

«Mi preoccupo, invece. Perché uso la testa. Cosa che tu non fai».

Cambiarono discorso e dopo un po' si ritrovarono a parlare di lavoro.

A vent'anni o poco più, quando Rachel era ancora giovane e inesperta, l'aiuto di suo padre le aveva permesso di dare spazio al proprio entusiasmo e fervore creativo. Adesso che suo padre fondamentalmente la manteneva, quelle conversazioni le risultavano umilianti.

Prese lo smartphone e aprì la app con cui gestiva gli ordini per mostrargli le ultime commesse che aveva ricevuto. C'era qualcosa di strano, però, i conti non le tornavano. Cliccò sull'ultimo ordine arrivato e rimase sbalordita. Qualcuno aveva appena ordinato 54.000 sterline di suoi gioielli, compreso l'anello veretta di oro bianco e diamanti gialli da 8500 sterline, l'articolo più costoso disponibile sul suo sito.

«Cosa c'è, tesoro?» le chiese il padre.

«No, niente. Un ordine importante. Enorme». Voltò il telefono perché leggesse l'importo e lo vide illuminarsi.

Il padre le disse, battendo le mani: «Lo vedi? L'ho sempre detto: devi solo aspettare il primo ordine importante e da lì in poi sarà una passeggiata».

Rachel lo ascoltava soltanto a metà. In preda a quella tachicardia che segna l'inizio dello stress, stava già calcolando mentalmente quanto tempo le occorreva per evadere l'ordine in base ai tempi di consegna delle pietre (ne teneva sempre quantitativi minimi).

«Non so, sai?» disse, controllando l'ordine. «Non penso di potercela fare in sei settimane. Non da sola».

«Fatti aiutare, allora» replicò suo padre. «Una tua compagna di studi, per esempio. Una collega... La ragazza simpatica che ha la bottega accanto alla tua?»

«Paige?»

«Sì, Paige. Fai così: scrivi al cliente e avvertilo che, siccome è un ordine di una certa entità, per la consegna ci vorranno otto settimane invece che sei. Chiedi il cinquanta per cento in anticipo, coinvolgi Paige offrendole il dieci per cento, lavori tutto il giorno tutti i giorni, consegni la merce e incassi il restante cinquanta per cento. Semplice, no?»

Rachel annuì, ma non era convinta. L'istinto le diceva che c'era qualcosa che non andava. Cliccò su «dettagli cliente» e rimase senza fiato.

Michael Rimmer
Moynihan Mansions, Appartamento 4,
Radcliffe Gardens,
Londra
SW6 2AS

«Rachel?»

Lei alzò gli occhi e incontrò quelli del padre.

«Ce la farai, vedrai. Andrà tutto bene. Sei perfettamente in grado di far fronte a quell'ordine».

Rachel chiuse la pagina e sorrise. «Sì» rispose. «Sì, ce la posso fare».

11.

Giugno 2019

Lucy sente trillare il telefono posato sul tavolo della cucina e guarda il display. Non è l'agente immobiliare e non è nemmeno Henry. È un messaggio dalla scuola di Stella a proposito di una vendita di beneficenza. Lo ignora. Ha la testa già troppo piena di pensieri, fra la casa e Henry, e non c'è spazio per le feste scolastiche.

Sparecchia e mette il piatto nella lavastoviglie, facendo attenzione a sistemarlo nel posto giusto, perché Henry li vuole in ordine decrescente: i più grandi dietro e i più piccoli davanti. Se lei li mette a casaccio, lui li risistema: Lucy una volta glielo ha sentito fare alle tre del mattino, appena rientrato dopo essere stato fuori con gli amici. Le viene in mente che Henry con ogni probabilità è nell'altro emisfero e quindi lei può caricare la lavastoviglie come cavolo le pare, perciò tira fuori il piatto e lo mette davanti, insieme a quelli da dessert.

Altro trillo: altro messaggio della scuola di Stella, a integrazione del precedente. *PS: Per i volontari che desiderano contribuire con una torta, i cancelli aprono alle 15:20. Grazie!*

Lucy non riesce a capacitarsi. In Francia gli insegnanti hanno meno contatti possibile con i genitori: sembra quasi che sarebbero più contenti se i loro alunni fossero tutti orfani. In Inghilterra invece i genitori praticamente vivono a scuola: club di lettura in classe, riunioni, assemblee, feste e fiere di beneficenza ogni due per tre.

Sono le due del pomeriggio, e siccome Lucy non ha niente da fare fino all'ora di andare a prendere a scuola Stella, salvo preoccuparsi per Henry, sceglie un libro di cucina dalla piccola collezione di Henry e lo sfoglia in cerca di ispirazione. Decide che roulade al limone e melograno e torta di barbabietola e formaggio cremoso non fanno per gli scolari della Havering Primary School e cerca sullo smartphone la ricetta dei cupcake. Ne trova una definita «facilissima» e controlla di avere tutti gli ingredienti.

Alle tre e dieci saluta Fitz ed esce con un Tupperware in mano per andare alla scuola di Stella. Sorride educatamente ad alcune delle altre mamme in attesa dell'apertura dei cancelli, cariche di sacchetti e contenitori. Non ha fatto amicizia con nessuno dei genitori dei compagni di sua figlia. Non si ferma a chiacchierare la mattina o ai giardini dopo la scuola. Teme domande cui non ha voglia di rispondere. E comunque non avrebbe senso familiarizzare, visto che stanno per traslocare. Ma sa che Stella sarà felice di vederla insieme alle altre mamme alla vendita di beneficenza.

Arriva un bidello ad aprire e i genitori entrano nel cortiletto della scuola. Una mamma con una lunga veste di seta e un foulard in testa le sorride e le chiede: «In che classe è suo figlio?»

Essendo abituata al sistema francese, Lucy deve pensarci un attimo, prima di rispondere: «In prima».

«Anche il mio. Il nostro tavolo è questo». Aprono i rispettivi contenitori. L'altra mamma ha portato tre confezioni di cupcake confezionati, comprati da Tesco. Mentre strappa l'involucro si giustifica: «A casa non abbiamo il forno. Solo il microonde».

Lucy annuisce. Vorrebbe risponderle che non si deve giustificare, che anche lei e i suoi due figli sono stati senza forno, che hanno vissuto in tre in una camera. Che hanno dormito per strada. Ma sono cose che preferisce non dire. Guarda le scarpe che Henry le ha fatto comprare da Whistles, pensa ai due milioni di sterline che ha sul conto e prova un moto di orrore e di disgusto per la botta di fortuna che ha avuto. Vorrebbe regalare tutto a questa donna, cambiarle la vita. Vorrebbe aiutare le persone che fanno fatica a tirare avanti, come lei un tempo.

Tira fuori i cupcake dal Tupperware e li dispone su un vassoio. Li ha coperti di glassa rosa o azzurra, con un dischetto di cioccolato in cima. Pensa al disordine che ha lasciato in cucina, ciotole, spatole e teglie sporche nel lavello, e a Henry. Dove sarà? Prova un senso di strana inquietudine. Arrivano altre mamme, vengono esposti altri dolci. Lucy si lascia scivolare addosso le conversazioni, poi i bambini cominciano a uscire e Lucy cerca con lo sguardo i riccioli biondi della figlia. Nel vedere la madre, Stella si illumina e corre subito da lei, staccandosi dalle amichette. «Hai fatto una torta?» le chiede, senza fiato.

«Ho fatto questi cupcake» risponde Lucy.

Stella rimane senza fiato nel vedere la fila di dolcetti con la glassa rosa e azzurra. «Posso prenderne uno?»

«Sì. Ma lo dobbiamo pagare».

«Quanto costano?»

Lucy si volta verso la donna con il foulard in testa. «Quanto li mettiamo?» domanda.

«Quelli?» replica l'altra indicando i cupcake di Lucy. «Cinquanta pence?»

Lucy ne ha fatti dodici. Sei sterline in totale. Pensa a cosa potrà mai fare con sei sterline una scuola come quella, dove il novanta per cento degli alunni beneficia di sussidi e prende dal portafoglio una banconota da venti sterline per infilarla di nascosto nella cassa. Poi porge a Stella un cupcake.

Seguono scambi appiccicosi di monete e dolcetti, finché non resta più niente da vendere e si incomincia a smobilitare. Sono quasi le quattro. Il bidello aiuta a portare via i tavoli. Lucy tiene aperto un grosso sacco nero e Stella lo riempie di cartacce e tovagliolini. Le mamme incominciano a uscire dalla scuola in un'atmosfera di amichevole comunanza e Lucy si ritrova a parlare in francese con una donna della Costa d'Avorio a proposito di un compito di matematica a cui secondo lei mancava una cifra. Lucy finge interesse, ma in realtà non la sta quasi a sentire.

I genitori si disperdono e Lucy prende Stella per mano e si dirige verso casa. Sente vibrare il cellulare nella borsa e il sesto senso le dice di fermarsi e controllare subito chi è.

Henry, come si aspettava.

Le ha mandato un selfie – a bordo di un aereo, con una piccola coppa di champagne in mano – accompagnato da un messaggio: *Sayonara, sorellina. Sto andando in Phinlandia!*

A Lucy viene la pelle d'oca. Il tono di Henry è ostentatamente sereno e disinvolto, ma non promette nulla di buono: Lucy ne è sicura.

12.

Ho prenotato una doppia nel migliore hotel di Northalsted, Chicago. Ho scelto quel quartiere abbastanza a caso, ma con un minimo di logica: Northalsted, anche detto Boystown, ospita una delle più grandi comunità Lgbt degli Stati Uniti. In realtà non sono certo che Phin sia gay: non ha mai detto di esserlo. Io però ho sempre dato per scontato che lo fosse e comunque, se anche non vive in quella zona, è assai probabile che conosca gente che ci abita o che la frequenta.

Mi corico sul letto comodissimo della mia bella stanza e controllo lo smartphone. Un messaggio di Lucy. Per la verità, una lunga serie di messaggi di Lucy. Mi rendo conto con una certa ansia che a un certo punto del volo, siccome ero brillo, ho scritto una risposta che deve essere partita automaticamente quando ho riacceso il telefono.

Dove stai andando?

Sai dov'è Phin?

Henry, per piacere, rispondi! Dove sei? Parla con me, prima di parlare con lui.

Cosa cazzo stai facendo, Henry???

Sospiro. È proprio per questo che, da sobrio, non avrei mai mandato quel messaggio: la reazione isterica. La certezza che io abbia cattive intenzioni. Non posso parlare con Lucy, adesso. Questa cosa non la riguarda. Sono solo fatti miei. Blocco il suo numero con gesto teatrale e apro la galleria per cercare l'unica foto di Phin che ho, quella scaricata dal sito del safari lodge.

La prima volta che l'ho vista, la settimana scorsa, sono rimasto sconcertato. Phin curava molto il suo look, quando abitavamo assieme. Aveva il ciuffo biondo sempre della lunghezza giusta, a coprirgli un occhio soltanto. Pelle luminosa, senza un'imperfezione. Zigomi sporgenti, mento liscio, labbra morbide che parevano scolpite. Era quello il volto a cui volevo assomigliare: tutti i vari interventi di chirurgia estetica cui mi sono sottoposto erano mirati a ricreare quel volto. Ma Phin nel frattempo è cambiato. Io sono un uomo che ha ancora la faccia da bambino, con un effetto un po' inquietante, mentre lui ha accettato la maturità, la virilità, ha lasciato che il sole africano gli bruciasse la pelle e la segnasse di rughe sottili e ha nascosto la propria bellezza dietro una barba incolta.

Mi lavo, mi vesto con abiti puliti, mi profumo e mi faccio bello. Esco dall'hotel e mi incammino verso una serie di localini trendy, mattoni a vista e velluti verde acqua, bar, bistrot e ristoranti pretenziosi dagli assurdi nomi monosillabici. Sono le sei e la sera tiepida è gravida di aspettative, di opportunità, di sesso.

Vado a naso: non ho un piano preciso. Non ho un piano, punto. Entro in un bar che si chiama The Gray Area, vado al banco e ordino un mescal per calmarmi i nervi e un bicchiere di Pinot grigio da tenere in mano per darmi un tono. Mi avvicino a un gruppo di uomini sulla quarantina e, marcando l'accento inglese, chiedo: «Scusate se mi intrometto. Mi chiamo Joshua Harris e sto cercando un vecchio amico di cui non abbiamo più notizie. Phin Thomsen».

Guardano tutti la foto sul mio smartphone. Uno ingrandisce l'immagine con le dita. Poi scuotono la testa e si scusano.

Ripeto la scena una decina di volte ottenendo invariabilmente il medesimo risultato. Mi trasferisco nel bar accanto, che è meno elegante. C'è un dj barbuto su una piattaforma coperta di graffiti che mette il tipo di musica che più detesto. Ordino un altro Pinot e chiedo alla barista se conosce l'uomo della foto, un certo Phin Thomsen. No, non l'ha mai visto. Prendo il bicchiere e faccio un giro per il locale, interrompendo conversazioni qua e là per fare le mie domande a voce altissima a causa del volume impossibile della musica. Vedo arrivare un altro barista e mi avvicino per mostrargli la foto. Per ultimo chiedo anche al dj. Poi passo al bar successivo. Sto fuori fino alle tre di notte e mostro la foto a cento o duecento persone. Nessuno lo conosce. Nessuno l'ha mai visto. Pazienza. Cos'altro mi potevo aspettare, in fondo? Domani è un altro giorno, mi dico.

13.

Novembre 2016

Rachel premette con forza il campanello d'ottone all'ingresso di una bella casa di mattoni rossi a Fulham. Aspettò un attimo e riprovò. Nessuna risposta. Suonò una terza volta e di nuovo non ottenne risposta. Prese il telefono dalla borsa e premette il dito tremante sullo schermo, poi si avvicinò rabbiosamente il telefono all'orecchio e aspettò che lui rispondesse.

«Ciao! Come stai?»

Rachel spostò il telefono all'altro orecchio e rispose: «Non tanto bene. Anzi, piuttosto male. Dove sei?»

«Sono andato a fare la spesa, ma sto tornando a casa. Tu dove sei?»

«Davanti a casa tua».

«Fantastico! Allungo il passo, allora. Aspettami che arrivo».

Rachel restò spiazzata dalla tranquillità con cui aveva reagito nell'apprendere che lei era sotto casa sua. Molti degli uomini con cui era uscita in passato le avrebbero dato della stalker, si sarebbero spaventati, le avrebbero detto di non farlo mai più.

Michael apparve un momento dopo con un caffè da asporto in una mano e nell'altra una borsa di stoffa da cui spuntava una baguette avvolta nella carta. Non si era rasato e indossava un bel cappotto di lana. Rachel rimase stupita di provare già un senso di familiarità nei suoi confronti, come se fosse molto di più dello sconosciuto con cui era uscita per la prima volta la sera precedente.

Nel vederla, Michael le sorrise e le andò incontro a braccia aperte. Rachel rimase sulle sue, ricordando la rabbia, il disgusto e l'orrore che provava.

«Di' un po', per chi mi hai preso?» esordì. «Per chi cazzo mi hai preso? Eh?»

«Io...»

Gli mise il telefono sotto il naso. «Spiegami questo» disse indicando lo schermo. «Perché l'hai fatto? Pensi di dovermi pagare per la notte di sesso? Ti ho dato l'impressione di una che si fa pagare?»

Michael sbatté gli occhi e la guardò. «Non capisco...»

«Senti, ieri sera sono stata bene» lo interruppe lei. «Credevo avessimo trovato un buon equilibrio. Certo, hai passato la serata a enumerarmi tutte le case che possiedi in giro per il mondo dal mio appartamentino con vista su un canale puzzolente, quindi forse avrei dovuto accorgermi delle analogie con *Pretty Woman*... Invece – non so perché – mi sono sentita ascoltata e rispettata. Perciò adesso vorrei capire come mai hai fatto 'sta cosa». Gli sbatté il telefono sulla faccia.

Michael sospirò e abbassò il capo. «Cristo santo, Rachel» disse. «Scusami. Dai, entra. Parliamone in casa».

Rachel sbuffò e rimise il telefono nella borsa. «Va bene» disse. «Va bene».

Salirono al terzo piano su un ascensore pieno di specchi, con la pulsantiera in ottone, senza dire una parola. Poi Rachel lo seguì lungo il pianerottolo moquettato fino alla porta del suo appartamento.

Michael andò in cucina per riporre la spesa e mettere in carica il cellulare.

«Tè?» chiese. «Caffè?»

Rachel scosse la testa.

Michael sospirò. «Ho fatto una cazzata, eh?»

Rachel annuì. «Sì».

«Non credevo... Mai più avrei immaginato che la prendessi a questo modo. Le tue creazioni mi piacciono tantissimo, ho pensato di comprarne un po' da regalare in giro...»

«A chi, per esempio?»

«Non so. Amici».

«In che occasioni?»

«Compleanni» rispose alzando le spalle imbarazzato.

«Cinquantaquattromila sterline di regali di compleanno? In un'unica ordinazione? È una follia».

«Sì, lo so. Ma, tenuto conto del contesto...»

«Stai dicendo che te lo puoi permettere perché sei ricco sfondato?»

«Be', messa così... Mi sembrava semplicemente di... Cazzo cazzo cazzo». Michael si prese il viso fra le mani ed emise un gemito. «Sono un cretino. Non so. È che stamattina sono tornato a casa euforico e... forse ancora un po' alticcio da ieri sera. Siamo stati così... cioè, per me è stata una serata incredibile» disse posandosi il pugno sul cuore. «Insomma, ero al settimo cielo. Tu mi avevi detto che il tuo atelier non aveva ancora ingranato del tutto e ho pensato alla faccia che avresti fatto nel vedere che ti era arrivato un grosso ordine e... Non ho riflettuto. Ti assicuro che non ho mai pensato che facessi sesso a pagamento. Ti trovo una donna straordinaria, magica, bellissima... Una donna meravigliosa. Annullo subito l'ordine». Aprì il portatile in cucina. «Ecco qua».

Rachel si alzò e andò a guardare, con le braccia conserte.

Lui premette una serie di tasti e richiuse il portatile. «Fatto» disse. «L'ordine è cancellato. Per favore, dammi la possibilità di farmi perdonare. Se mi concedi questa chance, giuro che non mi comporterò mai più in maniera così indelicata e grossolana. Rachel Gold, ti giuro che non sono come pensi. Sono femminista».

Rachel scoppiò in una risatina sarcastica.

«Okay, magari proprio femminista no, ma sono una brava persona, te lo giuro. Ho sempre trattato con il massimo rispetto tutte le donne con cui ho avuto a che fare.

Mi hanno educato così. Dai, ti prego, ceniamo insieme. Se non hai già impegni per stasera...»

Rachel sentì che si stava riaprendo uno spiraglio. Dentro di lei c'era spazio per quell'uomo educato a trattare le donne «con il massimo rispetto». Poteva concedergli un'altra possibilità. Non aveva impegni e aveva già attraversato mezza città per arrivare fin lì. Passata la rabbia, ora che la mente le si stava snebbiando, vide che la cucina di Michael era molto bella: piastrelle rettangolari nere, libri di cucina vissuti, mestoli e utensili vari dentro a un secchiello di smalto rosso e finestra con vista sul fiume. Si immaginò entrare in quella cucina a piedi scalzi la mattina per farsi un espresso con la macchina da caffè professionale in acciaio inox scintillante. Immaginò Michael che la raggiungeva e la cingeva da dietro con le sue braccia forti, avvolgendola con il suo profumo, i vestiti piegati ordinatamente sulla poltroncina in camera da letto, il suo fiato dolce nelle orecchie, un mondo condiviso. Si chiese fugacemente che tipo fosse Lucy, la ex moglie. Si chiese se avrebbe concordato con le affermazioni fatte da lui, se avrebbe confermato «il massimo rispetto» di Michael Rimmer nei confronti delle donne. Perché il matrimonio era finito? Di chi era stata la colpa?

Allontanò quei pensieri. Le ragioni per cui un matrimonio va in malora sono note soltanto ai due coniugi che l'hanno vissuto. E comunque non erano affari suoi. Guardò Michael, ammorbidì l'espressione del viso e disse: «Va bene, ceniamo insieme. Comportati bene, però».

Michael si posò una mano sul petto e disse: «Giuro che d'ora in avanti mi comporterò al meglio. Sempre».

14.

Giugno 2019

Mentre tornano a casa, Stella fatica a star dietro alla madre. «Perché corriamo così?»

Lucy avvicina la chiave elettronica al lettore, apre il pesante portone cromato e fa entrare la bambina nell'androne. «Devo fare una telefonata, tutto qui».

«A chi?»

«A Clemency».

Clemency è la sorella minore di Phin, e la migliore amica di Lucy.

«E perché è così urgente? È successo qualcosa?»

«No, no, tesoro mio. Va tutto bene».

Arrivano al piano, entrano in casa di Henry, Lucy dà a Stella la ciotola della glassa da leccare e va in camera sua a telefonare.

«Ciao, Clem, sono io. Senti, c'è una stranezza che mi preoccupa. Phin è andato via dal lodge senza dire a nessuno dove fosse diretto».

Nel silenzio imbarazzato che segue alle sue parole, Lucy intuisce la verità.

«Santo Dio, Clem! Sei stata tu? Lo hai chiamato per dirglielo?»

«Certo che sì! È mio fratello! Lo dovevo avvertire...»

«Ma doveva essere una sorpresa... Eravamo d'accordo di non dirgli niente».

«Eravate d'accordo voi, non io. Sarebbe stata una sorpresa sgraditissima. A Phin sarebbe venuto un colpo. Sapendo che voleva andare anche Henry, poi...»

«Gli hai detto che c'era anche Henry?»

«Certamente! Aveva tutti i diritti di saperlo. Vedi, Lucy... Scusa, ma penso che fosse una pessima idea. Conosco Phin e ti assicuro che non vuole farsi trovare da nessuno, meno che mai da Henry».

«Perché dici così?» domanda Lucy titubante.

«E me lo chiedi! Non ti ricordi com'era Henry con Phin? Come gli stava addosso? Non ti ricordi cos'è successo alla fine?»

Si zittiscono. Il passato che hanno condiviso è stato così traumatico che non ci sono parole per descriverlo. Si limitano a evocarlo con silenzi e frasi lasciate a metà. In ventisei anni i ricordi si coprono di ragnatele, perdono di concretezza. Ventisei anni sono un tempo sufficiente a farti dubitare di certi ricordi, a farti sospettare che forse le cose non siano andate come pensi tu. E nella casa degli orrori in cui sono cresciuti Lucy, Henry, Clemency e Phin, la realtà veniva sistematicamente distorta e deformata dal filtro dei genitori, e cioè delle persone che avrebbero dovuto prendersi cura di loro e che, invece di proteggerli, avevano permesso che venissero sottoposti a sevizie e abusi.

Lucy si chiede se Henry avesse davvero costituito un pericolo per Phin, quando erano ragazzi. *E adesso? Continua a essere una minaccia?*

Sospira. «Tu sai dov'è andato?»

«No, non ne ho la più pallida idea. Non gli ho nemmeno parlato. Quando ho chiamato, mi hanno detto che era fuori con un gruppo di turisti e così gli ho lasciato un messaggio».

«Ovvero?»

«"I Lamb hanno scoperto dove stai e vogliono venire a trovarti"».

«Davvero non hai idea di dove possa essere andato?»

«Davvero. Gli ho dato il numero mio e della mamma, ma non l'abbiamo ancora sentito. Magari non ci chiama proprio. È sempre stato un solitario. Mio fratello è uno che rifugge il branco. Magari ci toccherà aspettare di nuovo ventisei anni prima di...» Sospira. «Cazzo, mi dispiace» dice. «Non credevo che si desse alla fuga. Volevo soltanto avvisarlo, in maniera che si preparasse. Non credevo che sparisse nel nulla. Senti, Lucy: Henry si è incacchiato?»

Lei si schiarisce la voce e replica: «Henry è partito».

Si accorge che Clemency è sbigottita. «E dov'è andato? In Africa?»

«Immagino di sì».

«Ma a che scopo, se non sa dove sia Phin?»

«Non ne ho idea. Magari invece lo sa. O immagina di saperlo. So soltanto che è partito. Mi ha appena mandato un messaggio con un selfie scattato su un aereo. Ho provato a chiamarlo e gli ho mandato un certo numero di messaggi... Con il risultato che mi ha bloccato il numero».

«Ti ha bloccato? Ossignore...»

«Lo so». Pausa. «Cosa faccio?»

«Non saprei. Hai provato a cercare per casa per vedere se trovi qualcosa, un indizio?»

«No, non proprio. Ma anche se scoprissi dov'è andato, cosa potrei fare?»

«Be', potresti... potresti andarci anche tu».

Lucy scoppia a ridere. «Sì, certo» risponde. «Con due bambini, un cane e un passaporto falso».

«Okay, forse è meglio di no. Continuerò a chiamare il lodge finché non trovo qualcuno che sa qualcosa. E chissà mai che Phin non si faccia vivo. Cazzo, Lucy, che casino. Ti chiedo scusa. Mi dispiace tantissimo».

Conclusa la telefonata, Lucy torna di là e vede che Stella ha la faccia impiastricciata di glassa azzurra. Apre sportelli e cassetti, fruga negli armadi, controlla nelle tasche di giacche e cappotti in camera di Henry. Chiama l'ufficio, dove la informano che Henry sarà in ferie almeno per tutta la settimana. Non sanno dove sia andato. Chiede a Oscar, il portinaio del palazzo, ma nemmeno lui sa niente. Va su internet e cerca i voli partiti da Londra alle 07:45, ma si arrende nel constatare che da Londra partono come minimo venti voli ogni quindici minuti. Prova a inviare un messaggio, che però non viene consegnato né letto. Ripensa a quando, l'anno prima, ha rivisto il fratello che la aspettava sorridente nella casa in cui erano cresciuti, vuota e disabitata da anni. Era biondo, rifatto al punto che si era chiesta se fosse Henry o Phin. Le riaffiora alla mente un ricordo, luminoso come un flash: Phin che apre la porta a Henry, il quale lo spinge con violenza dall'altra parte della stanza, e le si accappona la pelle.

15.

Dicembre 2016

A Natale Michael e Rachel facevano ufficialmente coppia.

Per Rachel la cosa aveva un che di sorprendente, imprevista e prevedibile al tempo stesso.

Quando si vedeva riflessa in una vetrina o nello specchio di un locale insieme a lui trovava che stessero bene insieme: alti, di carnagione olivastra, denti appena sbiancati e folti capelli castani. La differenza d'età si perdeva nella somiglianza fisica. L'americanità di Michael era temperata dal suo amore per l'Europa e Rachel, pur essendo inglese, aveva avuto un'educazione cosmopolita. Non avevano vissuto le stesse esperienze perché appartenevano a due generazioni differenti e vivevano in due Paesi diversi, ma sembravano comunque bene assortiti.

La settimana prima di Natale Rachel andò con Michael alla festa che la sua migliore amica, Dominique, dava ogni anno nel suo loft di Kentish Town. Era un party mitico perché vi circolava di tutto, c'era sempre un sacco di gente, si faceva chiasso e si tirava tardi. Quell'anno però Dominique era incinta e aveva dichiarato che certi eccessi non erano graditi e che intendeva andare a nanna presto. *Prenotate un Uber per mezzanotte,* aveva scritto sull'invito.

Mentre si preparavano, Rachel notò che Michael era un po' agitato.

Erano già usciti a cena con qualche coppia di suoi amici, ma non l'aveva mai portato ad assembramenti in larga scala della cerchia che bazzicava ed era lì che percepiva la disparità, una divergenza che andava oltre l'età e la nazionalità. A Londra Michael non conosceva nessuno, a parte qualche collega e un paio di ex. Non frequentava un giro di amici con l'affiatamento di chi abita nella stessa città e fa cose insieme da sempre.

Rachel si sentiva protettiva nei suoi confronti, osservandolo mentre si abbottonava la camicia, si lavava i denti e si pettinava. Pensava che fosse ansioso di fare bella figura. Si avvicinò e gli diede un bacio sulla guancia.

«A cosa devo questo bacino?» le chiese lui con un sorriso.

«Nessun motivo» rispose lei. «Avevo semplicemente voglia di darti un bacio».

Michael glielo restituì e tornò a sistemarsi i capelli davanti allo specchio. «Devo stare attento a qualcuno in particolare? Ex rancorosi o noie mortali?»

«Escludo gli ex rancorosi. Qualche noia mortale invece ci sarà di sicuro. Se li vedo te li segnalo».

«Ricordami chi è Dominique: una tua compagna delle superiori?»

«La conosco da quando avevo quattro anni. Abbiamo fatto assieme le elementari e le medie».

«E suo marito si chiama...? No, non me lo dire. Me lo ricordo. Jonathan. Giornalista in un tabloid».

«Esatto. Bravissimo».

«Al quinto mese di gravidanza. Il bambino nascerà ad aprile. Giusto?»

«Giustissimo».

«E fa la visual merchandiser da Matches, la boutique per ricche signore?»

«Accipicchia, che memoria! Sì. Sarà quasi sicuramente di cattivo umore perché non può bere ed è in quella fase in cui non si capisce ancora che aspetta un bambino e sembra semplicemente grassa, non le sta bene niente ed è sempre stanca morta».

Michael annuì con l'aria di chi conosce il problema. «Me la ricordo bene, quella fase della gravidanza».

Quelle parole irritarono leggermente Rachel. Michael non parlava quasi mai di Lucy, del matrimonio e del figlio con cui non era più in contatto, ma ogni volta che li nominava, per lei era una ditata nelle budella. Preferiva considerare Michael un uomo maturo ma ben conservato, senza legami e senza impegni a parte il lavoro, e tendeva a dimenticare che invece nel suo passato c'era un matrimonio con una certa Lucy, violinista e amante della poesia, che parlava correntemente il francese e gli aveva dato un figlio. Nel passato di Michael c'era una vita che lei non avrebbe mai potuto comprendere, vivere, posti segreti nei quali non le sarebbe mai stato concesso di entrare. Si sforzò di sorridere e cambiò discorso.

«Non so tu, ma io berrei un bicchiere prima di uscire. Per scioglierci un po'...»

«Assolutamente sì. Un minuto e sono da te».

Rachel gli diede un ultimo bacio e uscì dal bagno, stappò una bottiglia e versò il vino. L'idea era di aspettare Michael e fare un brindisi, ma si ritrovò a prendere il bicchiere e buttare giù un bel sorso nel tentativo inconscio di anestetizzare la gelosia che le bruciava dentro. Non era mai stata gelosa. Non aveva mai provato quelle emozioni con nessun altro. Erano emozioni spiacevoli e si sentiva sminuita dal provarle: era come se di colpo la sua felicità dipendesse da Michael, che aveva il potere di regalargliela e togliergliela a suo piacimento, con un'osservazione o un aneddoto buttato là. Bevve un altro sorso e prese in mano il telefono.

Dom, mi fai un favore? Chiedi a Jonathan di sondare un po' Michael e farsi raccontare qualcosa della sua ex, del figlio ecc. Con me è evasivo e non voglio fargli troppe domande. A fra 1 ora. GIA!!!

«È un gran fico» commentò sottovoce Dominique. «Da come lo descrivevi, me lo immaginavo tipo tuo padre. Cosa che peraltro... Voglio dire, un po' si assomigliano, no?»

«Ma fammi il piacere!»

«Nel senso: tuo padre porta benissimo la sua età, giusto?»

«Mio padre ha sessantatré anni! Michael potrebbe essere suo figlio, cazzo!»

«Ti stavo prendendo in giro, Rachel. Come accennavo poc'anzi, lo trovo assai belloccio».

«Un po' troppo, dici?»

Dominique aveva sempre avuto uomini piuttosto eccentrici. Quelli normali non li guardava nemmeno. Jonathan, con tutte le sue stranezze e idiosincrasie, ne era la dimostrazione vivente. Uno come Michael per lei era troppo normale, poco interessante.

«No, non intendevo questo. Per te va benissimo. È il tuo uomo ideale. Siete una gran bella coppia. Complimenti!»

Brindarono.

«Cosa bevi?» chiese Rachel occhieggiando il liquido rosato nel bicchiere di Dominique.

«Acqua minerale frizzante con un goccio di Angostura. Fa schifo. Uffa, rinunciare all'alcol è una penitenza». Si guardò la pancia sotto la morbida blusa dorata con due catene al posto delle spalline e fece un mezzo sorriso. «Vedi quanti sacrifici faccio già per te?» Rialzò gli occhi e disse a Rachel: «A proposito. Ho incaricato Jonathan di mettersi in modalità giornalista, rivolgergli le domande giuste e far rapporto. Domani ti aggiornerò sui risultati. C'è qualcosa che ti preoccupa in particolare? A me sembra super innamorato».

«Sì, penso che lo sia. Però, ogni volta che esprimo la minima curiosità riguardo l'ex moglie e il figlio, trovo un muro di gomma. Non voglio essere troppo insistente, ma ho la sensazione che mi nasconda qualcosa. Il problema è questo».

«Guarda, se nasconde qualcosa Jonathan lo scoprirà di sicuro: fidati di lui». Le strizzò l'occhio. «Ora sarà meglio che vada a parlare anche con qualcun altro. Ciao, ci becchiamo».

Rachel rabboccò il bicchiere e uscì dalla zona cucina per attraversare l'open space e raggiungere Michael, che stava parlando con una certa Ella, amica di amici di Dominique che Rachel conosceva solo vagamente. Era una ragazza minuta, bionda ed effervescente. Rachel, che era tutt'altro che effervescente, si sentiva sempre in soggezione con chi aveva quel tipo di atteggiamento.

Si accorse che Ella rimaneva perplessa nel vederla avvicinare, perché non si erano praticamente mai rivolte la parola, poi guardava Michael e, improvvisamente, capiva. Rachel notò una luce strana nei suoi occhi pesantemente truccati.

«Buonasera» disse Rachel in tono allegro. «Ciao, Ella, come stai? Vedo che hai conosciuto Michael».

«Sì. Anche se non sapevo si chiamasse Michael. Non eravamo ancora arrivati alle presentazioni». Risatina nervosa.

«Già» replicò lui. «Stavamo parlando di incidenti sui campi da sci».

«Divertente» osservò Rachel.

«Quindi voi...?» chiese Ella, muovendo la mano dall'uno all'altra.

«Sì» risponde Rachel annuendo. «Stiamo insieme».

«Ma che bello!» esclamò Ella.

«Sì» rispose Rachel. «Bellissimo».

Si ritrovò a prendere Michael sottobraccio e stringerlo a sé e un attimo dopo si vide da fuori e si vergognò di sé stessa. Non le erano mai piaciute le donne che si comportavano così. Insicure, appiccicose, fasulle. Vide che Ella si sforzava di sorridere e poi spostava lo sguardo verso un altro gruppo di persone. «Lieta di averti conosciuto, Michael. Ti auguro un piacevole soggiorno londinese. Rachel, mi ha fatto piacere. A proposito, ti vedo in forma splendida. Come sempre».

E si allontanò, lasciandoli soli e in preda a una strana tensione.

«Miss Gold, sei forse gelosa?»

«Vaffanculo».

«E dai! Sul serio, mi sembravi ingelosita».

«Sul serio, vaffanculo».

«Un pochino mi piace, sai?»

«Piantala».

«Davvero. È divertente. Nel senso: guardati. Vali molto più di me in un sacco di campi. Sono io che dovrei sentirmi inadeguato. L'idea che tu abbia paura che ti molli per Miss Ciglia Finte sotto sotto mi lusinga». Ruotò gli occhi verso Ella, che stava ridendo sguaiatamente della battuta di un uomo.

«Non ho pensato questo. Sono solo rimasta sorpresa che non le avessi detto che eri con me».

«Me ne avesse dato la possibilità... Quella, quando attacca, non la smette più. Bevuta, peraltro. Avesse preso fiato un secondo, ne avrei approfittato per intervenire e dirle: "Senti un po', piccoletta dalla voce stridula, sappi che sono con la donna più affascinante di tutta la festa. Rachel Gold, la conosci?"».

Rachel non poté fare a meno di sorridere. Michael ricambiò il sorriso, abbassò la testa e la guardò negli occhi. «Io voglio te, Rachel. Sei l'unica donna al mondo che mi interessa. Ricordatelo».

Lei annuì, lasciandosi conquistare dalla dichiarazione d'amore, ma al tempo stesso si sentì sminuita, relegata in una posizione di inferiorità.

16.

Giugno 2019

Il giorno dopo mi sveglio con un fastidioso mal di testa. Non sono i postumi di una sbornia: ieri sera non ho bevuto fino a quel punto. Credo abbia a che fare con il jetlag, lo stress e una lieve disidratazione. Dopo colazione trovo una copisteria vicino all'hotel e mi faccio stampare un ingrandimento formato A4 della foto di Phin per evitare ulteriori poco igieniche ditate sullo schermo da parte di sconosciuti. Poi inforco gli occhiali e do inizio alle ricerche. Indago con gentilezza presso facchini e concierge e rompo le scatole a diverse persone che escono di fretta dal portone di casa.

Mi fermo in un locale specializzato in brunch, che ha soffitti a volta da cui pendono fiori di glicine in seta. Ordino una *quesadilla*, un tè *chai* e uno *sparkler* curcuma e zafferano. Scopro che la vaga nausea di poco prima è passata e ho una fame da lupi. Spazzolo tutto quanto. Un ragazzo dai capelli ossigenati mi chiede se sono soddisfatto della colazione. Gli rispondo che era tutto ottimo e lui sorride compiaciuto.

Torno a battere le strade. Sudo e mi sento lontanissimo da casa. Non mi ero mai spinto oltre le isole Canarie, finora. Per fortuna Chicago ha un'atmosfera gradevolmente europea e posso fingere di essere in un quartiere trendy di Parigi o di Berlino.

Alle quattro del pomeriggio il mio smartphone mi informa che ho fatto quasi diciottomila passi da stamattina. Mi siedo su una panchina e rifletto. Per quanto tempo posso andare avanti con 'sta cosa? Quanti passi sono ancora in grado di fare? Incomincio ad avere l'aria stanca, e un tantino inquietante. Dovrei tornare in hotel a darmi una rinfrescata. Ma ormai ho investito così tanto tempo e così tante energie che fermarmi proprio adesso mi sembra un peccato. Prendo il telefono per controllare le email e vedo una chiamata senza risposta. Non capisco come ho fatto a lasciarmi sfuggire una telefonata. Poi mi accorgo di aver disattivato la suoneria. Ascolto il messaggio in segreteria.

Ciao, sono Lyle. Non so se ti ricordi. Ci siamo conosciuti ieri sera. Cercavi un tipo, un certo Finn? Be', mi è venuto in mente che il padrone di casa di un mio amico si chiama Finn ed è stato in Africa. Non so se sia lo stesso, ma quando gliel'ho descritto, questo mio amico ha detto che ci sta. Se vuoi, ti do il suo numero. Si chiama Joe. Chiamami tu.

Sbatto le palpebre e sorrido a trentadue denti nonostante la faccia ustionata dal sole.

Vado nel registro delle chiamate e cerco il numero di Lyle.

17.

La mattina dopo, mentre fa pulizia in cucina, Lucy sente suonare il telefono. Le viene un colpo, ma poi pensa che potrebbe essere Henry. Il prefisso però è di St Albans. Non è il numero di Libby e quindi dev'essere l'agenzia immobiliare. Risponde con il batticuore. «Pronto?»

«Buongiorno! Sono Max Blackwood, Raymond & Cobb. La disturbo?»

«No, no. Mi dica».

«Ho parlato con i proprietari che, dopo averci pensato un po', hanno detto di essere disposti a scendere. Se lei aggiunge all'offerta altre cinquantamila sterline, è sua».

«Quindi sarebbero...» Non riesce a fare i calcoli, tanto è emozionata.

«Un milione e cinquantamila sterline, sì».

«Capisco».

Le sembra una pretesa assurda e sa che dovrebbe rifiutarsi, o perlomeno fare una controproposta. Ma la casa le piace tantissimo e non ha voglia di perdere tempo, perciò si ritrova a rispondere, a voce bassa ma in tono risoluto: «Va bene».

«Posso dire ai proprietari che accetta la proposta, dunque?»

«Sì, può dire ai proprietari che accetto. Ma a condizione che si impegnino a concludere al più presto».

«Certo, Lucy. Glielo dirò. È anche nel loro interesse, in fondo».

Finita la telefonata, Lucy alza gli occhi al cielo e rivolge una preghiera agli dèi delle compravendite immobiliari affinché la aiutino ad avere finalmente una casa per sé e i suoi figli, dopo tanti anni di vagabondaggi.

18.

Dicembre 2016

Come da istruzioni della padrona di casa, gli invitati al party natalizio se ne andarono a mezzanotte. Dominique, sulla porta, salutava sbadigliando ostentatamente, dopo essersi tolta le scarpe con il tacco. Rachel si chinò a dirle nell'orecchio: «Aspetto il tuo messaggio». Dominique rispose: «Certo. A domani». Si abbracciarono e baciarono, poi Rachel e Michael presero un Uber fino a casa di lui.

Non faceva freddo per essere dicembre, e si fecero lasciare sul lungofiume. Sull'acqua si riflettevano le luci dei lampioni e dietro le finestre delle belle case vittoriane si vedevano gli alberi di Natale illuminati. Rachel si strinse nel giaccone e si lasciò cingere le spalle da Michael. Mentre camminavano così, abbracciati, Rachel si sentiva scombussolata, in preda a un misto di emozioni confuse e disordinate. Era innamorata come non immaginava di potersi innamorare di nessuno, meno che mai di un ultraquarantenne un po' sbruffone, con un figlio e un passato segreto, che sarebbe ripartito per gli Stati Uniti dopo tre mesi e mezzo. L'unica cosa che voleva era stare con lui, sentire le sue mani sulla pelle, il suo odore, i suoi abbracci. Voleva che Michael la guardasse, la ascoltasse, le cingesse le spalle, che la pensasse intensamente e continuamente. Le rare volte che si separavano, provava un bisogno fisico di ritrovarlo. Se lui non rispondeva immediatamente ai suoi messaggi o alle sue telefonate, andava subito in ansia e cominciava a temere che lui ci stesse ripensando, che la volesse lasciare, che non la trovasse più interessante, che il loro legame si stesse logorando. Il sollievo che la invadeva quando la risposta finalmente arrivava, quando lui si presentava con un mazzo di fiori, le accarezzava i capelli, le cingeva la vita e la baciava sulle labbra era tale che a volte Rachel temeva di svenire.

Certi giorni si guardava allo specchio e non si riconosceva più. Era ancora la principessa di ghiaccio, la brunetta dal fisico statuario, bella ma rompiscatole ed estremamente esigente, o si era trasformata di colpo in una donna completamente diversa? Forse quelle due identità erano sempre coesistite e dentro di lei c'erano innumerevoli Rachel. Quindi quella versione insicura di sé che alle feste aveva bisogno di prendere sottobraccio il suo uomo con aria di possesso per scacciare le spasimanti esisteva anche prima? Il solo pensiero le metteva i brividi.

Provò a trovare un senso a quel turbinio di emozioni.

Certo che era ancora lei. Era ancora Rachel Gold. Solo che adesso stava con un uomo a cui teneva veramente. L'unica differenza era quella.

Come se le avesse letto nel pensiero, Michael si fermò e la fece voltare in maniera da poterla guardare negli occhi. «Mi è piaciuto» disse. «Quando prima ti sei ingelosita».

«Non mi sono ingelosita».

«Altroché! Mi hai fatto tenerezza. L'idea che tu possa essere gelosa di me... Voglio dire: strano, no? Nel senso: sono lusingato. Non so cosa io abbia fatto per meritare la gelosia di una come te, ma di sicuro... non voglio farmi scappare una simile fortuna. La voglio conservare per sempre. Perché, vedi, il pensiero che tu sia gelosa... be', fa diventare geloso anche me!»

Risero e Rachel lo guardò negli occhi e rispose: «Non sono mai stata gelosa di nessuno. Mai. Anzi, in genere quando uno dei miei ex dimostrava interesse per un'altra, pensavo "meglio così" e provavo un senso di liberazione. Con te, invece... Con te è tutto diverso».

Michael si posò una mano sul cuore con gesto teatrale e mormorò: «Ti prego, non dire così o il mio ego smisurato diventerà ancora più smisurato e finirò per lasciarti per una diva di Hollywood. Non permettermi di allargarmi troppo: devi dettare tu le regole del gioco. Non lasciarle dettare a me, fammi rigare dritto: è meglio». Scherzava, ovviamente. Rachel era sicura che la stesse prendendo in giro. Sorrise e rispose: «Okay, dimostrami di essere alla mia altezza, oppure mi guarderò in giro in cerca di un uomo piacente, ricco e di buon carattere».

Michael scoppiò a ridere, dondolando all'indietro sui talloni. Poi le si avvicinò. «Sei...» incominciò. «Tu sei... Oddio, Rachel, sei troppo bella. Troppo tutto. Sono pazzo di te, sai? Non riesco a pensare di vivere senza di te. Lo so, è pochissimo che stiamo insieme e per certi versi ci conosciamo appena, ma nel profondo io... sono sicuro. Non sono mai stato così bene e non voglio che... Rachel, io ti voglio sposare. Che cosa dici? Vuoi essere mia moglie?»

In quel momento Rachel ebbe un fremito, come se di colpo avesse capito cos'era il turbinio di emozioni confuse che le si agitava nel petto come un uccellino impaurito: voleva sposare Michael. Voleva essere sua moglie. Era chiaro e semplice. La finestra si aprì e l'uccellino volò via.

«Sì» rispose, prendendogli le mani. «Oh, sì, dai! Sposiamoci! Sì! Sì! Dove andiamo a stare?»

«Un po' qua e un po' là» rispose Michael.

Il lunedì mattina Rachel andò dritta nell'atelier di Paige.

«Ho un gioiello da ordinarti» esordì in tono teatrale.

Paige si abbassò gli occhiali dalla montatura nera sulla punta del naso e la guardò incuriosita. «Bene. Che cosa ti serve?»

«Un anello di fidanzamento».

«Okay. Non è la mia specialità, ma... Dimmi qualcosina di più».

«Dev'essere in oro bianco. Un solitario. Molto semplice».

«Mi sembra più il tuo genere che il mio. Perché non lo fai tu?»

«Perché...» Le si incrinò quasi la voce. «È per me».

Paige sgranò gli occhi. «Nel senso che...?»

Rachel annuì. Era al settimo cielo, e nello stesso tempo si sentiva un po' stupida.

«Michael? L'americano?»

«Sì».

«Cazzo, Rachel, non me l'aspettavo proprio! Da quant'è che state insieme? Due mesi?»

Rachel annuì.

«Porca miseria. Nel senso: è bellissimo. Ma sei sicura? Credevo che fosse una storiella da massimo sei mesi...»

«Sì, lo credevo anch'io. Invece è qualcosa di più».

«Be', allora... Vieni qui, dai!» Paige allargò le braccia e Rachel si avvicinò e si lasciò stringere dall'amica. «È un uomo molto, molto, molto fortunato» disse Paige. «Spero se ne renda conto».

«Sì, sì. In effetti è proprio questa la cosa straordinaria: non ci sono giochetti, intrallazzi, stronzate varie. Semplicemente, lui pensa che io sia una persona meravigliosa e io penso lo stesso di lui. Così...» Si interruppe nel sentire tre trilli del telefono in rapida successione. Controllò chi fosse.

I messaggi erano tutti e tre di Dominique.

J ha fatto i compiti.

Ti devo parlare a voce.

Chiamami.

«Scusa» disse Rachel a Paige. «Devo fare una chiamata. Torno fra poco».

Aprì bottega e posò la borsa. Poi chiamò Dominique e, in attesa che l'amica rispondesse, tossicchiò.

Ti devo parlare a voce.

Altro colpetto di tosse. Nel sentire la voce di Dominique, alzò la testa e la salutò: «Ciao».

«Ciao, Rachel. Tutto bene?»

«Sì, sì. Tutto bene. Tu?»

«Alla grande! Ho sentito il bambino muoversi per la prima volta».

«Oddio! Che bello! È...»

«Strano. L'aggettivo giusto è: strano. Sembra di avere un pesce rosso nella pancia. Comunque, senti: ti volevo riferire cos'ha scoperto Jonathan riguardo il bel Michael. Lo vuoi sapere?»

«Certo. Cioè, non sarà mica niente di grave, no?»

«No, no. Di grave no. Però... ci sono due cosette un tantino inquietanti. Campanelli d'allarme, diciamo».

«In che senso?»

«Dunque. La ex moglie. Lucy, giusto?»

«Sì, giusto».

«Michael l'ha definita "una fricchettona"».

«Okay...»

«E sostiene di averla "tirata via dalla strada" quando aveva ventun anni».

«In che senso?»

«Nel senso che viveva per strada. Era una musicista di strada».

«E quanti anni aveva Michael all'epoca?»

«Non l'ha specificato. Ma, tenuto conto che aveva casa ad Antibes, direi un certo numero più di lei».

Rachel spostò il cellulare sull'altro orecchio. Non sapeva che cosa pensare di quello che le aveva appena detto Dominique. «Cos'altro?»

«Be', c'è una cosa di cui Michael non ha parlato, ma che Jonathan ha trovato su internet: la sua azienda, la MCR International, non è quello che sembra».

«Okay...»

«Probabilmente è una copertura per traffici che secondo Jonathan potrebbero non essere del tutto... trasparenti?»

«Come fa a dire questo?»

«Non so, non è entrato nei particolari. Ha semplicemente detto che non gli sembravano operazioni trasparenti».

«Ma di che tipo? Droga? Riciclaggio di denaro sporco? Cosa?»

«Jonathan ha detto che non sa di cosa si tratti, ma ci

sono strani indirizzi, depositi in Algeria e a Belfast, e in posti assurdi: Jonathan li ha cercati su Google Maps e li considera sospetti».

«Magari sono inciuci finanziari, ma niente di illegale».

«Sì, penso che si tratti di finanza, più che di traffico di minori a scopo di prostituzione. Anche se, quei depositi nel bel mezzo del niente potrebbero...»

«Dai, smettila. Per favore!»

«Sto scherzando!»

«Lo so, ma...»

«Non credi sul serio che...»

«Ma no, figuriamoci!»

«Comunque, in poche parole: secondo Jonathan, Michael è abbastanza a posto. Non lo definirebbe un buon partito, ma per un po' va bene».

A Rachel si azzerò di colpo la salivazione. «Ho capito. Nient'altro?»

«No, Jonathan non ha scoperto altro. Soltanto la "fricchettona tirata via dalla strada" e i traffici più o meno loschi. Anzi no: anche che Michael è pazzo di te. Ha totalmente perso la testa».

Rachel provò un brivido di piacere. Sì, pensò, lo so. E anch'io sono pazza di lui. L'unica cosa che conta è questa.

«Be'» disse, decisa a tagliar corto. Aveva la testa piena di minori rapiti a scopo di prostituzione, anelli di fidanzamento e musicisti di strada, immagini e pensieri assurdi che cozzavano gli uni con gli altri come sedie a bordo di una nave in burrasca. «Ringrazia Jonathan da parte mia. Digli che gli sono veramente grata di quello che ha fatto. E tu riposati e goditi il pesciolino rosso».

Chiuse la telefonata e si accorse di essere senza fiato. Doveva dare un senso ai pensieri che le si agitavano in testa prima che le venisse il capogiro. Perciò isolò le informazioni, le allineò e le catalogò. Lucy aveva conosciuto Michael giovanissima. Non era detto che si fossero messi assieme subito, però. Magari per un certo periodo lui l'aveva presa sotto la propria ala, l'aveva aiutata e protetta e poi, con il tempo, fra loro era sbocciato qualcosa di più profondo. Per quanto riguardava l'azienda... ormai gli affari si gestivano in maniera diversa, rispetto a una volta era tutto più complesso. Era abbastanza frequente che le aziende approfittassero di vuoti legislativi per eludere le tasse e massimizzare i profitti. E quindi? Michael le aveva detto che si occupava di transazioni commerciali, prevalentemente import-export. Era stato sincero con lei. Le aveva raccontato che Lucy suonava il violino per strada, che l'aveva conosciuta così. E che era una donna strana e difficile. Jonathan non aveva scoperto nulla di nuovo. Non c'era di che preoccuparsi.

Tornò nell'atelier di Paige. «Allora» incominciò, aprendo un album e mettendoglielo sotto il naso. «Ho abbozzato due schizzi».

19.

Giugno 2019

Samuel

«Ciao, Saffron».

«Ciao, Sam. Sono arrivati i referti. Puoi parlare?»

Faccio una smorfia. Detesto essere chiamato Sam. Ma siccome Saffron mi è simpatica, lascio correre.

«Sì, sì, nessun problema». Rimetto il sandwich nel contenitore di carta e mi pulisco la bocca con il tovagliolino. «Dimmi tutto».

«Dunque. La nostra amica aveva un'età compresa fra i ventisette e i trentatré, era alta un metro e cinquantasette ed era di corporatura minuta. E fin qui tutto bene».

«Okay» replico. «Dimmi anche il resto».

«I risultati dell'analisi ossea sono ambivalenti. Lo scheletro pare essere rimasto immerso in acqua per un periodo relativamente breve – pochi mesi, un anno – ma le ossa hanno almeno vent'anni. Più probabilmente venticinque».

«Questo significa...» Mi interrompo, perché sto ancora pensando alla prima parte del problema.

«Che il cadavere è stato spostato dopo essere rimasto in un altro posto per un certo numero di anni. Dentro il sacco di plastica c'erano tracce di foglie, insetti e ragnatele che stiamo sottoponendo ad analisi separatamente. I risultati dovrebbero arrivare fra un'oretta. Altre due cose».

«Dimmi».

«La morta aveva l'alluce valgo e le cartilagini del ginocchio molto consumate, che sono problemi tipici di chi pratica la danza a livello intensivo. Potrebbe essere stata una ballerina, quindi: forse vale la pena indagare in questo senso. E aveva addosso fibre tessili che potrebbero essere residui di qualcosa in cui era avvolta prima di venire trasferita nel sacco di plastica. Speriamo che ci dicano qualcosa di utile. Se fosse un tipo di fibra molto particolare, per esempio...»

«Possibile causa di morte?»

«C'è una lieve frattura sulla parte sinistra del cranio, nella zona temporale».

«Provocata da?»

Saffron prende fiato prima di rispondere. «Trauma da oggetto contundente».

Chiudo gli occhi e sospiro. «È stata uccisa, quindi?»

«Al novantanove per cento, sì».

Sento abbattersi sulle mie spalle il peso di questa rivelazione. Allora è ufficiale: quello su cui stiamo indagando è un caso di omicidio. Per risolvere il quale abbiamo pochissimi indizi e prove materiali.

Il lato buono della faccenda è che non abbiamo alcuna fretta. La povera donna è morta da più vent'anni, quindi posso prendermi i miei tempi. Nessuno mi sta con il fiato sul collo affinché io risolva il caso. C'è da dire che questo è uno di quei misteri che rischia di tormentare me per mesi, anni, o fino alla fine dei miei giorni, ma che non interesserà a nessun altro. Perlomeno finché non avrò identificato la vittima.

20.

La casa di Phin è dalla parte opposta di Chicago, in un quartiere borghese, elegante e molto poco funky, abitato da giovani famigliole con il suv parcheggiato in giardino. Le case sono vittoriane, di mattoni rossi, con bovindi e vialetti in cotto, divise in più appartamenti. Phin abita al secondo piano. Le scale sono di legno, lucidissime, dal soffitto dell'ultimo piano pende un lampadario di ottone e alle pareti sono appesi quadri di buon gusto. Joe mi accoglie a piedi scalzi, calzoncini corti blu e polo nera. È giovanissimo. Non so dove prenda i soldi per un appartamento così, ma sono l'ultima persona al mondo a potersi permettere di fare simili domande.

«Ciao» mi saluta con voce un tantino stridula. Se fosse un cane, sarebbe uno di quei cagnetti che tremano tutti e ringhiano dal trasportino.

«Sei stato gentilissimo» rispondo con la voce più calda e profonda che mi riesce, volta a rassicurarlo sul fatto che sono un uomo maturo, ma può fidarsi di me. «Grazie di avermi dato appuntamento qui per parlare».

«Ti va un succo?» mi chiede, appoggiato ai mobili della cucina con un piede sopra l'altro. «Oppure una bibita? Un bicchier d'acqua?»

«Grazie, va benissimo l'acqua».

Mi appoggio allo schienale del divano e mi guardo intorno. L'appartamento è splendido: colori neutri, temi africani – stampe di tigri ed elefanti, mappe acquerellate. È completamente diverso da casa mia, che pure ho arredato pensando a Phin, e di nuovo mi rendo conto che in tutti questi anni ho dato la caccia a un fantasma e ho vissuto sulla scia di un ragazzo che non esiste più. Piuttosto che attenuare in me il bisogno di trovarlo, però, questa riflessione accresce la mia voglia di vederlo. Joe mi porge un bicchiere e io gli chiedo: «Quindi tu hai conosciuto Phin?»

«No» mi risponde. «Non l'ho mai visto. Gli ho parlato per telefono. È inglese come te, giusto?»

«Sì».

«Ho visto qualche sua foto per casa, quindi so che faccia ha e...» Si blocca e mi squadra. «Tu quanto bene lo conosci? Nel senso: siete super intimi?»

«Sì e no. Lo conosco da quando eravamo piccoli e sapevo che era andato in Africa a fare la guida dei safari. Volevamo andare a trovarlo – io e una persona di famiglia – ma quando stavamo per partire, lui è sparito. Siamo preoccupatissimi».

«Quindi è un po' di tempo che non vi parlate».

«Sì, purtroppo. Ci siamo persi di vista – tutta la famiglia – per un lungo periodo. Il viaggio in Botswana era, per l'appunto, l'occasione per rivederci».

Mi lancia una timida occhiata e dice: «Senti, non vorrei che pensassi male, ma in casa ci sono parecchie foto sue e, siccome è bello come il sole e ha l'aria misteriosa, io e i miei amici ci divertiamo a inventare storie sul suo conto. Le avventure di Finn Finn, le chiamiamo. Per questo a Lyle è sembrato di riconoscerlo, quando gli hai mostrato la foto. Ma è una cosa soltanto fra noi, spero che non ti dispiaccia».

«Ma no, figurati. Ho capito benissimo».

«Per divertimento. Fra noi e basta».

«Sì, certo». Sorrido. «Da quant'è che abiti qui?»

«Un paio d'anni. Ci sono venuto a stare dopo che mi sono laureato. Pagano i miei, nel caso te lo stessi chiedendo».

Scuoto la testa come a dire che quel pensiero non mi aveva neppure sfiorato. «Da solo?»

«Sì, da solo. Ogni tanto si ferma qualcuno a dormire. Niente di che, intendiamoci: amici».

Sorrido rassicurante, ma penso: *Cazzo, se non te la godi adesso che hai ventidue anni, sei nel pieno della bellezza e hai un appartamento di lusso in un quartiere chic di Chicago...* Vorrei dirgli di darsi una mossa, smetterla con gli amori platonici e darci dentro. Vorrei dirgli che l'età d'oro finisce in fretta, sboccia stupenda come una rosa e appassisce prima che tu te ne renda conto. Naturalmente sto zitto. Mi limito a chiedergli se ha sentito Phin ultimamente. «Siete in contatto?»

«No. Sono settimane che non lo sento. L'ultima volta gli ho scritto per un problema di lavori al tetto e di ponteggi».

«E questa era casa sua? Nel senso: abitava qui, prima?»

Joe guarda prima il soffitto e poi me. «Immagino di sì, visto che ci sono in giro un sacco di cose sue».

«Ti riferisci alle foto?»

«Sì. Erano in un cassetto in camera da letto».

«Posso vederle?»

«Sì. Certo. Le avevo già tirate fuori per fartele vedere. Eccole». Si volta verso lo scaffale, prende un mucchietto di fotografie e me le passa.

Le guardo, facendomi forza per non lasciar trapelare quanto sono turbato, emozionato e in ansia. Mi schiarisco la voce e abbasso gli occhi.

Eccolo, Phin. Non ha né la barba, né l'abbronzatura della foto che guardo ossessivamente dalla sera della festa di Libby. In queste foto è più giovane e sbarbato. Dimostra una trentina d'anni. Sfoggia tagli di capelli diversi, rasato a zero in certe, lunghe chiome al vento in altre. Vari gradi di abbronzatura, abbigliamenti che vanno da maglione e giaccone imbottito a bermuda e canottiera. Noto che ha un tatuaggio su un bicipite, molto tradizionale, stile marinaio. Non riesco a capire che cosa raffiguri, però. Ritratti di Phin sorridente, imbronciato, mentre ride, mentre mangia, mentre beve, mentre guarda l'obiettivo e mentre guarda altrove. Abbracciato a ragazze, abbracciato a ragazzi. Con un boccale di birra in mano, con una flûte di champagne, al ristorante, sulla spiaggia. Ma sempre di una bellezza da togliere il fiato. Bello a dodici anni come a quaranta e passa. Non è giusto. Cerco di individuare eventuali segni di intimità con qualcuna delle persone ritratte insieme con lui per capire che strada abbia preso la sua sessualità inizialmente così ambigua. Ma Phin mi sembra asessuato, perfetto, impenetrabile come i presentatori dei programmi per ragazzi.

«Sai per caso se... aveva una relazione? Stava con qualcuno?»

Joe scuote la testa. «Non lo so. A me non ha mai nominato nessuno. E con la vita che fa, in Africa, mi sa che è single».

«Sì, capisco. Posso mica...? Ti spiace se le fotografo?»

«Ma no, figurati».

Prendo lo smartphone e allineo le foto sul tavolo della cucina. «Quindi hai il suo indirizzo email, dicevi? Non è che me lo daresti?»

Per la prima volta lo vedo perplesso. «Boh, non saprei» borbotta accarezzandosi il mento. «Nel senso: magari non vuol farsi trovare. È possibile, no? È una questione di privacy».

«Oh, Joe! Vedo che sei una persona corretta, e mi fa piacere. Ma no, escludo categoricamente che non voglia farsi trovare. Teneva tantissimo a questa vacanza tutti assieme. Non vedeva l'ora di rivederci, dopo tutto quello che abbiamo condiviso in passato... Era il suo massimo desiderio».

«Scusa, ma come comunicavate, se non hai la sua email?»

Mi ha preso in contropiede. «In che senso?»

«Come fai a non avere l'indirizzo email di Finn, se vi sentivate?»

«Ehh».

Bella domanda.

«Usavamo WhatsApp, non l'email. Ma da un po' non

riceve più i miei messaggi e non risponde al telefono. Insomma... siamo preoccupati».

Joe è ancora titubante, ma vedo che sta per cedere. «Okay» dice, prendendo il telefono. «Va bene. Ecco: finnthomsen@chobelodge.com».

Vorrei chiedergli se Finn è scritto con la effe o con il ph, ma temo che si insospettirebbe e quindi lo scrivo con la effe e sorrido. «Grazie. Davvero. Senti, ti viene in mente qualcuno qui a Chicago che potrebbe avere sue notizie, sapere dov'è andato? Per esempio: l'affitto è tramite agenzia?»

«No, abbiamo preso accordi direttamente. Cioè, lui e i miei genitori».

Mi accorgo che si sta innervosendo: gli sto facendo troppe domande, lo sto mettendo a disagio. Non posso chiedergli anche il telefono dei genitori: sarebbe davvero eccessivo. Perciò intreccio le dita e dico: «Grazie, non ti disturbo oltre. Ho già approfittato fin troppo della tua disponibilità. Grazie di cuore, Joe. Appena scopro qualcosa, ti faccio sapere».

Sorrido, mi metto la borsa a tracolla e dico: «Posso chiederti un ultimissimo favore? Ti secca se vado un momento alla toilette?» Enfatizzo l'accento inglese, perché ho notato che qui fa il suo effetto.

«Figurati. Certo. È lì». Indica. Indico nella stessa direzione con aria interrogativa e lui fa di sì con la testa.

Il bagno è di fronte alla camera da letto e non posso fare a meno di sbirciare dentro, giusto per vedere il letto di Phin, dove dormiva quando abitava ancora qui, dove avrà fatto l'amore con qualcuna delle persone ritratte con lui nelle foto, quelle che abbracciava, con cui mangiava, beveva, rideva. Il letto è nel bovindo che affaccia sulla strada e ordinatamente rifatto, lenzuola grigie, coperta color panna con le frange annodate, cuscini di stoffe africane. Chiudo gli occhi e mi immagino disteso su quel letto, che mi giro su un fianco dopo una notte passata abbracciato a Phin e gli accarezzo il tatuaggio solitario. Riapro gli occhi e vedo il letto vuoto. Joe è l'unico che può portarmi a Phin. Uscito da qui, mi ritroverò al punto di partenza.

Vado nel bagno e torno da Joe, che sta mettendo il mio bicchiere nella lavastoviglie.

«Mi fermo ancora un paio di giorni. Sto a Northalsted. Ti va di andare a cena una sera? O a bere qualcosa, se preferisci. Hai il mio numero. Se hai voglia, chiamami. Oppure mandami un messaggio».

Cerco di leggergli negli occhi la risposta e vedo brillare una luce spaventata. Mi viene voglia di mollargli un ceffone.

«Okay» risponde. «Vediamo, dai. È un periodo che sono piuttosto impegnato, a dire il vero. Comunque, se sento qualcosa a proposito di Finn, ti avverto».

Sorrido mesto, smettendo di tirarmela da Hugh Grant. «Va bene» rispondo. «Allora ciao. Ancora grazie».

Lascio Joe a finire di caricare la lavastoviglie a piedi scalzi e richiudo la porta rumorosamente. Lo vedo già che corre a prendere il telefono per chiamare Lyle. «Di', il tipo che mi hai mandato è bello strano. Mi sa che lo blocco». Provo un moto di rabbia che mi fa pulsare le tempie. Mi calmo prendendo lunghi respiri e chiamo un Uber.

Mentre aspetto che arrivi, osservo il bovindo dietro il quale si trova il letto di Phin. Un attimo dopo vedo spuntare la faccia di Joe. Gli faccio ciao, così, tanto per fare.

21.

Febbraio 2017

Due mesi dopo la proposta di matrimonio, Rachel e Michael erano in viaggio di nozze alle Seychelles. «Ho già una certa età» aveva detto Michael per convincerla a stringere i tempi. Stavano su una palafitta circondata da mare azzurro, fra pesci e coralli, con piscina privata e vasca da bagno con il fondo trasparente. Facevano colazione con frutta e champagne e passavano le giornate a sonnecchiare su amache e sedie a sdraio. E, da bravi sposini in luna di miele, facevano sesso con passione, tanto più che si conoscevano da poco.

Il sesso con Michael era sempre stato più tranquillo di quanto Rachel si aspettasse nell'euforia dei primi tempi. All'inizio questo le aveva fatto piacere, perché la aiutava ad abbandonarsi con fiducia a un uomo che era spuntato dal nulla per entrare nella sua vita. A quel punto, però, stavano insieme da tre mesi, erano regolarmente sposati e si trovavano in un piccolo paradiso... Insomma, Rachel sperava in qualcosa di un po' più... sofisticato, che andasse incontro ai suoi bisogni. Rachel non aveva nulla contro il sesso vaniglia, ma trovava riduttivo limitarsi all'erotismo canonico, tradizionale. E sì, forse avrebbe fatto meglio a parlarne con Michael prima di acconsentire a sposarlo, ma in quel periodo il loro rapporto era così bello, intenso e prezioso, che aveva preferito rimandare. E poi si era ritrovata in un vortice di altri pensieri, i ricami dell'abito da sposa vintage, il paio di chili di troppo che voleva perdere perché non le stringesse sui fianchi, il taglio del diamante giallo dell'anello di fidanzamento, la scelta delle fedi nuziali, e poi il miglior resort alle Seychelles e le scarpe numero quarantatré per i piedi gonfi di Dominique, ormai al termine della gravidanza. Il sesso in quel periodo era passato in secondo piano, era un momento condiviso fra lei e Michael a fine giornata, che li rassicurava sul fatto che non stavano facendo una stupidaggine a sposarsi così poco tempo dopo essersi conosciuti.

In luna di miele, però, non avevano altro a cui pensare. Mangiavano e facevano l'amore. E Rachel incominciava a essere stufa di amplessi delicati, languide carezze e baci fra i capelli. Quando aveva trovato la sua foto su internet, Michael le era parso un uomo dall'aria spavalda e sicura di sé e pensava che gli potesse piacere dominarla. A volte, non sempre. Ogni tanto.

Il terzo giorno, dopo cena, Rachel andò a cercare il pacchetto che aveva messo in fondo alla valigia prima di partire da Londra. Corde di seta, frustino, biancheria particolare. Accessori nuovi di zecca. Li prese e li posò sul letto.

Aspettò che Michael uscisse dal bagno dopo la doccia. Lì per lì lui non li vide e le disse banalità che rischiarono di rovinare completamente l'atmosfera. Poi gli cadde l'occhio sui sex toys e Rachel lo osservò attentamente per vedere la sua reazione. Sorriso incerto. Risatina. Occhi sgranati. Poi un'esclamazione: *Wow!*

Rachel non riuscì a interpretarlo, quel *wow*, e aspettò un momento.

«Sei...?» Michael spostò lo sguardo dai sex toys a Rachel, poi lo riportò sul letto. «Quelli sarebbero...?»

«Pensavo che... Voglio dire... Ti va di provare?»

Michael si posò una mano sul petto. «Io? Mi vuoi legare al letto?»

«No, sei tu che leghi me».

«E poi...?» Prese in mano il frustino e se lo passò sul palmo della mano. «Ti faccio questo?» Se lo ripassò avanti e indietro sulla mano.

«Be', sì».

«Wow!» ripeté. Poi esplose in una risatina gutturale. «Porca Eva».

Rachel trattenne il respiro. Non sapeva come sarebbe andata a finire, ma le era chiaro che le cose fra lei e Michael erano improvvisamente cambiate e tornare all'innocenza dei primi giorni sarebbe stato impossibile.

«Non hai mai...?»

«No, mai. Mai usata roba del genere» rispose lui scuotendo la testa.

«E ti farebbe piacere provare? Se mettessi quella biancheria, per esempio...» propose Rachel. «Cosa dici, proviamo? Vediamo se ti garba?»

Sentì subito che l'atmosfera si era guastata. Michael agganciò con un dito la guêpière e, facendola dondolare, chiese: «E tu indosseresti 'sta roba?»

«Se ti fa piacere, sì».

«Sì, ho capito. Ma... l'hai già fatto?»

La domanda si piantò fra loro come un pugnale. Rachel sapeva che avrebbe dovuto dire che no, era la prima volta. Perché l'energia che percepiva era totalmente negativa e le era chiarissimo che Michael non voleva sentirsi dire che aveva usato sex toys in precedenza, con altri uomini. Le era chiarissimo anche che Michael era diverso da come pensava. Tuttavia, disse la verità. Rachel era incapace di mentire. E quindi rispose: «Be', sì. Un paio di volte. Non spesso, però sì, è capitato».

«E ti è piaciuto? Ti piace farti legare e...? Cos'altro? Farti picchiare con quello?»

«Non fa male, fa una specie di solletico» rispose lei, cercando di alleggerire i toni.

«Cazzo, Rachel, io...» Michael lasciò cadere la guêpière e passeggiò avanti e indietro sul pavimento di teak. «Cado dalle nuvole, sul serio. Mi sembra di avere di fronte una cazzo di sconosciuta».

Il silenzio che seguì era talmente cupo che a Rachel parve di sentirne il gusto amaro in bocca.

Provò di nuovo a buttarla in ridere. «Va be', dai, li

metto via. Facciamo finta che non te l'abbia neanche chiesto».

«E come si fa, Rachel? Voglio dire» protestò Michael indicando i sex toys. «Li hai messi in valigia per portarli in viaggio di nozze. Qui c'è intenzione. C'è premeditazione».

«Ma no, dai! Mi sono portata un sacco di cose che non userò. Persino un cardigan!» disse Rachel, e scoppiò in una risatina che suonò fasulla persino a lei. «Sul serio, lasciamo perdere. Dimentichiamoci tutto».

Prese i vari sex toys per rimetterli in valigia, con una gran voglia di cospargerli di benzina e dargli fuoco, invece. Sperava che Michael la fermasse, quando gli passò vicino, le mettesse la mano sul braccio, la stringesse a sé per fare pace, ma lui rimase rigido e impettito, con lo sguardo truce. Rachel andò nell'altra stanza a infilare le sue cose in una tasca della valigia e chiudercele dentro. Tornò in camera, ma Michael era sparito e la porta della terrazza cigolava sui cardini.

Il resto del viaggio di nozze fu irrimediabilmente compromesso da quell'episodio. Rachel e Michael chiacchieravano ancora amabilmente quando erano a cena o a bere un cocktail, continuavano a passeggiare sul bagnasciuga tenendosi per mano e a scattare foto e selfie al tramonto, ma non fecero più l'amore. Neanche una volta. Splendide giornate color acquamarina sfumavano in serate cupe, astiose, fatte di gelidi rifiuti. Rachel si addormentava dalla sua parte del letto, piena di tristezza e infastidita dal russare di Michael, che non dormiva il sereno sonno postcoitale di chi è sfinito dagli amplessi, ma il pesante intontimento di chi ha mangiato e bevuto troppo.

Arrivarono a Londra a fine febbraio, con temperature sotto lo zero, e andarono a dormire a casa di Michael, a Fulham. Di nuovo senza fare sesso. Il giorno dopo era domenica e andarono a pranzo in un ristorante italiano il cui proprietario, nel sentire che erano appena rientrati dal viaggio di nozze, insistette per offrire loro una coppa di champagne profondendosi in battute e previsioni sull'arrivo imminente di un bebè. Verso sera Rachel disse a Michael: «Domani mi aspetta una giornataccia e bisogna che mi alzi presto. Forse è meglio se vado a dormire a casa mia».

Si morse la guancia e trattenne il respiro sperando che lui le dicesse: *Ma no, dai, ti prego resta, voglio stare con te, scusa.*

Invece lui, senza nemmeno guardarla in faccia, rispose: «Certo, amore. Capisco benissimo».

Rachel trascinò la valigia delle Seychelles sul marciapiede, la caricò su un Uber e alzò gli occhi verso il terrazzo di Michael cercando la sua sagoma familiare, sperando in un cenno di saluto. Ma, pur soffermandosi a cercare l'ombra di un movimento, il rapido scostarsi di una tenda, non vide nulla. La facciata della casa di Michael rimase immobile e fredda. Rachel si allacciò la cintura e trattenne le lacrime per tutto il viaggio. Quando però, mezz'ora dopo, entrò in casa e chiuse la porta, pianse disperatamente.

22.

Giugno 2019

Samuel

«Pronto, Sam?» È Saffron. «Sono arrivati i risultati sulle fibre tessili».

«Bene».

«Spugna di cotone, pare. Il che significa che il cadavere era stato precedentemente avvolto in uno o più asciugamani di spugna. Ma il bello è che su queste fibre ci sono tracce di sangue e – udite udite – peli e capelli».

«Veramente?»

«Veramente. C'è anche un frammento di tessuto costituito da una fibra diversa, presumibilmente sintetica. Forse era l'etichetta dell'asciugamano, perché ci sono caratteri a stampa. La scritta è illeggibile, ma ci stanno lavorando ed è possibile che si risalga alla marca. Pazzesco! Io credevo non avremmo scoperto un cazzo, e invece...»

Non mi piace il turpiloquio. Le parolacce in genere mi danno fastidio. Ma quando ci vuole, ci vuole. Neanch'io credevo avremmo ottenuto risultati così clamorosi.

«Davvero pazzesco, cazzo» concordo.

Saffron ride. «È la prima parolaccia che ti sento dire».

«È la prima volta che sento il bisogno di dirne. Questa è davvero un'ottima notizia, Saffron. Tienimi aggiornato. Quando arriveranno i risultati delle altre analisi?»

«Entro un'oretta, direi. Sono considerate della massima urgenza. Vedrai che risolviamo il mistero».

«Lo spero proprio, Saffron. Ci tengo».

Chiudo la chiamata, mi guardo intorno per accertarmi che nessuno mi veda e sollevo un pugno in segno di vittoria.

23.

Guardo con attenzione le foto di Phin che ho fotografato con lo smartphone a casa di Joe e decido che quattro (come minimo) sono state scattate nello stesso bar. Pareti in legno verniciate di nero con poster di varie rockstar in bianco e nero, vetrate dietro le quali si vede una fila di moto parcheggiate e, oltre, un negozio di alimentari che si chiama Organic D qualcosa. Cerco su Google e scopro che esiste un negozio che si chiama Organic Delightful con quattro punti vendita a Chicago. Uno di questi, secondo Google Maps, è di fronte a un bar che si chiama Magdala. In modalità Street View vedo persino la fila di moto parcheggiate davanti alla vetrina. Chiamo un Uber.

Il Magdala non è un locale gay. È un ritrovo di biker, una specie di pub. Mi sento un pesce fuor d'acqua. Due tipi seduti al bancone si voltano e mi squadrano e io ringrazio di avere l'aria sfatta. Meno male che non li ho incontrati stamattina quando ero fresco come una rosa. Lo stereo trasmette *Take My Breath Away* dei Berlin, che trovo stranamente confortante. Ordino una birra e vado a sedermi nel posto in cui è ritratto Phin in una delle foto. Sono emozionato. Provo a immaginare che vita facesse ai tempi di quella foto. Aveva già comprato quel meraviglioso appartamento? Era già una guida di safari? Era felice? Amato? Solo? Ricco? Povero? Dove abitava? Che pensieri aveva? Che musica ascoltava? Cerco di immedesimarmi in lui, di sentirlo attraverso le crepe della seduta in pelle su cui lui ha posato i glutei prima di me, di percepirne le vibrazioni.

Ovviamente non percepisco nessuna vibrazione. Non funziona così.

Finisco la birra e ne ordino un'altra.

Ho la netta sensazione che stasera andrò a letto completamente ubriaco.

Quando la vedo arrivare, un'ora dopo, ho in corpo quattro birre e il mondo mi appare benevolo e dorato. È praticamente uguale alla ragazza della foto. Indossa una maglietta nera corta e aderente, e niente reggiseno. A prima vista sembra molto giovane, ma da vicino si capisce che ha i suoi anni. Prossima ai quaranta, a occhio e croce. Ha i capelli raccolti, stretti con un foulard colorato, minigonna di jeans e sandali infradito. Ha delle belle gambe abbronzate. Tiene in mano un casco da moto. Un appassionato di donne more che vanno in moto probabilmente le darebbe dieci su dieci.

Faccio per alzarmi, ma mi risiedo subito perché vedo che è con un energumeno dalla testa rasata e le braccia tatuate che passando batte il pugno con due avventori e va a sedersi con lei in quello che sembra «il loro solito posto» al bancone.

Ordinano da bere e mentre lui parla con il barista lei guarda il cellulare e io la confronto accuratamente con la foto che ho sul mio smartphone per essere certo di non sbagliare. Ma ho visto giusto. È la donna che era con Phin nella foto. Avrei dovuto fare il detective.

Finisco la birra e porto il boccale vuoto al bancone. Mi piazzo vicino alla donna, che profuma di shampoo secco, e con il mio miglior accento british le dico: «Perdoni se la disturbo. Sto cercando un mio amico, di cui non abbiamo più notizie da qualche giorno. Si chiama Phin e ho delle foto che lo ritraggono in questo bar. Ce n'è una, in particolare, in cui Phin mi sembra proprio con lei. Posso fargliela vedere?»

La donna è infastidita. Mi accorgo del disagio che la

percorre da capo a piedi e aspetto che mi risponda. A un certo punto lei si volta verso l'uomo alla sua sinistra, che sta chiacchierando con i due avventori, e poi guarda il mio telefono. «Okay».

Le mostro la foto e la osservo mentre la guarda. «Sì, sono io» risponde. «Ma non so chi sia il tuo amico». Guarda meglio. «Questa foto è di sei o sette anni fa, a giudicare dal taglio di capelli e dai vestiti che ho indosso». Mi restituisce il telefono e tira su con il naso. «Hai presente, no? Si beve, si attacca discorso con gli sconosciuti, qualcuno scatta una foto...» Alza le spalle e tira di nuovo su con il naso.

«Quindi non lo conosce?»

«No. Mi spiace».

Il tatuato ha iniziato a seguire la nostra conversazione. A un certo punto si volta e le chiede: «Ehi, tutto okay?»

La donna gli posa una mano sull'avambraccio. «Sì, sì. Tutto a posto. Il signore sta cercando un suo amico. Dice che un tempo frequentava il Magdala. Io però non lo riconosco».

Il tatuato mi guarda diffidente. Poi dice: «Fa' vedere anche a me. Io qui vengo da anni. Magari me lo ricordo».

Sento arrivare dalla donna un'energia diversa, che decodifico immediatamente. Ne sento quasi l'odore, muschiato, ormonale. Paura. D'istinto, decido di mostrare all'uomo una foto diversa, in cui Phin è con un ragazzo che indossa un berretto da baseball. Tengo il telefono in mano e gli indico Phin. Lui guarda e poi dice, deciso: «No. Mai visto prima. Quell'altro, invece». Ingrandisce il volto del ragazzo con il berretto. «Lui». Batte l'indice sul display. «Ha un viso noto». Guarda la donna. «Ti dice qualcosa?»

Lei abbassa gli occhi e subito li rialza. «Ehm...»

«Ho capito!» Il tatuato batte con foga il dito sul mio smartphone e io me lo riprendo. «È il tipo con cui stavi quando ti ho conosciuta. Kris. Kris Doll».

«Tu dici?»

«Ma sì, guardalo!»

Mi strappa il cellulare di mano e lo mette sotto il naso della donna. «Vedi?» le fa, ingrandendo ancora una volta la faccia e battendo di nuovo il dito sul display. «È Kris Doll, il tuo ex».

«Ah» replica lei in maniera assai poco convincente. «Sì, è vero. Ora lo riconosco».

Non vedo l'ora di andarmene. Questi due emanano un'energia tossica che mi fa mancare l'aria. E lui dà troppe ditate al mio telefono.

«Quindi secondo voi si tratta di Chris Doll?» chiedo. «D-O-L-L?»

«Sì. E Kris con la kappa. K-R-I-S».

«Sapete mica dove lo posso trovare?»

I due si guardano, poi guardano me. «No» risponde lei. «Sono anni che non lo vedo. Non lo sento più, da quando sto con Rob». Gli fa una carezza per rassicurarlo.

«Ma dove abita non lo sapete?»

«Be', so dove abitava all'epoca. Potrebbe essersi trasferito, nel frattempo. So pure che lavorava giù al lago, portava in giro i turisti su una barca a remi. Ma, di nuovo: è passato un casino di tempo».

«Grazie, siete stati molto utili. Vi sono grato. A proposito, come vi chiamate?»

«Ah, già. Scusi. Io sono Mati e lui è Rob».

«Io sono Josh. Josh Harris. Grazie. Vi lascio il mio numero, nel caso vi venisse in mente qualcosa. Su Phin. O anche su Kris».

«Com'è che lo cerchi?» chiede Rob. «È scomparso?»

«Sì» rispondo. «Gli voglio molto bene. Ma grazie a voi, forse lo ritroverò. Grazie ancora».

Stringo la mano a entrambi, faccio un cenno di saluto al barista e me ne vado. Voglio andare a cercare questo Kris Doll, quello della barca a remi, l'ex di Mati, nella speranza che mi aiuti a svelare il mistero di Phin Thomsen, e a scoprire dove si è cacciato.

24.

Samuel

Grazie all'impegno dei nostri stimati colleghi della Scientifica, ho sotto gli occhi una grande quantità di informazioni sulle ossa ritrovate da Jason Mott sulle rive del Tamigi. Ho appuntato le principali alla bacheca di sughero che ho in ufficio e le passo in rassegna una dopo l'altra:

- donna di età compresa fra i 27 e i 33 anni, con deformazioni ai piedi tipiche di chi danza
- deceduta intorno al 1995
- gruppo sanguigno: A
- cadavere avvolto in asciugamano di spugna di colore scuro, marca Yves Delorme, modello commercializzato fra 1988 e 2001 (l'attuale costo di un oggetto analogo è intorno alle 200 sterline)
- frammenti di foglie di platano comune e albero del paradiso (diffusi a Londra, specie nei viali alberati) e di fiori di ACACIA DI COSTANTINOPOLI (o gaggìa arborea), che a Londra è rara e fiorisce nel periodo estivo
- capelli biondo scuro
- frattura dell'osso temporale sinistro

Cinque agenti stanno controllando tutte le denunce di scomparsa di persona dal 1988 al 1999, alla ricerca di una che riguardi una giovane donna di corporatura minuta, forse ballerina professionista, con capelli biondo scuro e mento sfuggente, stando al nostro specialista di ricostruzione facciale, che dai crani è capace di ricostruire i volti. Visto che il telo di spugna nel quale il cadavere era avvolto era di alta qualità, hanno incominciato con gli scomparsi residenti in quartieri di lusso. In realtà nulla esclude che la vittima fosse povera e quello ricco abbastanza da spendere duecento sterline per un asciugamano fosse il suo assassino. Un altro agente sta parlando con il nostro esperto botanico, nella speranza che riesca a trovare una zona di Londra in cui si possono trovare sia platani che acacie di Costantinopoli. Intanto io... be', io aspetto. Aspetto che si apra la porta ed entri uno dei miei agenti per dirmi trafelato: *L'abbiamo identificata, credo!*

È solo questione di tempo, lo so. A meno che per quella poveretta nessuno abbia fatto denuncia di scomparsa. Il solo pensiero mi fa male al cuore.

25.

Marzo 2017

Rachel aspettò tre giorni prima di mandare un messaggio a Michael. Tre giorni in cui si addormentò da sola, si svegliò da sola e controllò il telefono almeno sei volte al minuto. Tre giorni in cui fece finta di niente con tutti. *Sì, è stato un viaggio straordinario. Sì, mi piace la vita da sposata. Ma certo che vi invitiamo, una di queste sere!* Tre giorni in cui si era sentita come se Michael alle Seychelles le avesse strappato il cuore dal petto e non glielo avesse ancora restituito.

Nel messaggio gli scrisse: *M, non so cosa stia succedendo. Mi manchi. Possiamo parlare?*

La risposta arrivò pochi secondi dopo: *Ciao, bellezza. Anche tu mi manchi. Ho avuto un sacco da fare. Ceniamo insieme stasera? Cucino io.*

Rachel rimase interdetta. Che razza di risposta era, dopo tre giorni di inferno esistenziale? *Un sacco da fare?* Lei si era sentita morire dentro... Fece ruotare l'anello di fidanzamento intorno al dito cercando di capire come si sentiva, e che cosa rispondere. Alla fine prese fiato e scrisse: *Ok. Arrivo alle 7.*

Evitò emoticon di baci e cuoricini, sperando che lui lo notasse e si rendesse conto che era arrabbiata.

La sera mise un cambio nella borsa, senza portare la valigia: non voleva che Michael pensasse che lei fosse pronta a tornare alla convivenza come se niente fosse.

Quando alle sette in punto stava per infilare la chiave nella serratura, le venne il batticuore. Rimise in borsa le chiavi e bussò. Sentì i passi di Michael che si avvicinavano in preda a un'ansia terribile. Aveva trascorso ore e ore a pensare a lui, a dove potesse essere, a immaginarlo con la ex moglie o un'altra donna o in volo verso gli States, tanto che adesso l'idea di vederlo in carne e ossa le sembrava quasi inconcepibile. Invece la porta si aprì e se lo ritrovò davanti: bello, abbronzato, rilassato, allegro, camicia azzurra e calzoni blu, scalzo e con un bicchiere in mano. Le sorrise.

«Amore».

Amore?

Così, come se niente fosse? Che cosa significava? Che cosa stava cercando di dire Michael? Era il suo modo per chiederle scusa? Doveva perdonarlo? O era lui che l'aveva perdonata? Chi aveva ragione?

Michael le diede un abbraccio affettuoso, ma lontanissimo da quello di cui aveva bisogno lei. Non era l'abbraccio appassionato di chi si è appena sposato ed è reduce dalla prima lite coniugale, ma la stretta leggera e un po' formale di due vecchi coniugi.

Michael si allontanò subito per andare in cucina – da dove provenivano aromi appetitosi – borbottando qualcosa a proposito di un ottimo bianco siciliano. «O preferisci mica una vodka ghiacciata? Purtroppo non ho acqua tonica. Va bene il succo d'arancia?» Rachel non rispose, perché non lo stava a sentire.

«Rachel?»

«Oh, scusa. Sì, il bianco va benissimo. Grazie».

Si sedette su uno sgabello, accettò il bicchiere di vino che Michael le porse e osservò l'uomo che aveva sposato meno di tre settimane prima, in quello che considerava uno dei giorni più belli e romantici della sua vita, e che durante il viaggio di nozze le aveva dato della «cazzo di sconosciuta» e non l'aveva più toccata e che in quel momento si comportava come se non avessero passato tre giorni senza comunicare. Con il trascorrere dei minuti, Rachel sentì crescere in sé una specie di muto torpore.

«Com'è andata la settimana?» le chiese Michael.

«Be', se devo dire... è stata la peggiore settimana della mia vita».

Osservò la sua reazione. Michael smise di rimestare nel tegame, si voltò verso di lei e disse: «Oh, amore. Cosa t'è successo?»

A quel punto il muto torpore si trasformò in rabbia.

«Cosa m'è successo?» ripeté incredula. «Stai facendo il finto tonto o lo sei?»

Lui le rivolse un'occhiata confusa.

«Cazzo, Michael. Sabato siamo tornati dal viaggio di nozze – *il viaggio di nozze, cazzo!* – domenica io sono tornata a casa mia, oggi è mercoledì ed è la prima volta che ci riparliamo. Gli ultimi dieci giorni di luna di miele non abbiamo fatto sesso, tu hai detto che ti sembrava di aver sposato una cazzo di sconosciuta... e adesso ti comporti come se non fosse successo niente. Stappi una bottiglia, prepari la cena... Non capisco. Non capisco proprio».

Si interruppe e lo guardò. Michael posò il cucchiaio di legno e si appoggiò al piano della cucina, sospirando. «Hai frainteso tutto, Rachel».

«Cosa? Cos'è che ho frainteso?»

Altro sospiro. «Secondo te per quale motivo non abbiamo più fatto sesso?»

«Sei rimasto disgustato dalle mie proposte audaci».

Con aria fastidiosamente paternalistica, Michael replicò: «Vedi che mi hai frainteso?»

«Okay. Per quale motivo, allora?»

«Tu mi hai fatto una proposta e, siccome io non me la sentivo di accontentarti, sei diventata fredda e respingente. Come pensi che mi sia sentito?» Pronunciò la domanda come se fosse retorica e non si aspettasse risposta.

Rachel aprì la bocca per rispondere ma si rese conto di non sapere che cosa dire. Un istante dopo precisò: «Sei tu che sei diventato freddo e respingente, non io».

«Be', prendo atto che tu l'hai vissuta così. Io ricordo che appena toccavi il letto mi voltavi la schiena».

«Ma cosa dici, Michael? Ma no! Non è andata così, lo sai anche tu. Dalla sera della mia proposta non mi hai più sfiorato nemmeno con un dito. Ci ho provato. Ci ho provato tutte le sere, con massaggi e coccole, ma tu avevi sempre troppo caldo, o troppo sonno, o non so cosa».

«Ripeto: prendo atto che tu l'hai vissuta così. A me sei sembrata una ragazzina viziata che fa il broncio perché non ottiene quello che vuole, abbandonando il marito ai suoi sensi di inadeguatezza e alle sue paure che lei lo lasci per andare a cercare qualcuno che la accontenti nei suoi capricci».

Rachel era esterrefatta. «Non è assolutamente vero. Non è andata affatto così. Le mie avances erano più che esplicite. Non puoi non aver capito che volevo fare l'amore con te. E quei sex toys, Michael, erano per divertimento. Non sono indispensabili. Io non sono quel tipo di donna. Proprio per niente». Si premette una mano sul petto. «Era così, per cambiare un po', per...»

Michael sospirò, prese il cucchiaio di legno e ricominciò a mescolare il sugo. «Una ragazzina viziata che piglia la valigia e scompare per tre giorni, nei quali non si fa viva nemmeno una volta, lasciando il marito a domandarsi se quella che stanno attraversando sia una crisi passeggera o se il matrimonio sia già finito. Poi una mattina lei si sveglia e decide di mandargli un messaggio, e il marito è troppo spaventato per cercare di capire che cosa voglia dire e allora esce a fare la spesa, compra petti di pollo biologico e i pomodori più cari che trova e si distrae preparando la cena. Peccato che quando lei arriva, gli dica che è tutta colpa sua. Il malessere, le paure, le preoccupazioni...»

Smise di rimestare nel tegame e la guardò negli occhi. Rachel era rimasta ad ascoltare Michael quasi ipnotizzata, facendo più caso alle intonazioni che alle parole, ma a quel punto scosse la testa come per disincastrare il grumo che avrebbe dato un senso a tutto. Ripensò a quanto era stata male nei tre giorni in cui era tornata a casa propria. Ripensò allo spazio vuoto fra loro nel letto del resort alle Seychelles, al gelo di Michael, al fatto che aveva sempre respinto le sue avances, tutte le sante sere. Scosse di nuovo la testa.

«Be', Michael» disse alla fine. «Io la ricordo in maniera diversa. Totalmente diversa. Avevo l'impressione che tu mi detestassi».

«Ne ho motivo?»

«Di detestarmi?»

«Eh».

«No! Non hai nessun motivo di detestarmi: non ho fatto niente di male!»

«Neanch'io ho fatto niente di male».

«Non ho mai detto il contrario. Solo che...» Rachel sospirò. «Che cosa facciamo adesso?»

«Ci sediamo a tavola» rispose lui aprendo il sacchetto del prezzemolo. «Mangiamo, beviamo e poi...»

«E poi?»

«E poi vediamo. Okay? Vediamo come va».

All'inizio la conversazione fu stentata, ma il vino addolcì gli umori e ravvivò l'atmosfera, sebbene stessero attentissimi entrambi a evitare qualsiasi occasione di conflitto. Parlarono di lavoro, di progetti per l'estate. Michael dichiarò di voler far ritinteggiare e ripulire a fondo la casa di Antibes e cambiare l'acqua della piscina, in maniera da poter passare qualche mese là. Discussero se comprare lenzuola e asciugamani nuovi in onore della nuova moglie e Rachel si trattenne dal fare domande riguardo a Lucy, che tipo di lenzuola e asciugamani aveva lasciato, se faceva spesso il bagno in piscina, se anche per lei aveva fatto lavori nella villa. Si tenne su un terreno neutro. Dopo cena, la tensione aumentò per via dell'incertezza su come sarebbe finita la serata.

«Pensavo...» Rachel guardò l'ora sullo smartphone. «Sono quasi le dieci. Cosa dici?»

«Andiamo a letto?»

«Sì».

«Be', allora...»

Michael si alzò in piedi e le tese la mano. Rachel la prese con un sorriso incerto e lo seguì in camera.

Appena entrati, Michael la spogliò con dolcezza, la accarezzò teneramente e le fece tutte quelle cose delicate che le erano parse noiose e che all'improvviso sembravano invece un dono prezioso. Le sfilò il reggiseno e la fece voltare per baciarla sulla bocca, profondamente, per un tempo che le parve infinito e che la fece rabbrividire da capo a piedi. Si diressero verso il letto, Michael la fece coricare e, in piedi di fronte a lei, si spogliò. Rachel osservò con desiderio, con sollievo, con amore. Una volta nudo, Michael si distese sopra di lei, che lo afferrò per i fianchi e lo fece avvicinare. Era pronta e desiderosa, dopo tanto tempo. Protese il pube verso di lui, ma non sentì niente. Un'assenza, dove c'era sempre stato qualcosa.

Continuò così per qualche minuto e Rachel si prodigò in mille modi, ma dopo un po' apparve chiaro che Michael non sarebbe riuscito a fare ciò che lei desiderava tanto. Michael emise un lamento di frustrazione e Rachel gli accarezzò una guancia e disse: «Non importa. Non c'è problema. Non ti preoccupare». Ma non aveva ancora finito la frase che Michael le diede uno spintone, mandandola con violenza dall'altra parte del letto. Poi si alzò, corse verso la libreria e incominciò a scaraventare volumi in giro per la stanza, emettendo urla belluine.

Rachel lanciò un grido e si rannicchiò in posizione fetale, con le ginocchia strette al petto. Poi, sentendo arrivare una gragnuola di libri, si infilò sotto la trapunta.

«Michael!» disse, sbirciando da sotto. «Smettila, Michael! T'ho detto che non c'è problema!»

Michael si voltò di scatto, paonazzo per la rabbia, e ribatté: «Altroché se c'è un problema, cazzo! E il problema sei tu, Rachel. È tutta colpa tua!»

«Che cosa?»

«Tu e le tue cazzo di corde di seta! Tu, che ti sei fatta legare da altri uomini! Ogni volta che chiudo gli occhi, me li vedo davanti, tutti in fila. Non riesco a smettere di pensarci. Cazzo, Rachel, quanti pervertiti ti sei fatta?»

«Ma cosa stai dicendo? Non mi sono fatta nessun pervertito! Ho sperimentato un po' con uno o due fidanzati, tutto qui».

«Non è questo il problema, Rachel. Cristo santo. Non è questo il problema».

«E qual è, allora?»

«Il problema è che... Il problema sei tu, Rachel. Credevo di conoscerti, di aver capito che tipo sei... La ragazza d'oro della farmacia, elegante, di classe. Una principessa in attesa del principe azzurro».

«Il principe azzurro? Ma fammi il piacere! Sai benissimo che è una stronzata, Michael! Non ti ho mai nascosto di avere avuto altri uomini, vagonate di altri uomini! Voglio dire, ti ricordi in che stato ero, quando ci siamo conosciuti in quella farmacia? Ero ancora sbronza dalla sera prima e stavo aspettando la pillola del giorno dopo, cazzo!»

Vide che Michael faceva una smorfia nel tentativo di far rientrare quel dettaglio nella propria narrazione personale. «Sì, hai ragione» rispose. «Avrei dovuto accorgermene già allora».

«Di cosa avresti dovuto accorgerti, scusa?»

«Che sei merce di seconda scelta: ecco di cosa avrei dovuto accorgermi».

Per Rachel fu un pugno nello stomaco. Le venne da vomitare. «Puoi ripetere?»

«Mi sono lasciato infinocchiare dall'accento british, l'ho scambiato per un segno di classe. Di nuovo...»

Di nuovo... Si riferiva a Lucy.

«Non mi sono mai spacciata per una donna di classe. Te l'ho data la prima sera che siamo usciti assieme: come hai potuto pensare che fossi "una principessa"?»

Michael fece una smorfia disgustata, nel sentirla esprimersi a quel modo. «È quello che mi chiedo anch'io, Rachel».

Smise di passeggiare avanti e indietro per la camera e la guardò. «Mettiti a novanta».

«Scusa?»

«Ho detto: mettiti a novanta». Mosse un passo verso di lei.

Rachel si rannicchiò contro la testiera del letto. «Michael...»

«Forza, girati e mettiti a quattro zampe».

«Ma...»

«Forza, Rachel, Non farti pregare».

Rachel ubbidì. Si disse che forse questo avrebbe aggiustato le cose. Lo avrebbe accontentato. Una volta soltanto. Così magari sarebbe riuscito a superare le insicurezze dell'ultimo periodo, avrebbe smesso di pensare agli altri uomini con cui si era accompagnata. Magari avrebbero fatto la pace. Rachel infatti voleva fare la pace con Michael e, nel constatare quanto fosse importante per lei continuare a stare con lui, aveva provato un senso di vergogna, si era fatta pena da sola. Ma era quello che desiderava: tornare alla normalità, gli abbracci mattutini, le cene in enoteca a tarda sera, le passeggiate sul lungofiume mano nella mano, Michael che le sussurrava che era bellissima, una dea che lui non avrebbe mai pensato di poter meritare.

Lentamente, senza una parola, si girò e si mise a quattro zampe.

Fu una cosa breve, violenta e brutale. Michael le tirò i capelli fino a farle male, le strinse i fianchi con tanta intensità da lasciarle i lividi e, arrivato all'orgasmo, la spinse da una parte e andò nel bagno.

Rachel sentì lo scorrere dell'acqua nel lavabo, poi la voce di Michael: «Inizio a capire come mai ti piace tanto il sesso hard. Si dice così, vero? Recupera quei sex toys che avevi in valigia: magari la prossima volta li usiamo. Eh?»

Rachel, pur sforzandosi, non riuscì a cogliere nel suo tono nemmeno un'ombra di complicità o di affetto.

26.

Giugno 2019

Smanettando sul mio smartphone, ho impiegato circa trenta secondi a localizzare Kris Doll, ieri sera. Accompagna i turisti a fare il giro della città a bordo di quella che forse è la moto più gigantesca che abbia mai visto in vita mia. Sul sito c'era la foto di lui in sella alla moto, in jeans, maglietta bianca e stivali di cuoio. Dalle borse sui lati spuntavano bottiglie di champagne al fresco e una scritta che prometteva «Tour a cinque stelle». Il testo sottostante recitava:

> Tour personalizzati ed esclusivi lungo il lago e in città a bordo di una Honda Gold Wing Custom, in compagnia di una guida che da vent'anni vive, lavora e accompagna i turisti in questa meravigliosa città. Potete decidere voi le tappe, oppure scegliere uno degli itinerari classici. Il tour ha la durata di tre ore, con la possibilità di aggiungere una sosta conclusiva con champagne per assistere al tramonto sul lago Michigan. Per prenotare via email o telefono, utilizzare i seguenti contatti.

Guardo per l'ennesima volta la foto e penso: *Oh, sì, dai, portami a fare un giro sulla tua moto potentissima, Kris Doll, mostrami le meraviglie della città e brinda con me di fronte al tramonto, raccontandomi aneddoti della tua vita. Non vedo l'ora...*

Chiamo il numero indicato sul sito e lascio un messaggio in segreteria: «Ciao, Kris. Mi chiamo Joshua Harris e vorrei prenotare un tour. Per oggi è possibile? Se no, va bene anche domani. Aspetto una tua chiamata».

Mi telefona subito dopo. «Ciao» dice (con una bella voce, non aspra e rabbiosa come quella di Rob il tatuato). «Mi hanno appena annullato un tour domani pomeriggio alle 17:30. A te andrebbe bene?»

«Sì, sì» rispondo. «È perfetto».

Mi spiega che cosa devo fare. «Crema solare, mi raccomando: domani danno bel tempo e non hai idea di quanto sole si prende anche con il casco. Ah, ti consiglio un paio di pantaloni lunghi. Non succede mai niente ma, nel caso dovessi cadere, eviti di scorticarti. E, visto che fai il tour serale, ti interessa mica la sosta tramonto e champagne? Sono venti dollari in più».

Prenoto anche l'optional tramonto e champagne e ci accordiamo sul luogo dell'appuntamento e le tappe da visitare. Alla fine della telefonata ho un sorriso che va da un orecchio all'altro.

Quella sera entro in un bar intenzionato a trovare qualcuno da portarmi in camera. Sono mesi che non faccio sesso. Anzi, di più. Ma adesso che sono qui, lontano da casa e da Lucy, in una città piena di vita... Oggi ho fatto molta strada e sento di meritare un paio di cocktail e la compagnia di qualcuno che mi aiuti a dimenticare il deludente interludio con Joe. Continuo a ripensarci, nonostante siano già passate ventiquattr'ore.

Resto a lungo sotto la doccia e utilizzo praticamente tutti i flaconcini che mi ha messo a disposizione l'hotel. Mi passo una mano sul mento ruvido e decido di non rasarmi. Apro il computer e cerco i migliori bar nelle vicinanze, mi metto Levi's neri e maglietta nera Muji, mocassini John Lobb e camicia di morbida flanella blu inchiostro con discreti riquadri verde scuro. Stasera voglio essere Phin, e non quello di una volta: la versione attuale, più rude. Apro il frigobar e prendo una bottiglia di birra artigianale, la stappo e la bevo a garganella. *IO SONO PHIN*, penso, e quel pensiero mi riempie di un'energia straordinaria, tanto che mi ritrovo ad agitare il pugno in aria gridando *Evvai!* nella solitudine della mia camera di albergo a Chicago. Pazzo furioso.

Torno con un ragazzo che si chiama Nicholas. Proprio Nicholas, non Nick. Ha ventotto anni ma ne dimostra meno. Non è un granché (chiedo scusa alla sua mamma), ma ho passato due ore a girare per il bar con aria virile senza che nessuno di quelli fichi mi degnasse di uno sguardo e quindi mi sono accontentato. Profuma di buono e, sinceramente, l'importante è questo. Parlo a Nicholas della «mia» infanzia, gli racconto che mio padre era sociopatico, un grandissimo truffatore che si chiamava David Thomsen, si impadroniva delle case della gente, stuprava le ragazzine, derubava gli ingenui e ci chiudeva a chiave in camera nostra. La sua faccia è uno spettacolo. «Che roba» mormora, «che roba», e mi posa la mano sul ginocchio in segno di solidarietà.

Quando arriviamo al punto, mi rendo conto che far sesso per il gusto di far sesso non mi interessa più. Il motto «Ogni lasciata è persa» non fa più per me. Non c'è trasporto e ho la sensazione di trarre maggior godimento dall'avere una persona accanto a me nel letto, il suo respiro caldo sul collo, le sue gambe dolcemente avvinghiate alle mie che mi chiede sottovoce: «Phin, ti spiace se mi fermo a dormire?»

Gli prendo la mano, me la avvicino alla bocca, la bacio e me la metto sulla guancia. «Tutt'altro» rispondo. «Mi fa piacere».

Ci addormentiamo abbracciati e provo una sensazione che è quasi di pace.

La mattina dopo, quando mi sveglio, Nicholas non c'è più. È sparito senza lasciare traccia di sé: non un messaggio, o un biglietto da visita. Lo cerco su Grindr, ma non lo trovo. E su Google non lo posso cercare perché non so come si chiama di cognome. Basta, finito. Abbiamo dormito abbracciati tutta la notte, nudi come mamma ci ha fatto, ma chiaramente Nicholas non è interessato a rivedermi. Eppure è bruttino... Non riesco a capacitarmi.

Ma non ho tempo per indugiare in questi pensieri. Oggi pomeriggio ho appuntamento con Kris Doll per farmi portare in giro sulla sua Honda Gold Wing, bere champagne al tramonto e proseguire la mia ricerca di Phin. Scaccio Nicholas dai miei pensieri, salto giù dal letto vuoto e mi preparo per il nuovo giorno.

27.

Samuel

Dopo un po', la svolta.

Bridget Elspeth Veronica Dunlop-Evers.

Denuncia di scomparsa presentata nel 1996 dai genitori, che non la sentivano da anni, ma che capirono che doveva esserle successo qualcosa quando non si presentò al capezzale della sorella in punto di morte. Fino ad allora avevano dato per scontato che Birdie – questo era il soprannome con cui tutti la conoscevano – avesse tagliato i ponti con la famiglia per farsi una vita chissà dove.

Dalle dichiarazioni rilasciate all'epoca dai parenti emergeva che la consideravano un po' la pecora nera della famiglia e quindi risultava plausibile che Birdie avesse troncato ogni rapporto con loro.

Mi sistemo il colletto della camicia, passo il palmo della mano sul foglietto che ho sulla scrivania per lisciarlo, mi schiarisco la voce e chiamo Madelyn Dunlop-Evers, la madre di Birdie.

«Pronto?»

Ha la vocina flebile di un'ottantenne.

«La signora Dunlop-Evers?»

«Sì, sono io».

«Buongiorno. Sono l'ispettore Samuel Owusu, polizia investigativa».

«Mi scusi, non ho capito il suo cognome».

«Owusu. Chiamo dalla stazione di polizia di Charing

Cross, unità crimini speciali. Le volevo parlare di sua figlia Bridget».

«Bridget? No, qui non c'è nessuna Bridget. C'è soltanto un ragazzo maschio, di là. Glielo chiamo?»

Sospiro, chiudo gli occhi e dopo un attimo li riapro.

«Mi può passare qualcuno a cui chiedere un paio di cose, signora Dunlop-Evers?»

«Sul ragazzo?»

«Sì, esatto».

Sento che traffica, passa la cornetta a qualcun altro, varie voci in sottofondo, poi un uomo: «Chi parla?»

«Ispettore Samuel Owusu, polizia investigativa. Chiamo dalla stazione di Charing Cross. E io con chi parlo?»

«Philip Dunlop-Evers. Sono il figlio di Madelyn».

«Ottimo. Posso chiederle un paio di precisazioni riguardo Bridget Dunlop-Evers, detta Birdie? Sua sorella, presumo».

«Sì, sì. Certamente».

«Sua sorella ha mai praticato la danza?»

Silenzio.

«Sì. Ha studiato danza classica per molti anni. Fino ai diciotto, mi sembra».

Mi si stringe lo stomaco, poi mi travolge un'ondata di sollievo.

«Potrebbe per caso raggiungerci qui in sede? Per parlare di persona?»

«Parlare di cosa?»

«Di alcuni elementi che potrebbero essere legati alla scomparsa di sua sorella».

«Accipicchia... Cioè, dopo tanto tempo... Sì, certo. Vengo di sicuro. Quando?»

«Anche subito, signor Dunlop-Evers».

«Philip».

«La aspetto, Philip».

28.

La mamma di Marco è di un umore strano. È sempre di umore strano, ma questo weekend più del solito. Lo zio Henry è partito e lei non vuole dire dov'è andato. Marco pensava che fosse andato in Africa a cercare Phin, il papà di Libby, ma pare che invece poi abbia cambiato idea. Sua madre però non gli vuole dire perché. Da venerdì non fa altro che girare per casa come una pazza, controlla il cellulare ogni mezzo minuto e sgrida lui e Stella per le cose più stupide, tipo dimenticarsi di portare fuori il cane o lasciare in disordine. Ogni volta che lui prova a chiederle qualcosa, fa finta di non avere tempo per rispondere.

Domenica sera Marco vede che Fitz fissa la porta di casa e va a bussare alla porta di sua madre.

«Mamma?» dice. «Credo che Fitz abbia bisogno di uscire».

«Ah» risponde lei. «Puoi portarlo tu, per favore?»

«Devo finire i compiti».

La sente sospirare. «Okay, fra un minuto lo porto fuori».

«Mi sa che è urgente, mamma, perché gira su sé stesso, hai presente?» Guarda il cane. «Vuol dire che gli scappa».

Altro sospiro, poi la madre lo raggiunge. «Va bene, va bene» dice.

Marco lancia un grido vedendo che Fitz si sta accucciando. «No, Fitz! No!» Il cane si rialza subito. Marco guarda la madre mentre gli mette il guinzaglio. «Perché ti dimentichi sempre di portarlo fuori?» le domanda.

«Ho un sacco di cose per la testa, Marco».

«Lo zio Henry?»

«Sì. Lo zio Henry».

«Per favore, mamma, mi spieghi cos'è successo?»

«Non lo so. Non ne ho idea».

«Dai, mamma. Non puoi non sapere niente. Perché non lo chiami?»

Sua madre si ferma un attimo e Marco coglie segni di cedimento.

«Mi ha bloccato».

«Lo zio Henry?»

«Sì, lo zio Henry. Mi ha bloccato».

Allora è una cosa grave, pensa Marco.

«Perché non provi a chiamarlo dal mio telefono?»

Le si accende una luce negli occhi. «Ah» dice semplicemente. «Sì». Guarda il cane e dice: «Quando torno proviamo».

Marco aspetta con ansia il ritorno della madre, con il numero dello zio Henry già selezionato sullo smartphone. Appena lei mette piede in casa le porge il telefono e lei preme il tasto di chiamata. Sentono squillare in maniera diversa, il che significa che Henry è all'estero. Marco lancia un'occhiata alla madre. Scatta la segreteria, ma lei chiude la chiamata e gli manda un messaggio.

Cosa cazzo succede, Henry?

Prova a chiamarlo con WhatsApp, ma Henry non risponde. Manda un altro messaggio dalla app: *Sono Lucy. Per favore, chiamami.*

Pochi secondi dopo Henry blocca anche il numero di Marco.

«Gli abbiamo fatto qualcosa?» chiede Marco a sua madre con voce rotta. «Non capisco».

La madre gli sorride tristemente e risponde: «No, non gli abbiamo fatto niente. Però, vedi, tuo zio non...»

«Non... cosa?»

«È una persona complicata. Ti ricordi che quando

siamo arrivati a Londra e l'abbiamo visto la prima volta, l'anno scorso, non ero nemmeno sicura che fosse lui? Perché assomigliava tantissimo a Phin?»

Marco annuisce.

«Ecco. Da ragazzo aveva quasi un'ossessione per Phin. Lo seguiva dappertutto, non gli toglieva gli occhi di dosso. E poi...»

Marco annuisce di nuovo, ma la madre scuote la testa. «No, niente» dice.

«Eddai! Per favore, dimmi cosa stavi per dire. E spiegami cosa c'entra Phin con il fatto che lo zio non ci vuole parlare. Lo voglio sapere!»

«È... Senti, Marco, so che vuoi molto bene allo zio Henry. Sono contenta che abbiate questo legame e non lo voglio rovinare. Quello che sto per dirti non deve assolutamente farti pensare che Henry non ti voglia bene o che non sia una persona straordinaria. Henry è una bravissima persona, ma da ragazzi, in quel brutto periodo nella casa di Chelsea, certe volte con Phin è stato cattivo. Per esempio, una volta che Phin non voleva dargli un bacio, lo ha spinto nel Tamigi e Phin ha rischiato di affogare. E la sera in cui siamo scappati, ha legato Phin al radiatore e... Nel senso: anche quella volta Phin ha rischiato di morire. Insomma, Henry non si è comportato tanto bene con lui. Ora Phin ha scoperto da sua sorella Clemency che Henry stava per andare in Botswana e così è scappato. Probabilmente Henry è riuscito a localizzarlo e adesso...»

«E adesso cosa? Pensi che gli voglia fare del male?»

«No, non credo proprio. Però potrebbe metterlo in imbarazzo, capisci? Destabilizzarlo».

Marco si sente surriscaldare il cervello nel tentativo di dare un senso a quelle informazioni. Lo zio Henry è un po' strano, sì, ma non è come lo stava descrivendo sua madre. È strano ma simpatico. Ha un umorismo tagliente, ma fa ridere. È divertente. E capisce cose che i grandi di solito non capiscono. Però, questa storia di Phin...

«Dobbiamo scoprire dov'è andato» dichiara.

«Sì, lo so. È tutto il weekend che ci provo. Voglio dire: ho trovato un vecchio Mac, un iPad e due iPhone, ma non so come entrarci».

«Me li fai vedere?»

Lei si alza sospirando e va a prendere i vecchi dispositivi di Henry.

«Ho provato in tutti i modi» dice. «Tutte le combinazioni di date di nascita, anniversari e numeri civici possibili e immaginabili. Niente».

Marco batte due o tre volte il pugno contro il bordo del tavolo, chiaramente indeciso. «Potremmo chiedere ad Alf».

«Alf? E cos'è, un hacker?»

«Più o meno».

«Mah. Anche Henry è una specie di hacker, non te lo dimenticare. Secondo me ha messo barriere insormontabili».

«Sì, ma è vecchio, mentre Alf è giovane. E in queste cose i giovani sono molto più bravi».

Guarda la madre e vede che sta sorridendo. «Tentar non nuoce».

Marco annuisce serissimo, prende lo smartphone e manda un messaggio ad Alf.

29.

Attraverso il parcheggio per raggiungere il tipo vicino alla moto gigantesca.

«Ciao!» gli dico. E mi presento con una stretta di mano decisa. «Joshua Harris. Tu sei Kris, vero?»

Kris per poco non mi stritola le ossa della mano, ma faccio finta di niente.

«Esatto! Kris Doll. Piacere!»

Mi squadra dalla testa ai piedi e per un attimo mi viene il dubbio che sia gay, ma poi mi torna in mente che stava con Mati, la tipa sexy del Magdala, e quindi mi metto il cuore in pace: sta semplicemente controllando che il mio abbigliamento sia consono al tour che stiamo per fare. Annuisce con aria di approvazione e tira fuori dei fogli dalla borsa che ha a tracolla.

«Dunque dunque» dice, cercando il modulo giusto. «Mi dovresti mettere due firme per la manleva. È un documento standard, la solita burocrazia, ma se vuoi leggerlo, abbiamo tutto il tempo».

Sfodera un sorriso smagliante. È un bel ragazzo, ma dovrebbe avere un po' più cura di sé: ha la pelle troppo secca e i capelli ispidi e arruffati, che avrebbero bisogno di un buon taglio e di un po' di balsamo. D'altra parte, visto che passa le giornate con il casco in testa, forse non è sufficientemente motivato. Dimostra trentotto, trentanove anni. Prendo i moduli, mi siedo su una panchina e li sfoglio, appongo le firme richieste – *Joshua Harris* con tanto di svolazzo finale – e glieli restituisco.

Kris dà un'occhiata e dice: «Perfetto. Okay. Siamo pronti? Sei mai stato su una Gold Wing?»

«No. Mai».

«Ma in moto sei già andato?»

«Sì, qualche volta. Mi ha dato un passaggio qualcuno. Mai per hobby. O per passione».

«Ti ricordi che moto erano, per caso?»

Scuoto la testa con aria mortificata. L'ho deluso. «Mi spiace» dico.

Kris non si scoraggia. «Figurati. Nessun problema. Questa è la moto più comoda in assoluto. Non vorrai più salire su nessun'altra moto, te l'assicuro. Ti aiuto a montare».

Mi ritrovo seduto su una specie di trono, come un principino su una portantina dorata. Kris mi spiega il giro che intende farmi fare, ma io non lo ascolto e gli guardo la testa mentre sale sulla moto e si mette il casco. Da lì in poi gli guardo le spalle, che sono larghe e robuste, com'è prevedibile in un ex vogatore. Sento che c'è un unico grado di separazione fra me e Phin, ed è lui, e aspetto il momento giusto per far cadere il discorso sul nostro comune amico. Deve venire naturale, una bizzarra coincidenza. Non devo fare troppe domande o si insospettirà. Devo andare con i piedi di piombo.

Kris mi porta lungo il cosiddetto «Magnificent Mile», una strada piena di grattacieli che sbocca sul Chicago River.

«Dove abiti, in Inghilterra?» mi domanda a un certo punto.

«Londra» rispondo.

«Fico» commenta.

«Sei mai stato in Gran Bretagna?»

«Sì, qualche anno fa. Stavo con una ragazza inglese».

«E dove?»

«A casa sua. A Milton Keynes».

«Ah» replico. «Carino».

Kris mi indica chiese e monumenti vari, ma interessano poco a tutti e due e dopo un po' rimaniamo in un silenzio rilassato. Guardo il panorama, sento l'odore dei gas di scarico del traffico, ma anche quello leggermente stantio del mio casco. D'altronde, come si fa a pulire la fodera di un casco? Cerco di non pensare a quante teste lo hanno indossato prima della mia. Quando i lampioni lungo le strade si accendono, ci lasciamo alle spalle la città e arriviamo sul lago Michigan. Kris posteggia e scendiamo dalla moto davanti a una spiaggia.

Kris tira fuori un plaid da una borsa della moto e lo stende sulla sabbia. Prende una bottiglietta di birra analcolica per sé e una di champagne, la stappa e me la versa in un bicchiere di plastica. Il cielo sul lago è di un rosa confetto e i grattacieli sull'altra riva sembrano silhouette ritagliate in un cartoncino nero. La sera di giugno è gradevolmente tiepida e ho passato un pomeriggio fantastico in moto con Kris, a vedere scorci di una città che non avevo mai visitato. Sento che questa esperienza ci ha in qualche modo legato, creando un'inattesa intimità. Mi domando se succeda a tutti quelli che fanno il tour o soltanto ai poveri sfigati soli come me. A stomaco vuoto, lo champagne non abbastanza freddo e di scarsa qualità mi entra immediatamente in circolo e la bellezza dello skyline di Chicago che si specchia nelle acque del lago dai riflessi rosa-dorati mi commuove. Ho le lacrime agli occhi.

Volto appena la testa perché Kris non se ne accorga, e mi asciugo le guance.

«Bello, eh?» dice, e io non gli rispondo perché ho paura di non farcela. Sono in preda a un mare di emozioni che non ho le parole per descrivere, un rimescolio di nostalgia e senso di vuoto e incompletezza. Mi sento *incompleto.* Ho la sensazione che mi sia sempre mancato qualcosa. In alcuni momenti della vita ho creduto di poter trovare il pezzetto mancante, la cosa che mi avrebbe finalmente dato un senso di completezza. Speravo di arrivarci ritrovando Libby, tornando nella casa della mia infanzia, raggiungendo successo e ricchezza, mantenendomi piacente e in forma, facendo buon sesso con uomini pessimi o pessimo sesso con uomini buoni, attraverso storie d'amore senza amore, o grazie a una cucina meravigliosa con pensili ad apertura automatica touch, invece no. Nessuna di queste cose mi ha fatto sentire completo, intero, autosufficiente. E adesso che sono sulle rive del lago Michigan al tramonto seduto accanto a un bell'uomo che beve responsabilmente birra analcolica dalla bottiglia, mi sento oppresso dalla solitudine. Nessuno mi vuole bene, non voglio bene a nessuno. Mi sento solo e devo trovare Phin. Devo trovarlo assolutamente. E se non starò bene nemmeno quando lo avrò ritrovato giuro che mi butto nel lago, nuoto fino a quel sole arancione e mi lascio ridurre in cenere.

Mi schiarisco la voce e drizzo la schiena. «Da quant'è che fai questo lavoro?» chiedo a Kris.

«Qualche anno. Prima facevo tour in barca, escursioni sul lago».

Lo sapevo già, ma faccio finta di niente. «E sei di Chicago?»

«Sì, sono nato e cresciuto qui. E tu? Anche tu nato e cresciuto a Londra?»

«Sì. Dall'ospedale in cui sono nato si vedono il Big Ben e il palazzo di Westminster. Da piccolo stavo in una casa sul Tamigi e adesso sto in centro. Quindi sì, sono un vero londinese». Cerco di trovare il modo per dirottare il discorso su Phin. Ho un'illuminazione. «Com'è andata a finire con la ragazza di Milton Keynes?»

«Ah, ci siamo lasciati. Non abbiamo retto la lontananza. E poi...» Si interrompe, dopodiché riprende: «A lei non andavano le mie preferenze sessuali».

Mi stupisco: Kris Doll mi sta dicendo che non è etero?

«Nel senso che non ti piacciono solo le donne?»

«Esatto». Accarezza la bottiglia che ha in mano. «Credevo che voi britannici foste il massimo del liberal e della tolleranza. Nel senso: quelli che avevo incontrato fino a quel momento lo erano. Lei no, ho scoperto».

«Conosci tanti britannici?»

«Be', qualcuno. Maschi, prevalentemente. Conosciuti in giro per locali».

«Che tipo di locali frequenti? Voglio dire, c'è un ritrovo per biker bisex?»

Kris scoppia a ridere. «No. C'è un bar frequentato da biker, e una volta ci andavo. Poi però è scoppiato un casino con una e ho incominciato ad andare in bar normali. Sai com'è».

«Un casino?»

«Sì». Ride. «Con una che mi piaceva un sacco, ma a lei piaceva di più un altro e dopo mesi di competizione... colpo di scena: viene fuori che anche l'altro è bisex e... Capito?» Altra risata, seguita da una smorfia. «Lei non è rimasta granché contenta e quindi... Be', ho cambiato bar».

Fingo di ascoltare, ma ho la testa troppo occupata dalla rivelazione che Phin è bisex, attivamente bisex, e che è stato con Kris Doll, il quale in questo momento è seduto vicino a me e se lo toccassi sarebbe un po' come toccare Phin. Dovrei essere geloso, arrabbiarmi. Invece sono meravigliato, felice di avere vicino uno che è stato vicino a Phin, il mio Phin.

«Che tipo era?»

«Chi? L'altro uomo?»

«Sì».

«Inglese come te. Di Londra. Un po' snob».

Deglutisco. «Ma dai!»

«Sì. Una delle persone più interessanti che abbia mai conosciuto. Forse la più interessante in assoluto».

«E cosa lo rendeva così interessante?»

«Be', tanto per cominciare, pur essendo bellissimo, non se la tirava per niente. E aveva un modo tutto suo di vedere le cose... come dire, puro? Aveva avuto un'infanzia difficile».

«Stile Harry Potter?» chiedo in tono scherzoso.

Kris ride. «No, no. Ma aveva un padre matto che lo chiudeva a chiave in camera». Mi guarda aspettandosi un'espressione scioccata, che io prontamente assumo. Kris continua: «Abitava in una villa sul Tamigi. Il padre era un grande truffatore che aveva spogliato questa famiglia benestante da tutte le proprietà e poi era impazzito e aveva incominciato a tenere tutti quanti prigionieri. Lui è scappato da adolescente e praticamente vive da latitante».

«Ha paura di suo padre?»

«No, credo che il padre sia morto. Non vuole rivedere altre persone che vivevano in quella casa. Uno che lo ha ammanettato al termosifone, tipo».

Deglutisco di nuovo, a fatica. «Da brividi».

«Sì, proprio. Un film dell'orrore. Comunque lui – Finn, si chiama – è riuscito a tirarsi fuori. È una persona positiva, equilibrata. Dopo un'infanzia così, tanti restano traumatizzati, hanno dei problemi. Lui no. Ha trovato la sua strada e si è rifatto una vita».

«Un esempio da seguire, quindi».

«Sì, lo ammiro molto». L'uso del presente mi riempie di speranza.

«Che cosa fa?»

«È andato a lavorare in Africa. In un safari lodge. Era il suo sogno da sempre: gli animali, il rispetto per l'ambiente... Quella roba lì». Giocherella con la bottiglia e aggiunge: «Pare che in questo periodo sia a Chicago».

«Davvero?» Mi impongo di tenere a freno l'emozione.

«Sì. È arrivato qualche giorno fa».

«Qui a Chicago?»

«Sì. Ieri ho incontrato un amico comune che mi ha detto che l'aveva visto in giro, che stava in un Airbnb. Mi piacerebbe riuscire a vederlo. È sempre un piacere passare un po' di tempo con lui». Sospira e rovescia il fondo della bottiglia sulla sabbia. «Comunque. Direi che potremmo andare...»

«Okay» rispondo.

Il cielo adesso è blu scuro e le finestre illuminate dei grattacieli in riva al lago gettano sull'acqua riflessi dorati.

Finisco la bottiglia e la butto in un bidone. Salgo sulla Gold Wing e mi metto il casco con il cervello che va a mille. Da lì al mio albergo c'è un quarto d'ora di strada. Mentre Kris rallenta per fermarsi davanti all'hotel, mi slaccio il cinturino dell'orologio e lo lascio cadere in una delle borse della moto.

Poi gli restituisco il casco e lo saluto. Kris Doll è convinto di non rivedermi mai più, ma si sbaglia.

30.

Samuel

Philip Dunlop-Evers è un ometto tarchiato, con il mento sfuggente e radi capelli in testa. È in jeans, polo bianca e brutte scarpe di pelle. Mi abbottono la giacca e mi alzo per accoglierlo con una stretta di mano.

«Grazie della disponibilità, Philip».

«Si figuri. Voglio dire: è mia sorella. Mi sembra motivo sufficiente per disdire tutti gli impegni e salire sul primo treno».

«Si accomodi».

Philip si siede e mi guarda di sottecchi con aria preoccupata, inquieta. Come prevedibile.

«Abbiamo di recente ricevuto una segnalazione da parte di un *mudlark*. Sa chi sono i *mudlarks*?»

«Quelli che vanno in giro a cercare oggetti con i metal detector?»

«Questo, nello specifico, aveva trovato resti umani. Uno scheletro che, in base alle analisi dei nostri laboratori, riteniamo possa essere di sua sorella Bridget».

«Birdie» sussurra lui.

«Scusi, sì. Birdie. Avrei bisogno di chiederle alcuni ragguagli, per confermare l'identificazione. Quando ha visto Birdie per l'ultima volta? Se lo ricorda?»

«Sì, lo ricordo chiaramente. Era famosa, in quel periodo».

«Faceva parte di una band, vero?»

«Esatto. Uno dei loro brani ebbe successo e rimase in testa alla hit-parade per settimane. Birdie era sempre in viaggio. Era... Vede, in famiglia suoniamo e cantiamo tutti, ma in maniera più... privata. Il suo successo ci scombussolava un po'. Siccome lei e la sua band si esibivano al Corn Exchange, invece di andare in hotel con gli altri, venne a dormire a casa. Io avrò avuto quattordici, quindici anni. Me lo ricordo bene. Birdie e mia madre litigarono furiosamente. Litigavano sempre furiosamente. Mia madre ha sempre avuto una netta predilezione per noi fratelli. Eravamo otto figli, sei maschi e due femmine, e con le mie sorelle non è mai andata d'accordo. Quella fu l'ultima volta che Birdie venne a casa nostra. So che ogni tanto si vedeva con nostra sorella, che probabilmente avrebbe saputo dirvi qualcosa di più su quel periodo della vita di Birdie. Purtroppo è mancata tanti anni fa».

«Fu in quell'occasione che incominciaste a temere che a Birdie fosse successo qualcosa, vero? Quando non venne a trovare la sorella moribonda».

«Esatto. Quando Jenny morì, cercammo di rintracciarla, ma sembrava che avesse perso i contatti con tutti. I membri della band non avevano idea di dove fosse, il suo compagno, Justin, pareva sparito nel nulla... Parlo degli anni Novanta: i social non esistevano ancora, non c'erano né cellulari né internet. Tentammo tutte le strade possibili senza trovare il minimo appiglio. E così Jenny se ne andò senza riuscire a salutarla e dopo il funerale mio fratello Dick andò alla polizia a fare denuncia di scomparsa. Da lì in poi conosce la storia».

«Che cosa mi sa dire del compagno, Justin?»

Philip si stringe nelle spalle come se non avesse mai degnato di attenzione il compagno di sua sorella.

«Ha mai pensato che...»

«Che fosse coinvolto nella scomparsa di Birdie? Altroché. L'abbiamo pensato tutti. Ma siccome la polizia non è mai riuscita a rintracciare nemmeno lui, ci è sembrato più plausibile che fossero fuggiti – o morti – assieme. Comunque Justin era un uomo mite. Un cagnetto da compagnia, non un assassino. Cioè, questa è sempre stata la mia impressione».

«Che cosa faceva di mestiere?»

«Credo che... lui sosteneva di essere un percussionista e nella band suonava il tamburello, ma non credo che fosse un musicista di professione. Aveva altre doti, probabilmente. Un po' hippy, look trasandato, amante della natura. Eccentrico».

«Mi diceva che Birdie non tornò più, dopo quel litigio con vostra madre. Dove andò a stare? Lo sa?»

«So che abitava a Londra, con Justin e un gatto. Nient'altro».

«Avevano un gatto?» Prendo nota.

«Sì. Se ben ricordo, non chiese il permesso al padrone di casa che, quando se ne accorse, li sbatté fuori».

«E quindi dovettero traslocare?»

Philip sospira. «Penso di sì. Birdie mi disse che conosceva uno che stava in una casa enorme, che li avrebbe ospitati per un periodo».

Sgrano gli occhi. «Una casa enorme?»

«Sì».

«Dove? Lo sa?»

«No. So solo che Birdie aveva fatto amicizia con una persona che abitava in una casa enorme e che si era offerta di ospitare temporaneamente lei e Justin».

«Che anno era?»

«Era l'anno in cui mia madre smise di parlare con Birdie, io avevo quattordici anni e quindi era il 1988. Il periodo di maggior successo della band».

«Che si sciolse nel '90, giusto?»

«Sì, più o meno».

Sospiro e cerco di rilassare le spalle. «Lo scheletro che i nostri tecnici hanno ricomposto e analizzato è di una donna intorno ai venticinque anni. Se fosse Birdie, vorrebbe dire che è morta nel 1995. Sua sorella Jenny è mancata nel...?»

«'96».

Cambio posizione per alleviare il mal di schiena. «Insieme alle ossa c'erano fibre tessili e i frammenti di un'etichetta che sembrano essere di un asciugamano di spugna molto costoso. Pertanto, se Birdie non era così ricca da poter spendere duecento sterline in un telo di spugna, vuol dire che conosceva qualcuno che se lo poteva permettere. Adesso lei mi parla di amici che abitavano in una casa enorme disposti a ospitare lei e il suo compagno... Sa dirmi qualcos'altro al riguardo?»

«No. Né io né i miei fratelli ricordiamo altro. Venne aperta un'inchiesta, ci interrogarono, ma noi non sapevamo niente di niente. Nemmeno se alla fine Birdie e Justin accettarono l'offerta oppure trovarono un'altra sistemazione». Fa spallucce e mi guarda. Mi accorgo che ha gli occhi lucidi. «Com'è morta? È Birdie, vero?»

Lo guardo e annuisco. «Pensiamo sia lei, sì».

Mi sento male al pensiero di aver messo il mio bisogno di scoprire perché Birdie sia stata uccisa davanti al mio dovere di informare quest'uomo della morte di sua sorella. Tossicchio e mi raddrizzo sulla sedia.

«Pare sia deceduta a seguito di un trauma cranico» rispondo. «Poi dev'essere stata avvolta in teli di spugna e abbandonata in un luogo esposto agli agenti atmosferici. In un secondo tempo le spoglie, ormai ridotte allo scheletro, sono state chiuse dentro un sacco di plastica nero e lanciate nel Tamigi. Secondo i nostri calcoli, questo potrebbe essere avvenuto non più di un anno fa».

«Mi sta dicendo che l'assassino è tornato a cercarla?»

«Sembra proprio di sì».

Philip china la testa e, quando la rialza, vedo che ha le guance bagnate di lacrime.

«Perché l'hanno uccisa?»

«Potrebbe essere stato un incidente».

Philip scuote la testa. «Il fatto che fosse avvolta in un asciugamano e che qualcuno sia tornato a riprenderla a distanza di venticinque anni per buttarla nel fiume, però, fa pensare il contrario».

«Sì» rispondo. «È vero».

Lo guardo e mi accorgo che ha capito.

«L'assassino di mia sorella è ancora in circolazione» dice. «Libero e impunito».

«Purtroppo sì».

Philip mi guarda con gli occhi sbarrati. «Lo troverete, vero? Lo prenderete e lo manderete in galera, vero?»

Vorrei rispondergli di sì, ma non posso. So bene che i casi come questo sono difficili da risolvere, perché con il passare del tempo tutto si fa più confuso e complicato e prove e indizi si cancellano. So anche che mi impegnerò al massimo per riuscire ad assicurare il colpevole alla giustizia, però. Ed è questo che dico a Philip: «Le do la mia parola che farò tutto il possibile».

31.

Aprile 2017

«Hai l'aria stanca, figlia mia. Dormi abbastanza?»

Rachel, che stava inserendo dati nel suo software gestionale, alzò la testa dalla tastiera e vide che il padre la stava osservando. Le bruciavano gli occhi, aveva la mente annebbiata e pensieri cupi nella testa, ma rispose: «Tutto bene. È solo che mi sembra che questa settimana non finisca più».

«Di' a tuo marito di portarti in qualche bel posticino, in una delle sue tante case. Siete sposati da due mesi e ancora non ti ha portato ad Antibes? Mi sembra incredibile. Come mi sembra incredibile che...» Sospirò e Rachel sentì il peso di quella frase lasciata in sospeso, di tutte le cose non dette, le domande non fatte. «Va tutto bene, sì? Andate d'accordo?»

Rachel annuì. «Sì, sì» rispose. «Va tutto bene».

Erano a casa, nella casa dei suoi genitori, in cui Rachel era cresciuta in compagnia di una serie infinita di cagnetti, che sua madre dava via ogni volta che partiva per stare fuori più di un mese. Era una casa molto bella, con alte finestre e un grande giardino, la facciata coperta dal gelsomino e la Range Rover di suo padre parcheggiata nel viale di accesso. La madre di Rachel era morta cinque anni prima e suo padre viveva da solo. Da quando la madre non c'era più, Rachel e il padre avevano fatto squadra e si vedevano per fare colazione a The Wolseley, per prendere il tè con i pasticcini nella pasticceria preferita del padre, a Soho, per fare shopping insieme. Il padre le chiedeva di accompagnarlo e consigliargli che vestiti comprare e inevitabilmente Rachel la sera tornava a casa carica di elegantissimi pacchetti di boutique fuori della sua portata. Rachel e il padre erano sempre stati molto affiatati e lei andava più d'accordo con lui che con la madre, che trovava lunatica e spesso irritante. Dopo la sua morte, il legame fra Rachel e il padre si era ulteriormente rafforzato, ma da quando era arrivato Michael, lei lo sentiva più distante, figura più marginale e sfuocata. Persino in quel momento, con la tazza del caffè in mano, senza scarpe sulla moquette color panna che sua madre tanto amava e che andava pulita da un'impresa specializzata una volta l'anno, Rachel non riusciva a inquadrarlo. Era proprio davanti a lei, ma era come se la stesse chiamando da un posto dove non c'era segnale. *Non ti sento. Ti sto perdendo.*

Il padre le mise una mano sulla spalla e disse: «Se avessi un problema, me ne parleresti, vero?»

Rachel annuì con decisione. «Certo».

«Pensavo che... Tua madre avrebbe fatto più domande, sai? Ti avrebbe raccomandato un po' più di cautela. Voglio dire, dopo tre mesi soltanto... Capisco che Michael fosse un buon partito, ma... avete fatto molto in fretta, no?»

Rachel digitava rumorosamente sulla tastiera. «Va tutto bene, papà. Davvero. Non ti preoccupare. Non essere ansioso: sembri la mamma».

Sembri la mamma. Rachel non avrebbe potuto dire una cosa peggiore.

«Scusa». Il padre ritirò la mano. «Ti chiedo scusa».

Rachel sentì i suoi passi sulla moquette mentre si allontanava lasciando una scia di profumo di caffè. Fece un bel respiro per frenare le lacrime, prese un altro foglio e ricominciò a digitare numeri sul computer.

Rachel andò via un'ora dopo. Stava per mettersi a piovere.

«Aspetta» le disse il padre dalla porta. «Ti do un passaggio. Mi metto le scarpe e il cappotto e arrivo».

«No, grazie. Davvero. Faccio volentieri due passi. Ho l'ombrello».

«Ti accompagno in macchina».

«Preferisco andare a piedi. Non faccio complimenti».

Lo guardò. Brian Gold, maglione di lambswool blu, scalzo, capelli folti e scuri nonostante i sessant'anni e passa, aveva la faccia preoccupata. Rachel sentì scorrere dentro di sé qualcosa di liquido e bollente, un irresistibile moto di amore e di profonda tristezza. «Ciao, pa'».

In cima alla lunghissima scala mobile che scendeva nella stazione di St John's Wood, guardò l'abisso scuro sotto di sé, immaginò di rotolare giù e arrivare in fondo ridotta a un mucchietto di ossa spezzate, la gente che urlava e lei finalmente libera.

Le trillò il cellulare appena prima che scomparisse il segnale. Era Michael.

Ciao, bellezza. Cosa vuoi per cena? Sto uscendo a fare la spesa.

Rachel rispose in fretta per paura di perdere il segnale. *Una pasta? Con i gamberi?*

Premette invio e guardò il telefono come per spronarlo a recapitare al più presto il messaggio al numero di Michael e tirò un sospiro di sollievo nel constatare che gli era arrivato. Se non avesse ricevuto risposta prima di uscire a fare la spesa, Michael sicuramente si sarebbe arrabbiato e avrebbe comprato cose che non le piacevano. Apposta. E poi le avrebbe detto: *Visto che non mi hai risposto...* Sarebbe stato nervoso, con il muso lungo. Ecco, se c'era una cosa che Rachel voleva evitare a qualsiasi costo erano i musi lunghi di Michael. Quando era di cattivo umore, Michael lasciava intravedere un'oscurità incommensurabile. Rachel si ritrovò a chiedersi per l'ennesima volta cosa sarebbe successo se lei non avesse portato quei sex toys in viaggio di nozze, se non avesse ammesso di averli già usati con altri uomini e si fosse accontentata di farlo in maniera tradizionale, visto che comunque le piaceva, per i successivi cinquant'anni. Era furiosa con sé stessa per aver rovinato in maniera irrimediabile il suo rapporto con Michael per una cosa che, con il senno di poi, le sembrava così poco importante.

In metropolitana trovò posto a sedere. Giocherellò con l'anello di fidanzamento, facendolo ruotare intorno all'anulare, poi si guardò nel finestrino di fronte e sospirò. Quando scese a Fulham Broadway aveva smesso di piovere, ma le strade erano color petrolio e le ruote delle macchine sibilavano sull'asfalto bagnato. Controllò il telefono e vide che Michael le aveva risposto con una faccina che sorride. Si sentì sollevata, più leggera. Quando entrò in casa, Michael era in cucina intento a riporre la spesa. Le sorrise. «Ciao. Come sei carina! Sta bene tuo papà?»

«Sì, sì. Benissimo». Si avvicinò e si fece baciare sulle guance, sentendogli un accenno di barba sul mento. Si staccò. «Ti saluta tanto».

«Anche i conti stanno bene?»

«Direi di sì».

Le fece un altro sorriso. Il sole del tramonto sbucò da dietro una nuvola illuminando Michael e facendolo risplendere come se fosse d'oro. «Bene. Mi fa piacere. Anche perché temo di aver bisogno di un aiutino, entro fine mese».

Rachel sentì un brivido freddo correrle lungo la schiena. «Ah» disse, imponendosi la massima cautela. «Credevo avessi un'entrata regolare. Dalla villa di Antibes?»

«Sì, è vero. Cioè, più o meno. Ma adesso è bassa stagione, le prenotazioni sono poche e devo ancora pagare la donna delle pulizie e il tipo della piscina. Il mese prossimo sarà tutto più facile, ma per ora è così».

Infilò un vassoio di gamberi in frigo e Rachel si accorse che non erano quelli grandi e freschi che comprava di solito, ma gamberetti precotti. Aveva fatto la spesa da Tesco e non da Whole Foods, dove andava abitualmente.

Il sole calò e l'aura dorata di Michael si spense.

«Di che cosa hai bisogno?» gli domandò.

«Tanto per cominciare, potresti darmi i soldi della spesa?» Indicò pacchi e pacchetti sul tavolo.

«Certo» rispose Rachel, tentando di nascondere lo sconcerto. «Quant'è?»

Michael cercò lo scontrino nel sacchetto e lo guardò. «Ventisei sterline».

Rachel tirò fuori una banconota da venti e una da dieci, le posò sul tavolo e le spinse verso di lui. «Ecco» replicò.

Michael le prese e se le mise in tasca. «Grazie, amore mio. Vedrai che è questione di poco».

La crisi era dovuta alla mancata consegna di una partita che valeva «non un milione, ma poco ci manca», per usare le parole di Michael, che aveva dovuto anticipare la cifra. «Tutti i miei risparmi, Rachel. Tutto».

Rachel gli aveva offerto una spalla su cui piangere. Lui le aveva detto che non la meritava, che se lei lo avesse lasciato avrebbe capito perfettamente, non era un buon marito, Rachel poteva aspirare a molto di più. Lei lo aveva consolato, accarezzandogli la testa e dicendogli che non lo aveva certo sposato per i soldi, che stava con lui perché lo amava. Lo amava. Lo amava.

Da quella sera Michael era nervosissimo e non faceva niente per tirarsi su di morale. Aveva affidato la villa di Antibes a un'agenzia per affitti brevi e stava meditando di vendere la casa di Fulham e di andare a stare a Camden con lei. «Non penso sarà necessario» aveva detto. «Ma, nel caso...»

Rachel aveva annuito. «Ma sì, certo. Ovvio».

Ormai la sera non sceglievano più il ristorante dove andare a cena, ma il programma da guardare in tv. E anche questo sovente era motivo di conflitto perché Michael non mancava di farle pesare il costo degli abbonamenti alle varie piattaforme.

«A che ora vuoi cenare?»

Rachel guardò l'orologio. Erano le sei. «Per le sette?»

«Perfetto» rispose Michael. Si mise lo strofinaccio su una spalla, prese una pentola dalla credenza e la riempì di acqua fino all'orlo.

Più tardi, a letto, Rachel si ritrovò accanto a Michael che stringeva la trapunta fra le mani guardando il soffitto. Erano reduci da un amplesso assai poco soddisfacente, durante il quale lui continuava a perdere l'erezione, per ritrovare la quale si faceva masturbare da Rachel, oppure ci pensava da solo, e che si era concluso con lei a quattro zampe e lui che aveva impiegato dieci minuti buoni a stantuffarla senza alcun trasporto amoroso per arrivare all'orgasmo, che peraltro non sembrava avergli dato nessun godimento.

«Troppi pensieri» si giustificò dopo un breve silenzio postcoitale. «Non sono abituato a essere senza soldi, a doverli chiedere a mia moglie. Non è mai successo. Mi fa sentire... è castrante, Rachel. Mi sento un uomo senza palle».

Rachel lo osservò pensosa. Avrebbe voluto ricordargli che aveva problemi a mantenere l'erezione anche prima, sin dal viaggio di nozze, quando lei gli aveva proposto di allargare il loro repertorio sessuale. «È sciocco da parte tua» rispose. Non aveva ancora finito di dirlo, che se lo sarebbe già rimangiato.

Michael si voltò di scatto. «Sciocco?» chiese.

«No, intendevo...» balbettò Rachel.

«Porca troia, Rachel, non capisci proprio un cazzo. Sono sul lastrico, te ne rendi conto? Non è "sciocco": è una tragedia! Ho paura che mi toccherà vendere l'appartamento perché ho certa gente che mi sta con il fiato sul collo e ti assicuro che... È brutta gente, Rachel. Ma certo, tu te ne vai tutti i giorni nel tuo bell'atelier a fare collanine perché intanto sai che a fine mese c'è papà che sgancia. Se finisci in rosso provvede lui, non hai affitto da pagare, sei giovane e... Cazzo, non hai ancora capito una beata minchia di cosa vuol dire. Sei una bambina piccola, Rachel. Piccola e viziata». Scostò brusco la trapunta e andò in bagno.

Rachel sbatté piano le palpebre guardando le chiappe nude del marito che se ne andava arrabbiato e cercò di calmarsi. In cuor suo gli stava gridando di tutto, gli dava dello stronzo e del coglione, lo accusava di essere un disastro a letto, gli rinfacciava di essere vecchio e senza soldi, gli diceva che lo odiava, che malediceva il giorno in cui l'aveva sposato, che voleva tornare alla vita di prima, ai tempi in cui non era costretta a stare attenta a ogni cosa che diceva per non offendere un uomo di mezz'età dalla fragile autostima e dal pene che richiedeva pazienti interventi di rianimazione ogni volta che facevano sesso.

Si tenne tutto dentro, però. Restò dov'era, aspettò che Michael tornasse e, quando si infilò sotto le coperte, lo abbracciò e gli disse: «Ti amo».

Non era proprio sicura che fosse vero, tuttavia. Aveva la netta sensazione che l'amore fosse ben diverso da quello che provava in quel momento.

«Passerà, Rachel. Te lo prometto. Farò di tutto perché passi in fretta».

Rachel annuì, ma rimase zitta.

Per prudenza.

32.

Giugno 2019

Tornato in albergo, aspetto un'oretta e poi chiamo Kris.

«Ciao, sono Joshua, quello del tour di oggi pomeriggio. Scusa, ma temo di aver lasciato il mio orologio sulla tua moto».

«Come? Cosa?»

«L'orologio. È un vecchio Cartier, apparteneva a mio padre. A un certo punto me lo sono tolto e l'ho messo in una delle borse. E poi, stupidamente, ho dimenticato di riprenderlo».

«Ah, ho capito. Va bene. Senti, la Gold Wing è in un garage a due isolati da casa mia. Ho un posto moto in affitto e di notte la tengo lì. Adesso non ci posso andare, ma fra un po' ci faccio un salto. È un problema?»

«Ma no, figurati. Non c'è fretta. Mi fermo ancora qualche giorno. Possiamo darci appuntamento da qualche parte. Dove vuoi, quando ti fa comodo».

«E se invece passassi io all'hotel e lo lasciassi al concierge?»

«No, no: troppo disturbo. Vengo io. Mi mandi un messaggio e ti raggiungo dove mi dici tu».

«Va bene. Allora quando lo trovo ti scrivo».

«Grazie. Scusa ancora, Kris».

«Figurati, Joshua. Ci vediamo».

Sono le dieci e dovrei accendere il computer e controllare le email. Sto trascurando il lavoro. Ho detto ai colleghi che mi sono beccato un virus, che sono a letto in albergo e leggo le email solo quando mi sento. Non ne ho aperto nemmeno una. E adesso che avrei un paio d'ore per farlo, non ho la testa. Il pensiero che io e Phin siamo nella stessa città mi emoziona troppo.

Phin è a Chicago. Phin ha una casa a Chicago ma non ci abita. Phin è bisex. È stato con l'uomo con cui ho passato il pomeriggio, che non sa dove sia alloggiato. Ma forse c'è una persona che lo sa: Mati, la tipa sexy del bar dei biker.

Mi lavo, mi cambio e mezz'ora dopo sono al Magdala.

«Sabato scorso ho conosciuto una ragazza, Mati. Era insieme a uno grande e grosso, con...» Mi passo la mano sulle braccia per fargli capire l'estensione dei tatuaggi.

Il barista mi rivolge un'occhiata sospettosa e annuisce.

«C'è, stasera?»

Fa di no con la testa. «Durante la settimana ha i bambini».

«Ha dei figli?»

«Sì, due. Fino a venerdì non viene».

«Peccato. Io venerdì sarò già tornato a Londra».

«Che cosa volevi da lei?»

«Abbiamo un amico in comune. Ci frequentavamo da ragazzi, quando stava ancora a Londra. So che in questo periodo è qui a Chicago, ma non ho ancora trovato nessuno che sappia dove ha preso alloggio. Volevo chiedere a lei, nel caso lo sapesse».

«Finn, dici?»

Lo guardo sorpreso. «Sì. Esatto. Proprio lui».

«Era qui mezz'ora fa. L'hai mancato per poco».

Mi si offusca la vista. Mi aggrappo al bancone per non cadere. Una lancia di ghiaccio mi ha trapassato il cuore.

«Sul serio?»

«Sì. Finn, l'inglese con la barba. Sì, sì».

«Hai mica idea...?» Sposto il peso da una gamba all'altra, mi passo il palmo della mano sulla bocca e poi sul mento. «Ti ha mica detto dove andava?»

«No».

«Era con qualcuno?»

«No, era solo».

«E ti è sembrato...» Non so cosa chiedergli.

«Di', ti senti bene?»

«Sì, sì. Mi scoccia averlo mancato per un pelo. Perché ho veramente bisogno di vederlo. È una persona a cui tengo molto e mi...» Mi si incrina la voce. Vedo che il barista è preoccupato. Mi do un contegno e sorrido. «Pazienza» dico. «Fa niente. Sarà per la prossima volta. Prima o poi ci beccheremo».

«Vuoi che gli dica qualcosa? Nel caso tornasse?»

«No, non dirgli niente. Non vorrei...» *Non vorrei che si spaventasse.* Non lo dico, ma so benissimo che è così: Phin si spaventerebbe a morte e scapperebbe chissà dove. Sorrido. «Grazie. A proposito, io sono Joshua».

«Joshua. Okay. Bevi qualcosa?»

«No, grazie. Vado».

«Come vuoi. Buona serata, Joshua».

Esco in strada e guardo prima a sinistra, poi a destra e quindi diritto davanti a me. Vedo uscire uno dal negozio biologico di fronte al bar. È alto, abbronzato. Con la barba. Maglietta beige, bermuda neri e occhiali con la montatura di corno. Due grossi sacchetti della spesa, uno per mano. Uscendo dal negozio, guarda verso il Magdala. Mi accorgo che cerca qualcuno.

E mi viene un colpo. È lui. L'ho trovato.

Seconda parte

33.

Samuel

THE TIMES
Lunedì 24 giugno 2019

La Metropolitan Police sta indagando sul caso dei resti umani rinvenuti sulle rive del Tamigi meno di una settimana fa da un appassionato di *mudlarking*. È ormai accertato che si tratta di Bridget Dunlop-Evers, detta Birdie, la cui scomparsa fu denunciata dalla famiglia nel 1996. All'epoca la donna, che aveva fatto parte degli Original Version, aveva trentadue anni. La band aveva scalato le classifiche con un paio di brani alla fine degli anni Ottanta. Dopo l'ultimo successo discografico, Bridget Dunlop-Evers era uscita dal gruppo e aveva fatto perdere le proprie tracce. Secondo i famigliari, Bridget Dunlop-Evers e il suo compagno Justin Redding, percussionista degli Original Version, erano stati sfrattati e avrebbero trovato ospitalità presso amici che avevano una casa molto grande. Le indagini a seguito della scomparsa non avevano dato esito e di Bridget Dunlop-Evers e Justin Redding non si è più saputo nulla per quasi trent'anni. Chiunque avesse informazioni riguardo Dunlop-Evers e Redding o riguardo la casa in cui vennero ospitati è pregato di mettersi subito in contatto con la Metropolitan Police.

L'articolo è accompagnato da una foto di Birdie ai tempi della band, mentre suona il violino. Bandana a fiori intorno al collo, lunghi capelli castano chiaro, con la frangetta, occhi semichiusi rivolti all'obiettivo, bocca severa con il rossetto fucsia. Come previsto dal nostro esperto di ricostruzione facciale, ha il mento sfuggente. La didascalia recita: «Birdie Dunlop-Evers, la donna i cui resti sono stati ritrovati nel Tamigi».

Vado a leggere i commenti in fondo.

Alcuni, un po' acidi, ricordano il tormentone estivo degli Original Version, rimasto troppo tempo in cima alla hit-parade e nelle orecchie delle persone. Altri sono più rispettosi. C'è chi ricorda la scomparsa a metà degli anni Novanta, chi scrive di aver visto un concerto dal vivo della band negli anni Ottanta e un lettore racconta di aver conosciuto Birdie. «Era minuta, molto cool. Mi ha fatto l'autografo su una mano. Profumava di White Musk di Body Shop, che all'epoca usavano tutti. Era un'eccellente violinista, di formazione classica. Che tragedia. Chissà che strazio per i famigliari».

Arrivo in fondo ai commenti. Non è una notizia particolarmente seguita. È un trafiletto. Una breve di cronaca. Da un momento all'altro rischia di uscire dalle dieci notizie più seguite della Bbc. Le speranze che venga notata da qualcuno che sappia qualcosa sono poche: oggi o mai più.

Guardo il telefono sperando che suoni. Niente. Torno alle mie ricerche su Birdie Dunlop-Evers e la sua band. Ho letto le dichiarazioni rilasciate dagli altri Original Version ai tempi della scomparsa. Ho avuto l'impressione che l'avessero scelta perché era una brava violinista, ma non fossero in rapporti d'amicizia, né particolarmente legati a lei. Nel 1996 nessuno di loro aveva idea di dove fosse stata negli ultimi due anni e tutti mostravano una certa indifferenza nei suoi confronti. Definivano lei fredda, introversa, difficile e molto esigente e Justin un hippy con la testa fra le nuvole, molto più simpatico di lei.

Passo in rassegna le immagini di Birdie che trovo in Rete, ma sono poche perché all'epoca internet non esisteva ancora. Una sua foto compare più volte, però. È quella in cui Birdie suona il violino con gli occhi semichiusi rivolti verso la macchina fotografica e le labbra serrate, cappello di velluto e grossa cravatta Lavallière in raso. Ho studiato a lungo questa foto e ho notato che sullo sfondo ci sono una grande poltrona rossa che sembra un trono, una parete a boiserie con applique di velluto e un trofeo con la testa di un animale che non riconosco.

Mi viene un'idea. Dall'immagine risalgo ai siti nei quali è postata. Sono diciotto. Li leggo in ordine. Nella maggior parte dei casi la foto correda nostalgiche rievocazioni del passato e appare in siti stile: Che fine ha fatto...? Al nono tentativo mi ritrovo su un sito dove c'è il link a un video su YouTube. Lo apro e scopro che la foto di Birdie che suona il violino con un trono alle spalle è tratta da un video. Per la precisione, dal video della hit più famosa degli Original Version. Io nel 1988 non stavo in Inghilterra. Avevo cinque anni e abitavo ancora nel Ghana. La musica pop ha incominciato a interessarmi a tredici anni, quando sono arrivato a Londra, ma a quel punto gli Original Version non esistevano più e quindi non ho mai visto il video di quel tormentone estivo di tanti anni prima. Passo alla modalità schermo intero e premo play.

I membri della band sono tutti vestiti uguali, mantelle, balze, velluti e trucco pesante. Scendono una scala di legno curva e arrivano in un salone dove campeggiano due troni di velluto rosso. Uno dei musicisti ci salta sopra e suona il tamburo che porta appeso al collo. Panoramica del salone, poi la telecamera segue altri due membri della band che entrano in una stanza che sembra un bar, dove una donna serve loro bicchieri di un liquido ambrato. Uno dei due musicisti salta sul bancone e vedo che ha un paio di stivali allacciati alti fino al ginocchio. La canzone è orecchiabile e il video è adrenalinico: capisco che sia diventata così popolare. I due musicisti passano dal bar a una sala con dipinti a olio alle pareti e un gigantesco lampadario di ottone che sembra reggere una moltitudine di candele, che però poi capisco essere lampadine. La scena torna nel salone e la telecamera inquadra Birdie con i suoi strati di velluto, il cappello, il rossetto fucsia, il violino e... Metto in pausa: è da questa inquadratura che è stata presa la foto.

Mi domando dove sia stato girato il video, e riprendo a guardarlo. Il bar potrebbe essere in un club privato. Ma dove? Quando il portone si apre, la telecamera inquadra un curatissimo giardino all'italiana, con siepi che formano piccoli labirinti e due cannoni su altrettanti piedistalli di marmo. La band percorre il giardino continuando a suonare, con il cantante in primo piano che si china come se l'operatore fosse alto poco più di un metro. Poi l'inquadratura si sposta e compare il Tamigi all'altezza di Chelsea, direi, o di Embankment.

L'operatore si volta e inquadra la casa: ha il portone al centro, fiancheggiato da due finestre per parte, e altri due piani con sei finestre ciascuno.

Mi sento attorcigliare le budella. Metto in pausa e osservo attentamente la casa. Il video è del 1988 e il 1988 è l'anno in cui, secondo quanto mi ha raccontato Philip Dunlop-Evers, Birdie aveva rotto i ponti con la famiglia, l'anno in cui i suoi l'avevano vista per l'ultima volta, lo stesso in cui lei e Justin erano stati cacciati dal padrone di casa per via di un gatto e alcuni amici si erano offerti di ospitarli temporaneamente in una casa molto grande.

Fotografo il fermo immagine della casa ed esco dal mio ufficio per andare a cercare Donal.

«Stai uscendo, capo?»

«Vieni con me, Donal. Andiamo a Chelsea».

34.

Sono le cinque di lunedì pomeriggio e Alf arriva a casa di Henry e batte il pugno con Marco.

«Ehilà! Che succede?»

«Casini in famiglia. Per farla breve: Henry è andato via e non ci vuole dire dov'è. Lo dobbiamo trovare a tutti i costi, ma lui ha bloccato sia mia madre che me. È urgente. Tu ci puoi mica aiutare?» Marco indica i computer e i cellulari di Henry sul tavolo.

Alf si toglie lo zaino e lo appende allo schienale della sedia su cui si siede. Si guarda intorno. «Tua mamma dov'è?»

«È uscita con Stella».

Alf fa spallucce e si concentra sui dispositivi. «Sono tutti suoi?»

«Sì».

Alf prova ad accenderli. Due sono scarichi. Mentre Marco va a prendere i caricatori, Alf comincia a smanettare sui due che funzionano.

«Vuoi qualcosa da mangiare?» Marco apre il frigo e constata che le provviste che lo riempivano prima che Henry partisse in quattro giorni si sono esaurite e sua madre non è più andata a fare la spesa. I ripiani sono tristemente vuoti, ma ci sono una confezione di prosciutto ancora intonsa, un sacchetto di formaggio grattugiato senza muffa e delle uova. Marco prepara due omelette mentre Alf continua a smanettare.

«Sono entrato» dice dopo un po'. «La password era 0000. Incredibile. Roba da psicopatici».

Continua a digitare e Marco mette sul tavolo i due piatti con l'omelette, un sacchetto di tortilla chips e due lattine di Coca-Cola.

Alf è entrato nella posta elettronica di Henry e sta scorrendo le email. «Cosa ti serve, di preciso?»

«Non so, prenotazioni. Voli, hotel, cose così...»

«Aspetta». Alf clicca due volte su qualcosa e gira lo schermo verso Marco. «Guarda. Ha chattato con una certa Nancy su Tripadvisor».

Leggono insieme i messaggi, che sono cordiali e riguardano il resort in cui lavorava il padre di Libby, Phin, dove Nancy aveva soggiornato. Marco si accorge che dopo un po' Henry cerca di spostare il discorso su Phin. Anzi, Finn, perché Nancy lo scrive così. Dice che secondo lei potrebbe essere partito per Chicago, dove ha famiglia. Marco e Alf si scambiano un'occhiata. Marco ha il cuore a mille.

«È a Chicago, vero?» dice Marco.

Alf annuisce.

«È una città grande».

Di nuovo, Alf annuisce. Scorre su e giù i messaggi in arrivo, ma non trova email di conferma di nessuna prenotazione.

«Merda» impreca Marco. «Dove altro possiamo guardare?»

«Boh? Non lo so».

Marco torna all'omelette e Alf infila una mano nel sacchetto per prendere una manciata di tortillas e infilarsele in bocca tutte insieme. Mastica rumorosamente.

«Cerchiamo di farci venire in mente qualcosa» dice Marco.

«La cronologia? Vediamo se è andato sul sito di qualche hotel?»

«Okay. Ma ho paura che per queste ricerche abbia usato il suo portatile, non questo iPad».

Alf scuote la testa. «Se ha sincronizzato i due dispositivi, non fa nessuna differenza. A me sembra che siano sincronizzati. Diamo un'occhiata».

E... tombola! La cronologia è aggiornata. L'ultimo sito che Henry ha visitato propone tour sul lago Michigan e lungo il Magnificent Mile a bordo di una moto. Alf clicca sui contatti e trova il numero del titolare, che si chiama Kris Doll.

«Lo chiamiamo?»

Marco scuote la testa. «No, no!»

«Perché no?»

«Boh... E cosa cazzo gli diciamo? Non gli sembrerà strano?»

«Be', gli potremmo chiedere se conosce Henry Lamb e se sa dove si trova in questo momento».

«Sì, ma perché lo cerchiamo? Dobbiamo prepararci una scusa valida, prima di telefonargli».

«Un parente in ospedale, suo padre gravemente malato... Non so».

«E perché non chiamiamo direttamente Henry?»

«Ci abbiamo provato, ma non risponde. Spieghiamo a questo Kris Doll che è una cosa urgentissima, che a suo padre restano pochi giorni di vita».

«Non sappiamo nemmeno se Henry ci sia andato o no, a fare il tour in moto».

«È vero, ma sappiamo che è l'ultima ricerca che ha fatto su Google. Mi sembra significativo».

Marco sospira. «Okay, va bene. Però lo chiami tu».

Alf emette un gemito di protesta, inforca l'ultimo pezzetto di omelette e se lo ficca in bocca. Finito di masticare, beve un sorso di Coca-Cola, rutta, si schiarisce la voce e chiama.

«Segreteria» bisbiglia, coprendo il microfono con la mano. «Oh, salve. Sto cercando un inglese che si chiama Henry Lamb e che adesso si trova a Chicago. Ho provato a chiamarlo, ma non mi risponde. Volevo avvertirlo che suo padre sta molto male. Potrebbe averne per poco. Nella cronologia delle sue ricerche abbiamo trovato questo sito e ci chiedevamo se lei lo avesse conosciuto. Se mi richiama, mi fa un grosso favore. Sono...» Fa cenno a Marco e Marco si stringe nelle spalle. «Mi chiamo Phin».

«Ma sei fuori?» gli fa Marco senza emetter suono. «Che cazzo di...»

«Anzi, scusi, Mike. Mi chiamo Mike». Alf fa segno che più di così non può fare. «Mi chiami pure a questo numero. Grazie. Scusi».

«Eccheccazzo, Alf!»

«Cazzo, scusa. Mi dispiace. Senti...»

«Vabbè, non importa. Tanto lui mica sa chi è Phin, no?» Si china verso lo schermo. «E ora?»

Alf clicca sul sito successivo. «Qui abbiamo un negozio biologico che si chiama Organic Delightful. Controlliamo sulla mappa. Okay, secondo me tuo zio sta in questa zona. Ci siamo quasi, Marco. Te ne rendi conto?»

L'ultimo sito di hotel visitato da Henry si chiama Dayville. «Telefona» suggerisce Marco.

Alf geme, ma poi clicca sul numero. «Sto cercando Henry Lamb. Può dirmi se sta al vostro hotel?»

«Un momento solo, signore. Attenda in linea».

«Ti ha chiamato "signore"!» Marco ride.

«Non abbiamo ospiti che rispondano a questo nome, signore».

«Pazienza. Grazie lo stesso. Posso chiederle se avete ospiti inglesi, in questo periodo?»

«Più di uno, signore».

«Ah, okay. Grazie».

«Dovere, signore. Le auguro una buona giornata».

Marco e Alf si guardano negli occhi. Hanno fatto tutto quello che potevano. A quel punto possono solo sperare che il tipo dei tour in moto li richiami.

Kris Doll telefona un'ora dopo, mentre Marco e Alf sono impegnati in un videogioco Fifa e mangiano una delle costose tavolette di cioccolata di Henry.

«Salve, sono Kris Doll» esordisce. «Parlo con Mike?»

«Sì» risponde Alf. «Sono io».

«Mi ha lasciato un messaggio, ma non ho capito bene. State cercando un certo Henry, inglese?»

«Esatto».

«Guardi, il tipo che ha prenotato il tour serale di oggi è inglese, ma si chiama Joshua, non Henry».

«Capito. Invece Henry Lamb non l'ha mai sentito nominare?»

«No, mi spiace».

«Be', non importa. Grazie lo stesso. Dovesse incontrarlo, mi telefona, per piacere?»

«Senz'altro. Sì».

«Un'ultima cosa» dice Alf. «L'inglese della prenotazione, Joshua, sta mica al Dayville?»

«Perbacco! Sì, sta proprio al Dayville».

Alf e Marco si guardano sgranando gli occhi.

«Okay» replica Alf. «Be', grazie mille».

«Si figuri». Marco e Alf si guardano, si sorridono e battono il cinque.

35.

Aprile 2017

Rachel posò il telefono soffocando una risata. Si tappò per un attimo la bocca con tutte e due le mani, con un sorriso che andava da un orecchio all'altro. Prese di nuovo il telefono e chiamò suo padre. Nessuna risposta. Il dito restò sospeso un momento sopra il numero di Michael, ma non si abbassò. *No,* pensò Rachel. È un momento prezioso e non voglio che lui me lo rovini e se ne appropri. Chiamò Paige.

«Ti disturbo?»

«Perché me lo chiedi?»

«Perché ho appena ricevuto una notizia straordinaria e volevo brindare a champagne».

«Hai chiamato la persona giusta. Ti aspetto qui fra mezz'ora».

Rachel chiuse il laboratorio e andò al Marks & Spencer più vicino a comprare una bottiglia di champagne e una confezione di cupcake. Poi raggiunse Paige nel suo atelier, stappò lo champagne, lo versò in due bicchieri da acqua – gli unici che c'erano – e ne porse uno all'amica.

«Allora? Questa notizia straordinaria?»

Rachel mimò un rullo di tamburi. «Mi hanno telefonato da Liberty per confermare che dal 17 ottobre prossimo esporranno le mie creazioni nel reparto gioielleria, insieme a Dinny Hall e Annoushka».

«Non ci credo!»

«Credici! È vero!»

«Dio mio, Rachel... Cin cin!» Paige avvicinò il bicchiere a quello di Rachel e la abbracciò. «È veramente una notizia straordinaria. Complimenti! Chissà com'è contento Michael...»

«Non gliel'ho ancora detto. Glielo dico stasera a casa».

«Sarà felicissimo. Mamma mia, Rachel, che bella cosa! Dovrai prendere uno studio più grande».

«Sì, credo che cambieranno diverse cose nella mia vita. Tanto per cominciare dovrò chiedere un finanziamento alla banca, poi mi servirà un assistente. Mi serviranno scorte maggiori, e quindi più spazio... Sì, vabbè, ci penserò. Adesso godiamocela. Cin cin!» Brindarono di nuovo e Rachel finì il bicchiere in tre sorsate.

Sentì vibrare il telefono. Era suo padre. Rachel dovette allontanare il cellulare dall'orecchio da quanto furono alte le sue esclamazioni di gioia. Si commosse nel sentirgli dire che lo aveva sempre saputo, che sua figlia prima o poi avrebbe sfondato.

«Alla buon'ora!» disse. «Avrebbero potuto capire prima quanto sei brava!»

Rachel vide che stava imbrunendo. Erano le sei passate, e a quell'ora di solito scriveva a Michael per dirgli quando prevedeva di arrivare. All'inizio lo faceva con l'entusiasmo di chi ha qualcuno a casa che l'aspetta, ma negli ultimi tempi si era trasformata in una sorta di comunicazione di servizio per agevolare Michael nella preparazione della cena. Ormai Michael cucinava e basta. Quella sera Rachel si rese conto di non avere voglia di scrivere a Michael. Non aveva ancora finito il secondo bicchiere e non voleva rovinare la gioia e la soddisfazione per il successo ottenuto pensando a Michael e alle sue recriminazioni per essere dovuto andare a fare la spesa senza aver concordato con lei il menu per la cena. Non aveva voglia di dirgli a che ora sarebbe tornata. Non aveva voglia di decidere in quel momento, le faceva piacere stare ancora un po' fuori, vedere come andava la serata, rientrare quando le fosse venuta voglia di farlo, non all'ora in cui Michael decideva di sedersi a tavola. Anche perché, in quel momento, non aveva nessuna voglia di mettersi a tavola.

Mentre faceva queste riflessioni, il telefono trillò: *A che ora torni? Cosa vuoi per cena?*

Rachel sospirò. Non aveva voglia di cenare a casa. Aveva voglia di restare con Paige: finire la bottiglia, mangiare i cupcake e magari poi fare tappa al pub a parlare di uomini e dopo un po' ordinare un piatto di patatine fritte per non bere a stomaco vuoto. E, tornata a casa, le sarebbe piaciuto rannicchiarsi vicino a Michael, raccontargli le novità, guardare un po' di tv e poi fare l'amore. Ma farlo bene, con trasporto, appassionatamente, come viene viene e non ricorrendo di continuo a micro spostamenti e aggiustamenti.

Rachel lesse il messaggio senza rispondere e dopo pochi secondi mise via lo smartphone, rabboccò i bicchieri e disse a Paige: «Che dici, andiamo al pub?»

Rachel rientrò a casa alle dieci, dopo aver risposto a Michael alle otto e mezzo: *Scusa, ho visto adesso. Sono fuori con Paige, non torno per cena. A dopo!* Lui non aveva risposto e a Rachel era sembrato strano. Appena entrata, si tolse le scarpe e andò in cucina. Le luci erano spente, ma si accorse subito che c'era qualcosa che non andava. Accese i faretti sul soffitto e vide una specie di opera d'arte astratta su una parete, consistente in rivoletti di roba da mangiare che colavano verso lo zoccolo. Per terra c'erano sei cocci taglienti di ceramica bianca. Rachel si avvicinò a guardare meglio e vide che a colare lungo il muro era un risotto arancione, forse di zucca. Il resto della cucina era perfettamente in ordine, la lavapiatti ronzava, i rubinetti luccicavano, pulitissimi, e lo strofinaccio era piegato con cura e appeso allo sportello del forno come al solito.

Rachel rimase un momento lì a guardare, poi ebbe un capogiro, senza dubbio dovuto all'effetto combinato dell'alcol che aveva in corpo e dell'orrore di ciò che aveva di fronte. Subito dopo, inaspettatamente, scoppiò a ridere. Immaginava Michael seduto a tavola con il muso lungo, che mangiava rabbioso il suo risotto e lanciava quello di sua moglie contro il muro, poi rigovernava e puliva tutto il resto con cura, in modo che lei vedesse cos'aveva fatto. A Rachel veniva da ridere come di fronte a un video di YouTube della serie: La moglie non torna a casa e lui dà di matto.

Decise di dormire sul divano. Non se la sentiva di affrontare Michael. Si sfilò jeans e maglione e, visto che il pigiama era in camera da letto e lei in camera da letto non voleva metter piede, optò per dormire in mutande e reggiseno. Si lavò i denti in bagno, facendo meno rumore possibile, e si coricò, coprendosi con il plaid che tenevano sullo schienale del divano. Mise in carica lo smartphone, si sistemò un cuscino dietro la testa e, siccome le tende del salotto non si chiudevano completamente, rimase a guardare la striscia di cielo blu che rimaneva visibile, con mille pensieri che beccheggiavano nella sua testa facendole venire il mal di mare: la gioia per la bella notizia, lo champagne, il risotto spiaccicato sul muro, i rubinetti scintillanti, la lavapiatti accesa e il silenzio assordante dietro la porta chiusa della camera da letto.

Durante la notte si svegliò di soprassalto con una mano che le tappava la bocca con forza, schiacciandole dolorosamente il naso. Sentì un peso sulla pancia, sui femori, sulle costole. Dita strette intorno alla gola.

Provò a divincolarsi, ma non c'era storia. Lì per lì Rachel pensò che fosse un ladro entrato chissà come da una finestra del terzo piano, arrampicandosi su per un tubo o scavalcando un balcone, un fantasma che si era intrufolato attraverso lo spiraglio fra le tende per materializzarsi a contatto con il corpo di lei. Ma lo riconobbe dall'odore. Era l'odore di suo marito. Cercò di scostare la mano di Michael per liberare la bocca, ma riuscì a dire solo: «Cazzo, Mich...»

Una mano tornò a tapparle bocca e naso, ancora più forte di prima. L'altra le stava strappando gli slip. Rachel provò a morsicargli le dita, ma non riusciva ad aprire la bocca. Lui la penetrò, guardando il soffitto e stringendole il collo, schiacciandole la testa contro il bracciolo del divano a ogni spinta. Per vincere il panico, Rachel le contò: quattordici. Quattordici spinte, violente, stringendole il collo, mentre Rachel, con gli occhi strabuzzati e pieni di lacrime, agitava invano le gambe nel tentativo di respingerlo. Poi di colpo tutto finì. Michael le lasciò il collo, si staccò da lei e si rialzò in piedi. Rachel lo guardò: spettinato, con il fiatone e lo sguardo minaccioso.

Si tirò su in piedi anche lei e lo guardò negli occhi. Le veniva da piangere, faceva fatica a parlare. «Questo è stupro». Lo disse con una voce che non sembrava la sua, rauca e rotta dal pianto. «Mi hai stuprato, Michael».

Michael fece una smorfia. «Puzzi di alcol».

Rachel sentì colare fuori il suo sperma e corse in bagno a lavarsi.

«Ti è piaciuto» sentì che le gridava dietro. «Lo so, me ne sono accorto: altroché se ti è piaciuto. E non dire che non è vero perché ti ho sentito venire».

Rachel si sedette sul water e si svuotò, si lavò e si rilavò. Aveva la pelle d'oca. Prese una salvietta, la bagnò nell'acqua calda e si pulì anche con quella. Poi si lavò le mani, il collo, la bocca, la faccia. Si guardò nello specchio e pensò a tutte le volte che aveva preso un taxi anziché tornare a casa a piedi la sera tardi, a tutti i drink che aveva versato nelle piante anziché berli per paura che contenessero la droga dello stupro. Pensò ai tanti uomini a cui aveva sorriso, anziché mandarli a fare in culo come avrebbe decisamente preferito, per paura che diventassero aggressivi. Pensò ai depistaggi preventivi, agli itinerari sempre diversi per tornare a casa, alle telefonate fasulle, ai messaggi per rassicurare di essere rientrata sana e salva, a tutte le volte che aveva lasciato alle amiche le informazioni necessarie a un eventuale intervento nel caso non fosse tornata a casa da un appuntamento con un uomo. Si era difesa per vent'anni dal rischio di subire violenza ed era finita a farsi stuprare in casa propria, da suo marito. Si rese conto di quanto inutili e superficiali fossero stati quei vent'anni di precauzioni. Una farsa. Tanto valeva prendere la scorciatoia e non rinunciare a quel top scollato o alle avances dei bei tenebrosi. Si era fatta un sacco di problemi inutilmente.

Furibonda, andò in camera a prendere il pigiama e se lo infilò sotto lo sguardo impassibile di Michael. «Da questa cosa non si torna indietro, Michael. Spero che tu te ne renda conto. È finita».

Michael scoppiò in una risatina sarcastica. «Ah, sì?»

«Sì».

«Fai pure la vittima, Rachel. Fa' quello che vuoi».

«Ma cosa stai dicendo?»

«Arrivi a casa ubriaca marcia» cominciò Michael puntandole contro l'indice. «Senza dire dove vai, con chi... Mi hai mollato qui come un fesso...»

«Ti ho mandato un messaggio».

«Sì, certo. A che ora, però? Io avevo già preparato la cena! Ti aspettavo!»

«Vai a letto, Michael. Per favore».

«Sarai andata in caccia. Sicuro...» Indicò il divano. «Be', hai ottenuto quello che volevi. Ti piace il sesso hard? Eccoti il sesso hard. Non dire che non ti piace, Rachel: è esattamente quello che vuoi. Ti ho sentito godere! Adesso sappiamo entrambi che tipo di donna sei e che cosa vuoi da un uomo. Giusto?»

Rachel uscì dalla camera sbattendo la porta. Per un attimo rimase incerta: non sapeva che cosa fare. Si guardò intorno come in cerca di una risposta nascosta in un angolo, poi si riscosse, si mise il cappotto sopra il pigiama, si infilò le scarpe da ginnastica, prese la borsa e se ne andò lasciando che la porta si richiudesse piano da sola.

36.

Giugno 2019

Samuel

Dopo l'acquazzone è uscito il sole e lungo la strada per Embankment l'asfalto manda riflessi quasi abbaglianti. Abbiamo la sirena spenta, ma il lampeggiante blu acceso. Non perché ci sia un'emergenza, ma perché i veicoli dietro di noi capiscano che abbiamo le nostre buone ragioni per procedere a passo d'uomo.

Finalmente vedo una serie di imponenti costruzioni di epoca vittoriana, arretrate rispetto alla strada, con piccoli giardini protetti da inferriate. Ho il telefono in mano e le confronto con la casa che appare nel video degli Original Version.

«Possiamo fermarci qui, Donal? Nella prossima traversa. Ecco. Grazie».

Donal rallenta e parcheggia. Leggo il nome della via su una targhetta affissa al muro: Cheyne Walk.

«Qual è la casa?»

Gli mostro la foto sul mio smartphone e indico più avanti. È praticamente irriconoscibile rispetto a com'era nel video: rampicanti, erbacce e detriti nel giardino, finestre dai vetri sporchissimi.

Scendiamo dalla macchina e mi sistemo giacca e polsini. Donal non ha questo problema, visto che indossa un giubbotto e un paio di calzoni che, a mio modesto parere, sono troppo aderenti. Probabilmente gli ci vorrebbe una taglia in più.

Percorriamo il sentierino di accesso, che è coperto di muschio e di erba e pieno di cartacce. Sentiamo abbaiare un cane e sulla porta compare un uomo in tuta da ginnastica grigia e nera. Il cane è grosso, ma sembra mansueto. Tiro un sospiro di sollievo.

«Buongiorno. Siamo della polizia investigativa, unità crimini speciali di Charing Cross. Io sono l'ispettore Samuel Owusu e lui è il sergente Donal Muir. Nel corso delle indagini su un omicidio di molti anni fa, abbiamo trovato elementi che indicano un legame fra la vittima e questa casa. Lei è il proprietario, signor...?»

«Wolfensberger. Oliver. Sì, sono il proprietario».

Ha un accento straniero, forse africano. Dato che è bianco, do per scontato che sia del Sudafrica.

«Volete accomodarvi?» chiede.

Capisco subito che Oliver Wolfensberger è del tutto estraneo ai fatti ed è semplicemente curioso. Quando uno ti fa entrare in casa così facilmente, i casi sono due: o non ha niente da nascondere, o ha tutto da nascondere. Ho la netta sensazione che Oliver Wolfensberger appartenga alla prima categoria.

All'interno la casa è molto diversa rispetto al video: niente trofei di caccia, niente lampadari di ottone, niente passatoie sulle scale, niente troni di velluto rosso. Le stanze sono vuote, le tappezzerie strappate, il pavimento di legno scricchiola e l'aria è piena di polvere.

«È rimasta disabitata per più di vent'anni. Noi abbiamo le chiavi da poche settimane e stiamo per iniziare i lavori di ristrutturazione. Sto proprio aspettando l'architetto. In tutti questi anni nessuno se n'è preso cura».

Oliver Wolfensberger ci fa accomodare nell'unica stanza ancora parzialmente ammobiliata, la cucina, dove sono rimasti un tavolo malconcio e due panche. Ci sediamo. Oliver Wolfensberger sorride.

Fa una carezza al cane e dice: «Allora. Sono curioso. Che cosa vi serve sapere, di preciso?»

«Stiamo indagando sulla morte di una giovane donna, Bridget Dunlop-Evers, avvenuta a metà degli anni Novanta. I resti sono stati ritrovati nel Tamigi una settimana fa, ma il decesso risale a molto prima. I famigliari non ci hanno saputo aiutare perché Bridget non era in buoni rapporti con loro; sanno solo che aveva amici disposti a ospitarla perché abitavano in una casa molto grande. Bridget suonava il violino in una band che ha girato un video in questa casa un paio di anni prima che lei scomparisse. Glielo faccio vedere».

Giro il telefono verso di lui e faccio partire il video.

Oliver Wolfensberger si emoziona. «È vero! È girato qui! In casa mia!»

«Ricorda la canzone?»

«No, veramente no. Può darsi che Kate, mia moglie, la conosca. Lavora nel campo della musica, sa un sacco di cose. Non vedo l'ora di farle vedere il video. Sarà felicissima». Indica il mio smartphone. «Chi è che è morto?»

Aspetto che venga inquadrata Birdie e dico: «Lei. Bridget Dunlop-Evers. La violinista».

«Che roba. Ed è accertato che...?»

«Che i resti siano suoi? Sì. È possibile che fosse questa la casa degli amici che le avevano offerto ospitalità e le saremmo grati se volesse dirci qualcosa sulla sua storia. Per esempio, da chi l'ha acquistata?»

«Da una signorina molto giovane. Venticinque anni soltanto, pensi. L'ha ereditata dai suoi attraverso un fondo fiduciario o qualcosa del genere e siccome... Ah, certo. Morirono qui, in questa casa. Lei era piccolissima. La ritrovarono al piano di sopra, tutta sola».

Oliver Wolfensberger rabbrividisce.

«Una storia tristissima. La diedero in adozione» continua. «Ma ha scoperto tutto quanto solo ora che ha compiuto venticinque anni e ha ereditato. Ha subito messo in vendita la proprietà, ma non le è stato facile trovare in tempi rapidi qualcuno che volesse comprarla. Un po' per lo stato in cui è, un po' per la tragedia che vi successe. Non so se mi spiego».

Annuisco, perché sto incominciando a capire. «Che cosa sa lei della tragedia?»

«Quasi nulla. Credo sia stato un suicidio collettivo. Insomma, qualcuno può avere delle remore a comprare una casa così, manco fosse "maledetta". Io non ho problemi, invece. Sono positivo, ottimista e non sono affatto superstizioso. Però, quando ci penso, provo una gran pena per quella povera neonata abbandonata. So che qualche anno fa è uscito un articolo sulla vicenda. Di un giornalista d'inchiesta. Non l'ho letto per non farmi influenzare, ma mi pare fosse sul *Guardian*. Quando venne pubblicato non stavamo in Gran Bretagna. Non so dirle altro. Ma sono certo che lo troverà».

«*Guardian*» scrivo sul taccuino.

«Grazie» rispondo. «Mi può dare il nome della precedente proprietaria?»

«Sì, certo. Libby Jones».

«Libby Jones». Prendo un appunto.

«Mi sa dire anche dove posso trovarla?»

«No, mi spiace. Mi sembra che venisse da fuori Londra, ma non so».

Scrivo: «Fuori Londra». Poi chiedo: «Le spiace se do un'occhiata in giro? Così, per farmi un'idea?»

«Ma certo. Si figuri».

Lo seguiamo nell'ingresso.

«Prego, andate pure dove volete, aprite porte, sportelli... Io resto qui: se avete bisogno mi chiamate».

Il cane bianco e grigio ci accompagna, come se volesse farci da guida. Donal lo accarezza, ma per me è troppo grande: fosse un po' più piccolo, forse mi azzarderei.

La casa è perfettamente simmetrica e speculare, per cui è facile orientarsi. Al primo piano ci sono quattro camere da letto con altrettanti bagni. Mi avvicino a una finestra sul retro, guardo il giardino e fotografo gli alberi per farli vedere al nostro botanico. Io i platani e gli alberi del paradiso non so neppure come siano fatti.

Saliamo all'ultimo piano. La scala qui è più stretta e i soffitti sono più bassi. C'è un lungo corridoio che attraversa tutta la casa, con una serie di camerette mansardate su entrambi i lati, che danno sul giardino o sulla strada. Donal mi chiama da una delle altre camere da letto.

«Guarda qua, capo» mi dice appena entro, indicando lo zoccolo di legno.

Ci sono incise delle lettere: IO SONO PHIN. Scatto una foto.

In fondo al corridoio c'è una scala a pioli che porta a una botola nel soffitto. Seguo l'imponente deretano di Donal su per la scaletta di metallo e mi ritrovo su un terrazzino. Scatto foto del tetto e degli alberi.

Noto delle canalette di scolo fra i vari spioventi. Nonostante sia estate, sono piene di foglie secche. Provo a spostarle con la punta della scarpa. Sotto c'è uno strato di marciume. Ci cammino dentro per raggiungere un comignolo e guardare cosa c'è dietro: un'altra canaletta piena di foglie. Solo che in questa lo strato di foglie marce e fango è stato smosso. Scatto altre foto, poi io e Donal torniamo di sotto.

Oliver Wolfensberger ci saluta promettendo la massima collaborazione, nel caso avessimo ancora bisogno di lui. Ci fornisce i dati dello studio legale che si era occupato dell'eredità dell'ex proprietaria e mi dà il permesso di fotografare la casa da fuori e gli alberi del giardino sul davanti. Torniamo alla macchina.

Donal si siede al volante e allaccia la cintura.

«Cosa pensi? È stato utile?»

«Mah» rispondo. «Secondo me, al novanta per cento Bridget Dunlop-Evers è morta in quella casa».

«Novanta per cento?»

«Sì. Secondo te?»

«Be', la sensazione che sia morta lì l'ho avuta anch'io».

Annuisco. «Mi porti allo studio legale, per favore? È a Pimlico, abbastanza vicino. Poi torni in ufficio e cerchi di recuperare quell'articolo del *Guardian.* Io mando le foto all'esperto di alberi. E speriamo di scoprire qualcosa di risolutivo».

37.

Phin rimane nel mio campo visivo per trenta secondi buoni, prima di venire risucchiato da un gruppo di ragazzi in piedi davanti all'ingresso di un locale che fa musica dal vivo. Quando riesco a superare l'assembramento, Phin non c'è più. Guardo a destra, a sinistra, in alto. Accanto al locale c'è un elegante portone di legno con tanto di finestra a mezzaluna con i vetri colorati e ghirigori in ottone art nouveau. Attraverso i vetri colorati intravedo un'ombra che sale di corsa le scale. Indietreggio per guardare il palazzo e vedo che è grande, diviso in numerosi appartamenti e al piano terra ha bar, negozi e boutique dai bovindi sormontati da bassorilievi in pietra verde a forma di festoni.

Scorgo una sagoma dietro la finestra centrale al primo piano. Osservo tutte le altre finestre di quel piano finché non ne vedo una che si illumina. Mi sembra di veder muovere qualcosa, ma non sono sicuro che sia una persona. Sull'altro lato della strada c'è un bar con i tavoli all'aperto. Vado a sedermi e ordino una coppa di champagne e osservo, osservo, ma non vedo niente. Non sono affatto sicuro che là di fronte ci sia Phin, ma l'istinto mi dice che è in quel palazzo, intento a riporre la sua spesa biologica, a svitare il tappo di una bottiglia di vino bio e scambiare due parole con un amico, o forse il padrone dell'Airbnb, a pulire verdure e tagliare il tofu a cubetti. (Do per scontato che sia vegetariano, considerato il suo amore per gli animali. Del resto nella casa degli orrori la carne era proibita e siamo cresciuti a *dahl*, per il quale nutro un'avversione che rasenta la fobia.)

La cameriera mi porta lo champagne e io le sorrido e la ringrazio.

«Ha passato una buona giornata?» mi chiede, posando la coppa sul tavolo.

«Sì...» rispondo. «Tutto sommato, sì».

«Bene. È qui in vacanza?»

«Sì. Sono venuto a cercare un vecchio amico».

«Wow». La cameriera sgrana gli occhi. «E... l'ha trovato?»

«No. Non ancora».

«Mi raccomando, non si scoraggi. Chissà che faccia farà quando la rivede!»

«Eh, sì» dico continuando a fissare le finestre del primo piano. «Chissà che faccia farà».

Sento vibrare il telefono. Una chiamata in arrivo. Faccio un sorriso di scusa alla cameriera e rispondo. È Kris Doll.

«Ciao, Joshua» esordisce.

«Ciao».

«Senti, Joshua. Ho trovato il tuo orologio e se vuoi domani mattina te lo lascio in hotel. Se stai ancora lì».

«Sì, sì. Grazie, Kris. Grazie mille. Per che ora pensi di passare?»

«Verso le otto».

«Okay. Allora ci vediamo domani mattina alle otto».

«Non è il caso che ti alzi apposta. Te lo posso lasciare alla reception».

«Sono mattiniero, Kris. Non mi costa nessuna fatica. A domani».

Kris cambia tono. «A proposito, Joshua. Mi sono dimenticato di dirti che ieri, prima del tour, ho ricevuto una strana telefonata. Di un inglese, un certo Mike. Conosci qualcuno che si chiama Mike?»

«Probabilmente sì. Chi non ha mai conosciuto un Mike?»

«Appunto. L'ho pensato anch'io. Anche a me è puzzato di un nome fasullo. Comunque, era uno che sta cercando un certo Henry Lamb. Mai sentito nominare?»

Stringo lo stelo della coppa di champagne. Non rispondo subito, e con quel nanosecondo di incertezza potrei essermi tradito. Poi, con fin troppa enfasi: «No. Non mi pare proprio».

«Sì, infatti. Immaginavo. Ho pensato a te perché, prima di dirmi che si chiamava Mike, ha detto che si chiamava Finn. Si è subito corretto e lì per lì non ci ho dato peso, ma siccome io e te avevamo parlato del mio amico Finn, non so, mi è sembrato strano. Nel senso: non lo sento nominare per mesi e mesi e poi, nel giro di quarantott'ore, scopro che è a Chicago, arriva 'sta telefonata dalla Gran Bretagna, ne parlo con te... Non è un po' strano?»

«Stranissimo» replico. «Scusa, ma quel Mike che cosa voleva?»

«Ha detto che voleva avvertire Henry Lamb che suo padre sta morendo e, siccome lui non gli risponde al telefono, ha controllato la cronologia delle ricerche, ha visto che era stato sul mio sito e si chiedeva se mi avesse contattato».

La mia cronologia?

Vorrei morire. La mia cronologia. Siccome non sono uscito dal mio account Google, tutti i miei dispositivi sono rimasti collegati e chiunque ne apra uno può vedere quali siti ho visitato. Compreso quello del mio hotel, forse. Non ricordo esattamente, ma temo che ci sia anche quello.

«Comunque è chiaro che tu non c'entri niente. Sarà una bizzarra congiunzione astrale. Allora ciao. Ci vediamo domani».

«Scusa, Kris. Stavo pensando che forse stasera cambio hotel. Per variare un po', vivere quartieri diversi. Ti scrivo il nuovo indirizzo appena faccio il check-in, okay?»

«Per me non cambia niente. Mandami un messaggio e vengo dove mi dici tu. Buonanotte, Joshua».

«Altrettanto, Kris».

Resto seduto al tavolo del bar di fronte al palazzo di Phin finché non si spegne anche l'ultima luce e le finestre sono tutte buie. A quel punto torno in hotel e butto velocemente le cose in valigia (non è vero, le piego con cura per evitare di doverle stirare. Ho già il mio daffare, ci manca solo dovermi stirare le T-shirt). Pago e mi faccio portare al prossimo hotel da un Uber. L'ho prenotato per telefono per non lasciare briciole informatiche sul mio cammino ed è vicino al Magdala e a quella che ritengo essere la zona in cui abita Phin. Mando un WhatsApp a Kris con il nome dell'hotel dal taxi, all'una di notte. Arrivato nella stanza, disfaccio la valigia, stappo una birra e la bevo mentre faccio la doccia. Mi asciugo, poso la testa sul cuscino e mi addormento all'istante, sfinito.

La sveglia l'indomani suona alle sette. Mi metto i primi vestiti che trovo e scendo a fare colazione. Mangio due croissant uno dietro l'altro perché, dopo un giorno di quasi digiuno, ho una fame da lupi. Bevo due cappuccini e mi preparo un panino con la pancetta, lo avvolgo in un tovagliolo di carta e me lo metto in borsa. Alle otto, attraverso con nonchalance la hall guardando fuori. In realtà lo riconosco dal rombo bestiale della sua moto. Si ferma davanti alla porta, si toglie il casco, se lo mette sottobraccio e si avvicina all'ingresso. Io vado alla reception a chiedere la password del Wi-Fi (che ho già), poi mi volto e accolgo Kris con un sorriso e un cordiale: «Ciao! Un attimo e sono da te».

Fingo di digitare la password sul mio smartphone e lo raggiungo. Mi sembra ancora più bello della prima volta e vengo assalito da un'inconsueta timidezza. Sento che sto per arrossire e faccio di tutto per contenere quell'adolescenziale imbarazzo. «Come stai?»

«Bene» risponde. «Ho appuntamento con un cliente. Bello questo albergo». Si guarda intorno. «Cioè, anche l'altro era carino, ma questo è più... Più accogliente. Meno impersonale. E la zona è favolosa. Combinazione, il bar di cui ti parlavo – quello dei biker, hai presente? – è giusto in questa via. Comunque. Ecco l'orologio».

Lo prendo. «Grazie».

«Se ti serve qualcosa mentre sei in città, mandami un messaggio. Okay?»

«Grazie» rispondo. «Gentilissimo». Mi butto. Con il giusto tono di voce e la corretta intonazione, chiedo: «Hai più sentito il tuo amico inglese? Quello di cui parlavi ieri, Finn?»

«Macché. Sto cercando di capire dove sta. Secondo il mio amico, ha preso un Airbnb da queste parti».

«Ma pensa...»

«Sul serio. Chissà, magari vi incontrate. Fra inglesi vi capite. Ho riscontrato che vi piacete anche».

«È vero» replico.

Mi guardo allo specchio cercando di vedere la faccia del vecchio Henry, quello prima della mentoplastica, delle protesi agli zigomi, del lifting agli occhi e del trapianto di capelli, quello che non faceva ancora due ore di palestra al giorno. Non l'Henry con i colpi di sole e il taglio scolpito, curatissimo nell'abbigliamento e attento a dettagli quali colletti, lunghezza dei pantaloni, bottoni e fodere, ma quello con le scarpe di tela e i pantaloni di velluto a coste, i capelli che non volevano stare a posto, le gambe magre, le ginocchia sporgenti e una gran confusione nella testa. Non riesco a sovrapporre la mia vecchia faccia a quella di ora. L'attuale Henry è troppo preponderante. Chissà se Phin mi riconoscerà. Se ci trovassimo a fare la spesa tutti e due al supermercatino biologico e io gli chiedessi: «Scusi, ha mai provato questi bocconcini vegetali gusto pollo? Come sono?» e poi gli sorridessi, li mettessi nel carrello e gli augurassi una buona giornata, si accorgerebbe che sono io o mi prenderebbe per un inglese di mezz'età, un po' eccentrico ed effeminato, con i denti troppo bianchi, i colpi di sole troppo ovvi e i vestiti troppo... troppo? Me lo chiedo, e mi rispondo.

Sì, certo che mi riconoscerebbe.

Mi sgamerebbe subito. Si accorgerebbe che sono io anche se mi presentassi travestito da cavallo perché abito i suoi incubi da ventisei anni a questa parte, temo, da quando siamo fuggiti dalla casa degli orrori e io gli ho fatto quel che gli ho fatto. Sono un incubo vivente, per lui. Mi odia. E l'odio lascia nella psiche cicatrici più profonde dell'amore.

Voglio provarci lo stesso. Potrei mettermi un berretto. Provo con uno da baseball e mi guardo allo specchio. Aggiungo gli occhiali da sole. Peccato non aver messo in valigia anche un paio di baffi finti.

Nel bar di fronte al palazzo di Phin c'è la stessa cameriera di ieri. Le chiedo se fa turni da ventiquattr'ore e lei fa una risatina educata. Ordino un caffè, il terzo della giornata. Dovrei evitare, data la situazione, ma sono tante le cose che dovrei evitare e un po' di caffeina in più o in meno non farà quella gran differenza. Guardo il palazzo di Phin e vedo movimento. Il portone si apre ed esce una coppia di ragazzi con un bulldog francese ciascuno. Poco dopo escono due vecchietti. A lei scivola la tracolla della borsa, lui gliela risistema e per tutta risposta riceve un'occhiataccia. Poi escono una mamma con il figlio adolescente e quindi un padre con due bambine.

Arriva il caffè. Ringrazio profusamente la cameriera e mentre aspetto cerco in Rete gli Airbnb in zona. C'è un monolocale nel palazzo di Phin, che si libererà fra dieci giorni. Adesso so dove collocarlo quando penso a lui: fra i cuscini con la faccia di Frida Kahlo ricamata, il cactus alto quasi due metri, il lampadario di rafia, il bagno con le piastrelle bianche e le maniglie e i rubinetti scuri, la cucina grigia con gli strofinacci variopinti, la saponetta verde lime legata con un cordino a un ciuffo di lavanda, su un piattino da tè di antiquariato che funge da portasapone.

Cerco di capire dalle foto dov'è messo il monolocale all'interno del palazzo e noto che dalla finestra della zona notte si vedono fronde di alberi. Davanti al palazzo ci sono soltanto due alberi e le finestre da cui si possono vedere sono quattro. Torno sul sito e trovo un altro appartamento nello stesso palazzo, e questo è disponibile. È molto meno carino, ma va bene comunque. Lo prenoto. Meno di mezz'ora dopo ho pagato e ricevuto le istruzioni per accedere con un codice, senza chiave. Il check-in è da mezzogiorno in poi, e sono le nove e dieci.

Ormai sono vicinissimo. Me lo sento.

38.

«Perché papà ha scelto nomi così idioti?» chiede Marco guardando il suo passaporto con aria schifata.

«Non li ha scelti lui. Glieli hanno dati così».

«Nomi di merda. Antoine. Ti sembra che io abbia una faccia da Antoine?»

La sera prima Marco e Alf avevano annunciato a Lucy di essere riusciti a rintracciare Henry. Una tipa conosciuta su Tripadvisor con cui aveva chattato diceva che Phin forse era a Chicago e uno che faceva la guida turistica in moto aveva detto di avere appuntamento con un cliente inglese che stava al Dayville Hotel. Lucy aveva provato un'ultima volta a chiamare Henry dal telefono di Alf e, quando lui aveva bloccato anche l'amichetto di Marco, aveva preso una decisione.

Il pensiero che, dopo aver perso il padre adottivo, Libby perdesse anche quello biologico, e prima ancora di conoscerlo, per Lucy era troppo spaventoso. E così aveva portato Fitz da Libby, chiesto a Oscar, il portinaio, di dare da mangiare ai gatti di Henry, avvertito le scuole di Stella e Marco che i due bambini sarebbero stati assenti qualche giorno per motivi famigliari e poi aveva comprato tre biglietti di sola andata per Chicago.

Sono le otto del mattino e Lucy, Stella e Marco sono a Heathrow, in coda per il check-in, con i bagagli fatti all'ultimo momento e i passaporti falsi procurati dall'ex marito di Lucy. Quando Henry li ha visti, li ha definiti «praticamente perfetti». Lucy però è preoccupata. L'addetta al check-in sembra controllare i documenti con estrema attenzione e Lucy ha il batticuore e le mani sudate.

Quando tocca a loro, Lucy porge i passaporti alla donna, che apre il primo, sorride ai bambini e dice: «Antoine?» Marco annuisce furiosamente. «Céline?» Stella fa timidamente di sì con la testa. A quel punto la donna apre il passaporto di Lucy, incontra il suo sguardo e tace. Lucy trattiene il fiato finché la donna non chiude il passaporto e sorride. «Grazie» dice, restituendole i documenti. «Buon viaggio». Lucy sorride e risponde: «Anche a lei» e poi si rende conto di aver detto una scemenza.

Arrivano alle partenze con due ore di anticipo e girano a vuoto per il terminal, un po' ansiosi. Si siedono a fare colazione e Lucy compra a Marco uno zainetto di marca in un negozio di articoli sportivi e a Stella una borsa a tracolla di paillette da Accessorize e lascia che li riempiano di merendine e album da colorare, figurine, riviste, cuffiette wireless e accessori per il telefono. Finalmente si mettono in fila per l'imbarco e al pensiero di dover mostrare di nuovo i passaporti Lucy sente tornare su la colazione, il sangue affluire alla testa, il battito accelerare, la saliva azzerarsi. Ma l'addetta nemmeno guarda i documenti. Scansiona le carte d'imbarco e li fa passare. Mentre percorrono la galleria moquettata, Lucy prova un senso di vertigine e di leggera incredulità. Cinque minuti dopo sono seduti ai loro posti e lei sfoglia la rivista della compagnia aerea e passa a Stella e Marco le cose che le chiedono. Il passeggero dall'altra parte del corridoio sorride a Stella e dice di avere una bambina che le somiglia. Quaranta minuti dopo sono in volo e Londra diventa sempre più piccola per poi scomparire dietro una rassicurante coltre di nuvole.

Lucy non riesce a credere di essere a Chicago. Non è mai stata negli Stati Uniti. Quando era piccola ogni estate andavano in Germania a trovare la nonna nella Foresta Nera e qualche volta sono stati a Istanbul perché si sposava qualche parente del nonno. Una volta suo padre li aveva portati a Bali. L'idea era stata della madre, che aveva letto un articolo su un resort di lusso dove i letti erano cosparsi di petali di rosa e si faceva il bagno nel latte tiepido, si beveva champagne a colazione e ci si affidava alle mani esperte di massaggiatrici con una begonia fra i capelli e, chissà come, aveva convinto Henry Senior, che pure detestava i viaggi lunghi e il cibo esotico. Poi avevano smesso di viaggiare, ovviamente, finché a quindici anni Lucy era andata in Francia. In quel momento, però, si trova negli Stati Uniti, perché ai controlli in aeroporto nessuno ha schiacciato il pulsante rosso alla vista dei loro passaporti e li hanno lasciati passare. Sono in taxi, vicini al Dayville Hotel, vicinissimi a Henry.

«Mi manca Fitz» dice Stella. Lucy le fa una carezza e dice: «Anche a me».

È la verità: in quei cinque anni, da quando Stella era piccolissima, Lucy non si è quasi mai separata dal suo cane. Lo ha lasciato a Libby, la quale si era offerta di tenere anche i bambini, ma Stella soffre di ansia da separazione e non riesce a stare lontana dalla mamma e Marco ha voluto a tutti i costi prendere parte alla spedizione.

«Henry pensa di aver capito dov'è Phin» aveva detto Lucy a Libby con la massima nonchalance possibile. «Lo raggiungiamo per dargli una mano a convincere tuo padre a tornare in Gran Bretagna. Staremo via giusto il tempo necessario per rintracciarlo, ma se dopo un po' tenere Fitz ti pesa, fatti aiutare dalla tua amica Dido, che lo adora».

C'era una nota di panico nella sua voce e Lucy non sa se Libby l'abbia colta o meno. Ma in questo momento è l'ultimo dei suoi pensieri.

«Siamo arrivati».

Il tassista si ferma fuori dal Dayville Hotel e Lucy guarda dal finestrino.

Siamo qui, Henry.

«Mi dispiace, signora Caron, ma non risulta nessun Henry Lamb fra i nostri ospiti».

«Potrebbe aver usato un altro nome. Le faccio vedere una foto». Porge lo smartphone alla dipendente dell'hotel. «Lo riconosce?»

«Non dovrei...» comincia cauta la receptionist. Poi guarda Stella e le sorride. «È il tuo papà?» le chiede.

Stella scuote timidamente la testa. «No» risponde. «È mio zio. Mio zio Henry».

«Tuo zio?» chiede affettuosa. «Be', sì. È stato qui qualche giorno. Ma con un altro nome».

«Non c'è più?» chiede Lucy.

«No. È andato via ieri».

«Oh». Lucy ha un sussulto di delusione, un vago senso di panico. «Per caso lei sa... Ha detto dove andava?»

«Ha detto che voleva cambiare zona, ma non ha specificato altro».

Lucy sospira e chiede: «Può dirmi il nome che ha usato?»

La receptionist si lancia un'occhiata veloce alle spalle e poi, guardando lo schermo, dice sottovoce: «Joshua Harris».

Lucy annuisce e ringrazia. «Le sono davvero grata».

«Joshua» bisbiglia Marco mentre vanno verso gli ascensori. «Anche il tipo dei tour in moto ha nominato un Joshua. È lui sicuro!»

«Be', fra un po' lo andiamo a cercare» dice Lucy guardando le porte dell'ascensore che si aprono. «Prima però andiamo a vedere com'è la nostra camera». È rimasta malissimo. Sperava tanto di trovarlo subito lì. Non di doverlo andare a cercare, fargli la posta. Voleva soltanto essere sicura che Henry fosse a Chicago e che Phin stesse bene.

La camera è bellissima. Lucy ha scelto la più cara che c'era. Si chiama Aurora Suite ed è quattro volte più grande di quella in cui stavano a Nizza, da Giuseppe. Marco si appropria del divano letto, più appartato. La suite comprende anche un terrazzo e un angolo cottura, è sui toni dell'acquamarina e dell'ocra. Alle pareti sono appese stampe di botanica e una specie di insegna al neon, azzurro ghiaccio, che dice: Aurora.

Stella esplora la stanza, apprezzandone la grandezza. Marco prende dallo zaino nuovo l'iPad e il portatile di Henry e si piazza sul divano con una Coca-Cola e un sacchetto di noccioline. Lucy si siede su una poltrona con le mani fra le ginocchia e la testa pesante, di colpo stremata dal viaggio, dallo stress degli ultimi quattro giorni, dall'ansia che non l'ha abbandonata un istante da quando ha ricevuto il messaggio di Henry, venerdì pomeriggio. Le sale dal profondo un sospiro talmente sonoro che Stella e Marco si girano di scatto.

«Non ti senti bene?» chiede Marco.

Lucy trova la forza di sorridere. «No, no, sto bene. Sono solo stanchissima».

Manda un messaggio a Henry, pur sapendo che non servirà a niente. *Henry, nel caso tu legga: siamo a Chicago. Dayville Hotel. Ti prego, chiamami.*

Alza gli occhi e vede che Marco la sta guardando con un gran sorriso. «Cosa c'è?»

«Vuoi sapere dove si trova Henry in questo preciso momento?»

«Sì» risponde. «Certo che lo voglio sapere. Ma non me la sento, oggi, di...»

Lascia la frase in sospeso, perché Marco ha voltato verso di lei l'iPad di Henry, con il sito di un altro albergo di Chicago, l'Angel Inn. Tocca lo schermo con un dito, scuote i ricci troppo lunghi e sorride. «Con un Uber ci mettiamo dieci minuti».

«Non capisco».

«Il tipo dei tour in moto, Kris Doll. Gli ho scritto su WhatsApp che la persona che cerchiamo usa anche il nome Joshua Harris e se per favore ci mette in contatto, così gli diciamo del padre moribondo, e lui mi ha risposto che, combinazione, stamattina lo aveva incontrato qui in questo hotel». Tocca di nuovo lo schermo dell'iPad. «Dice che gli è sembrato strano, che gli ha chiesto se conosceva Henry Lamb e lui ha fatto finta di non averlo mai sentito nominare. Ma senti questa, ma': il tipo dei tour è amico di Phin. Il *nostro* Phin, sì. Lo conosce e sa che in questo periodo è a Chicago. È qui adesso, capisci?»

Lucy è sbigottita. «Davvero?»

«*Oui, maman.* Davvero». Marco è trionfante. «Andiamo?» dice. «Andiamo adesso?»

«Dove?»

«All'Angel Inn».

«No, Marco. Siamo stanchissimi e...»

«No, mamma, senti: se non andiamo subito, magari Henry cambia di nuovo albergo, oppure addirittura città. Rischiamo di non trovarlo mai più. Dai, su: non sono neanche le cinque. Ti scongiuro».

Lucy sospira, raddrizza schiena e spalle, si batte le mani sulle cosce e dice: «Okay, andiamo. Hai ragione».

39.

Aprile 2017

Erano quasi le tre di notte e faceva freddo. Rachel aveva il fiato che si condensava davanti alla bocca. Girò l'angolo per andare dove aveva dato appuntamento all'Uber e ne seguì con ansia l'avanzamento sul telefono. Finalmente l'auto arrivò, squarciando la nebbia con i fari. Rachel salì e rispose che sì, tutto bene, grazie, e lei? Poi guardò scorrere Londra dal finestrino, le vie addormentate, le tende chiuse, le finestre buie a parte qualche pixel di luce qua e là, lunghi tratti di strada deserta, tranquille soste al semaforo rosso senza l'ombra di un passante o di una macchina, il ticchettio sommesso della freccia. E poi le luci che si riflettevano sull'acqua sporca del Regent's Canal, una chiatta adorna di lucine bianche, il suo palazzo che sembrava un frigorifero sdraiato su un fianco, l'androne illuminato, la chiave nella serratura, l'odore di chiuso e la posta che si era accumulata sulla moquette. Mollò la borsa e si inginocchiò, con le lacrime che le scendevano nel collo e le bagnavano il pigiama.

Qualche ora dopo Rachel si svegliò nel proprio letto, che puzzava vagamente di muffa. Avrebbe dovuto cambiare le lenzuola prima di trasferirsi da Michael. E la sera prima era troppo disperata per pensare a rifare il letto. Era rimasta mezz'ora sotto la doccia, con il getto regolato al massimo, le lacrime che si mescolavano all'acqua. Aveva indosso un pigiama che non usava da settimane e che aveva ancora il profumo del suo ammorbidente preferito. Le bruciavano gli occhi, dopo il tanto piangere della sera prima, la collera, la nausea, lo schifo.

Appena sveglia sperimentò un momento di innocenza candida e trasparente, fugace come un fiocco di neve, e subito dopo le tornò in mente che la sera prima suo marito l'aveva violentata. Rivisse quei momenti terribili, le mani di Michael a tapparle la bocca, a stringerle il collo togliendole il respiro, facendole uscire gli occhi dalle orbite. Aveva capillari rotti negli occhi, segni rossi sul collo, lividi fra le cosce, che le facevano male anche se non li toccava. Si buttò sotto la doccia e ci rimase un'altra mezz'ora, finché l'acqua non cominciò a freddarsi. Si fece un caffè senza latte e andò a berlo sul terrazzo, in accappatoio. Era una bella giornata, tiepida. Una chiatta piena di fiori scorreva pigra sul canale con due cocker marroni a prua. Non aveva più guardato il cellulare e aveva intenzione di continuare a non guardarlo. Non voleva leggere i messaggi di Michael, le sue bugie, le sue schifose manipolazioni.

Accese il computer di riserva, un portatile che aveva da dieci anni e che sembrava ogni volta più lento e ingombrante, ma funzionava ancora. Aprì la casella di posta elettronica che usava per lavoro, l'unica di cui non aveva dato l'indirizzo a Michael. C'era un messaggio di Lilian Blow, la buyer di Liberty:

> Cara Rachel,
> ci legge in copia Rosie Havers, capo dell'ufficio «Buying & Merchandising» di Liberty. La Big Boss, insomma. Le ho cantato le lodi delle tue creazioni e anche lei è diventata una grande fan. Se ti fa piacere, pensavo che potremmo pranzare assieme uno di questi giorni, per conoscerti meglio e parlare di sogni, speranze e progetti. Che ne dici?

Rachel sbatté le palpebre. Quel messaggio apparteneva a un altro mondo, un'altra persona, un'altra versione della sua vita. Si guardò nello specchio e cercò di immaginare la donna che vi era riflessa a pranzo con Lilian e Rosie di Liberty in qualche ristorantino trendy di Soho. Le immaginò leggere con interesse la lista dei cocktail per poi ordinare acqua minerale o ricercate tisane. Le immaginò con la fede all'anulare e figli adolescenti dai nomi originali, con folte chiome mai afferrate da mariti violenti durante uno stupro. Si vide con loro, con i capelli in disordine, l'aria da vittima, la puzza di lenzuola sporche ancora addosso.

Scosse con foga la testa per scacciare quel pensiero.

«No no no no» mormorò fra sé. «No, no e no».

Si diede uno schiaffetto sulla guancia, si schiarì la gola e si passò le dita fra i capelli. «NO!» ripeté. Poi rispose al messaggio:

> Volentieri! Che bella idea! Fammi sapere dove e quando: ci sarò. Non vedo l'ora!

Premette invio e immaginò il messaggio che compariva nella posta in arrivo di Lilian e Rosie. C'era tempo: si sarebbe ripresa. Aveva solo bisogno di arrivare a sera. Sopravvivere alla giornata, minuto per minuto. Vestirsi. Andare a lavorare. Pranzare. Cercare un avvocato. Far scomparire Michael dalla sua vita.

Cliccò su «nuovo messaggio» e scrisse a Dominique.

> Ciao, panciona! Sono in un casino e mi serve l'email della tua amica avvocata, quella con i capelli rossi. Non mi ricordo il nome. Mi sa che divorzio. Non dirlo a nessuno, però. Scrivimi a questo indirizzo. Non sto usando il cellulare.
> Baci

Andò nel bagno, aprì l'armadietto, cercò la vecchia trousse di cosmetici e mascherò i segni sul collo con il fondotinta. Si spazzolò e raccolse i capelli in uno chignon. Si vestì con cura, mise due gocce di profumo e uscì per andare da suo padre.

«Figlia mia, che piacere vederti! Mi hai fatto proprio una bella sorpresa!»

Rachel rispose all'abbraccio del padre, aspirando il suo buon odore.

«Hai l'aria stanca».

«Grazie tante, papà. Ho passato mezz'ora a truccarmi...»

«Scusa, tesoro. Cos'è successo? Non hai dormito?»

«Sì, ho dormito pochissimo. Ma non è questo».

«Cos'è che ti cruccia, allora?»

«Preparami un cappuccino e ti racconto tutto».

Il padre di Rachel era sempre felicissimo di poter usare la sua costosa macchina per l'espresso. Si avviò verso la cucina con passo particolarmente baldanzoso.

«Latte parzialmente scremato, vero?»

«Sì, grazie».

«Sciroppo d'acero?»

«No, grazie».

«Una spolveratina di cacao?»

«Certo».

Mentre la macchina macinava rumorosamente il caffè in grani, non provarono neppure a parlare. Ma quando finì di sibilare lasciando cadere l'ultima goccia di caffè sulla schiuma, Rachel prese un bel respiro e annunciò: «Ho lasciato Michael, papà».

Lui si fermò di botto e si voltò a guardarla con la faccia stupita. «L'hai lasciato?»

«Sì. Ieri notte. Abbiamo litigato malamente. Non andavamo più d'accordo, papà. Ci sono un sacco di cose che non vanno. Problemi iniziati in viaggio di nozze e che poi...» Rachel si interruppe e assunse un tono più neutrale. «Sono intervenuti dei cambiamenti di cui non ti ho parlato, papà. Michael ha perso tutti i suoi soldi».

«Che cosa?»

«Sì, è sul lastrico. Lo mantengo io. E poi... mi ha rivelato una parte di sé che non mi piace per niente».

«Ossignore! Non è che ti ha messo le mani addosso, vero?»

«No, non è arrivato a questi punti» mentì Rachel sentendo bruciare le abrasioni sul collo. «Però poco ci è mancato. E io sono stufa, papà. Mi dispiace di averti fatto spendere una fortuna nella festa di nozze, mi dispiace di darti anche questa delusione. Come se non avessi già fatto abbastanza scelte del cazzo. Ho trentatré anni e non ho combinato niente: mi faccio mantenere da mio padre, mi separo da mio marito dopo due mesi...» Tirò su con il naso e si asciugò le lacrime. «Mi dispiace che tu non abbia altri figli capaci di darti più soddisfazioni, papà. Te le meriteresti».

«Ossignore, Rachel! Non dire queste cose, per favore. Sei la cosa più bella della mia vita, lo sei sempre stata e sempre lo sarai, indipendentemente da quello che riesci o non riesci a fare. Hai capito?»

«Mi sento così stupida, papà! La festa, il rinfresco... tutti soldi buttati. Credevate che sapessi quello che facevo, invece no, papà. Non ne avevo idea. Ho sposato un coglione, un imbecille arrogante e narcisista e ho creduto alle palle che mi ha raccontato trascurando vari segnali che pure avrebbero dovuto mettermi sul chi va là. Sappiamo che il mondo è pieno di manipolatori. Quanti personaggi di film, serie tv e romanzi sono così? Quante storie di donne sedotte e abbandonate? Eppure...»

«Se ti può consolare, ha abbindolato pure me. Sembrava una splendida persona».

«Invece è tutt'altro che splendido. È uno stronzo. Patetico e vigliacco. Una merda umana».

«Be', sbagliando si impara». Si protese verso di lei e le strinse le mani. «L'importante è che non ti abbia fatto del male».

Rachel ritirò di scatto le mani. «Sì».

«Ti ha picchiato?»

«No, papà, te l'ho già detto. Ma ci è mancato poco. Era un rapporto malato ed è meglio chiuderlo qui».

«Vuoi divorziare?»

«Sì. Dom conosce una delle migliori divorziste di Londra. Le ho chiesto di mandarmi i contatti».

«Pago io, tesoro. Non ti preoccupare. Qualsiasi cosa serva per tirarti fuori da 'sto guaio...»

Rachel gli riprese le mani e le accarezzò. «Grazie, papà. Grazie di cuore».

Parlarono un po' di Liberty, del contratto, dei gioielli che le avevano chiesto di realizzare: dodici anelli, dieci collane, dieci braccialetti e venti orecchini.

A un certo punto il padre le rivolse un'occhiata grave. «Rachel» iniziò. «Comunque vada, a Michael non dire niente di questa cosa. Fingi di barcamenarti appena, di avere bisogno di lui più di quanto lui abbia bisogno di te. Fai in modo che non annusi aria di successo, perché l'unico modo che hai per liberarti di quest'uomo è puntare sul lavoro, sul tuo talento, il tuo... *je ne sais quoi...*»

Rachel lo guardò un momento, sorrise e poi scoppiò in una risata fragorosa. Suo padre, che non se l'aspettava, fece un salto sulla sedia.

«*Je ne sais quoi*» ripeté lei forzando l'accento francese. «Ah ah!»

In quel momento capì che non avrebbe mai rivelato ad anima viva quello che era successo la sera prima sul divano di Michael. Mai: era un segreto che si sarebbe portata nella tomba. Rachel Gold non era una vittima. Rachel Gold non era vittima di uno stupro. Rachel Gold non era mai stata stuprata. Avrebbe cancellato quel brutto episodio dalla sua esistenza: il matrimonio, l'uomo, lo stupro, le violenze psicologiche. Un bel colpo di spugna, per ricominciare daccapo.

40.

Giugno 2019

L'appartamento odora di candeggina e di asciugamani umidi. È sul retro del palazzo e affaccia sul retro di altri palazzi e su un labirinto di scale antincendio che finiscono in un cortile pieno di enormi cassonetti di metallo. Il mio host mi ha lasciato sul tavolo di cucina un barattolo di tartufi di cioccolato che a occhio mi paiono fatti in casa e un vasetto con un tulipano fresco. Un gesto carino, niente da dire, ma non sufficiente a compensare lo squallore generale. Penso all'appartamento di Phin, con i cuscini di Frida Kahlo, e sospiro. Non mi dovrebbe stupire che l'Airbnb migliore sia toccato a lui.

Ho calcolato che è due piani sotto il mio, terza porta a sinistra. Scendo le scale, conto le porte e arrivo a quella di Phin, che è di un bellissimo color petrolio e ha un batacchio dorato a forma di muso di volpe. Mi sembra di sentire il profumo di neroli e melograno che emana dal diffusore che ho visto nelle foto. Avvicino l'orecchio, ma non sento niente.

Torno di sopra e disfaccio la valigia, appendendo i vestiti nell'armadio che odora di chiuso. Intanto medito sulla recensione che scriverò di questo posto. *Anonimo tendente allo squallido. Qualche miglioria non guasterebbe.*

Acquisto di colpo una tragica consapevolezza del risultato delle mie scelte scellerate: sono solo in un buco di casa a Chicago a fare la posta a un uomo che non vedo da quando aveva sedici anni, un uomo che mi disprezza. Non so cosa fare. Più di così non posso avvicinarmi, a meno che non decida di sfondare la porta e farmi trovare sul divano, fra i cuscini di Frida Kahlo, e onestamente non mi sembra il caso. Ho paura di come andrebbe a finire. Ho paura di quello che potrei fare. E ho paura di come potrebbe reagire lui. Ho paura delle forze che ci hanno tenuti distanti per tutti questi anni e di ciò che potrebbero scatenare dietro la porta chiusa di un Airbnb. Mi prende lo sconforto. Perché sono venuto qui? Che cosa sto cercando di fare? Cosa voglio fare? Ho un'illuminazione e mi tiro su di scatto. Prendo un quaderno dalla borsa del computer e scrivo:

> Gentile ospite dell'interno 12, sono l'ospite dell'interno 35, dove non mi trovo per niente bene. Ho visto su Airbnb che la sua prenotazione scade fra dieci giorni e pensavo di cambiare. Le spiace se, prima di prenotare, vengo a dare un'occhiata? Se non può, non si preoccupi: va bene lo stesso. Se invece non è un disturbo, mi venga a bussare, oppure mandi un messaggio a questo numero. Grazie.

Ho un attimo di indecisione. Stavo per firmarmi Joshua ma, casomai Kris avesse parlato con Phin dello strano inglese che faceva un sacco di domande, opto per «Jeff».

Piego il foglio in quattro e scendo di nuovo per lasciare il biglietto sotto il batacchio. Poi vado in una profumeria che ho notato prima, tre isolati più in là, e compro settanta dollari di candele e profumatori per ambienti.

Phin non si fa sentire e quando comincia a imbrunire vengo assalito da una gran fame e da un terribile senso di vuoto, un bisogno irrefrenabile di qualcosa, non so cosa. Sesso, forse. O alcol. Oppure devo correre, sudare, ascoltare musica a tutto volume, mangiare cibo spazzatura... Non so cosa sia, ma è un bisogno impellente. Mi si torcono le budella, mi prende l'ansia, avrei voglia di tirare un pugno contro il muro. Mi astengo, però: una volta l'ho fatto ed è stato dolorosissimo. Lividi e tagli hanno impiegato tre settimane a guarire. Mai più.

Passeggio nervosamente per il monolocale, che adesso profuma di mughetto, agrumi e – strano, ma vero – brezza di mare. Stringo i pugni, li apro, mi manca il respiro. Guardo un porno sullo smartphone, ma mi fa venire il nervoso. Decido di uscire. Prendo la scala centrale e taglio per il corridoio del primo piano. Passo davanti alla porta di Phin e vedo che il mio biglietto è ancora lì. Scendo di corsa l'ultima rampa ed esco per strada. La tiepida sera di martedì ha su di me un immediato effetto benefico e mi lascio trasportare dal flusso di quelli che sono appena usciti dalla noia del lavoro d'ufficio, dei turisti e degli oriundi, giovani e meno giovani, come se fossi un vagone che si è aggiunto in fondo a un treno senza che nessuno se ne accorgesse. *Devo sembrare pazzo,* penso a un certo punto. *E forse lo sono.* Luci e riflessi mi abbagliano e mi fanno girare la testa anche se non ho bevuto niente e così mi stacco dal convoglio e mi fermo davanti a una brasserie adorna di grandi palme della fortuna e tende di velluto, dove un maître vestito di nero mi accoglie con un sorriso ammaliante, che difatti mi ammalia. Vengo accompagnato a un tavolo e mi viene consegnato un menu. Ordino una bistecca da 90 dollari con contorno di cipolle fritte e un vino tibetano che si chiama – indovinate un po'? – Shangri-La e costa 450 dollari la bottiglia. Lo trangugio come fosse succo di frutta e lascio quasi tutta la bistecca perché mi è passata la fame, e intanto osservo i passanti per strada, gli uomini sotto una certa età, i ragazzini, e me li farei tutti, dal primo all'ultimo. Poi mi sale la collera perché loro invece non mi vogliono e così ordino una bottiglia di Ruinart millesimato da 195 dollari. Mangio le cipolle fritte con le mani e, con le dita unte, vado su Grindr. L'idea di avere Phin a un passo mi fa stare da cani, mi rode dentro come un frutto andato a male, non ci posso fare niente, non posso fare niente, perché se mi concedessi di fare quel che ho voglia di fare finirei in galera e perciò chiedo il conto e pago, lascio una mancia del cinquanta per cento e quando mi alzo non mi reggo in piedi e mi devo aggrappare al tavolo. Il cameriere che si è appena intascato i trecento dollari di mancia mi prende per un gomito e mi accompagna fuori dal locale e, anche se è bruttarello, non riesco a trattenermi e gli dico: «Sei molto carino. Come ti chiami?» Il suo sorriso sembra la smorfia di chi si sente in gola il sapore del vomito. È uno dei momenti più brutti e deprimenti della mia vita, che come sapete non sono stati pochi.

Avanzo barcollando sul marciapiede in preda a un desiderio irresistibile di baciare qualcuno, oppure prenderlo a pugni, gridargli di tutto, ucciderlo, infilargli la mano nelle mutande e strizzare fino a farlo gridare. Sono fatto così, ne sono conscio. Sono sempre stato così, ma ho fatto finta di niente, ho narcotizzato quella parte di me e l'ho chiusa in una gabbia, ma in questo momento la linea di confine fra l'uccidere e il non uccidere mi appare ben più sottile di quanto io abbia mai pensato e ho una gran voglia di piantare un coltello nel cuore a qualcuno, oppure riempirlo di botte. Ne ho una voglia matta.

Ho anche voglia di una pista. E di una vodka. Con qualche difficoltà torno al Magdala e mi do un contegno prima di chiedere al barista se per caso conosce qualcuno, e per fortuna lui capisce alla prima e mi indica una donna in fondo al locale che dimostra una cinquantina d'anni. È da sola e beve una birra. Mi avvicino e lei mi fa segno di seguirla nel privé e mi fa: «Stai bene? Sembri un po' su di giri». Le rispondo che sì, sono su di giri, ho bevuto una bottiglia di vino e una di champagne, e siccome non capisco più niente mi serve qualcosa da prendere subito. Lei risponde: «Coca no di sicuro». Mi dà ketamina e Valium, io le lascio cinquanta dollari e lei torna alla sua birretta. Intasco tutto e appena me ne vado rimpiango di essermi lasciato convincere a non prendere la coca e, siccome non mi va di tornare a casa, entro in un altro bar e mi scolo tre shottini di vodka e mando un messaggio a Kris Doll.

Sono ubriaco e mi tira di brutto. Vienimi a prendere sul tuo bolide.

(Per la verità era *Snob riaco emmi trabutto vieni mia prndre Sul tuo bolide,* seguito dall'emoticon di una moto.)

Tento di entrare in un night club, ma il buttafuori dice di no e allora io mi arrabbio e gli metto le mani addosso, e solo quando lui mi solleva di peso manco fossi un ramoscello e mi caccia via con i bicipiti gonfi di steroidi mi rendo conto dell'assurdità del mio tentativo. Faccio il matto per strada, urlo a sconosciuti che mi guardano a metà fra lo schifato e il divertito. Regalo ketamina e Valium a due ragazzini. «Ecco, tenete. Vi regalo un po' di droga». Accettano le bustine stupefatti e alla fine mi ritrovo davanti a casa, alzo gli occhi e vedo che Phin ha le luci accese. Mi sento bruciare come se avessi preso fuoco, la pancia, il cuore, la testa, lingue di fuoco che ardono rabbiose minacciando di inghiottirmi. Ho bisogno di...

Entro nel palazzo e salgo come una furia al primo piano e so benissimo che non è il momento, che dovrei aspettare e prepararmi, fare le cose perbene, Cristo Dio, ma non posso aspettare e così busso alla porta color petrolio usando il batacchio a forma di muso di volpe e sento una voce che domanda: «Chi è?»

«Jeff, quello del piano di sopra» rispondo con accento americano. «Posso disturbarti un momento?»

Silenzio. Sposto il peso del corpo da un piede all'altro e sento che la serratura gira e poi la porta si apre e subito infilo il piede perché non si richiuda e vedo che Phin mi guarda dall'alto in basso e riconosco l'istante esatto in cui capisce che non sono Jeff del piano di sopra, ma Henry, quello che abita i suoi incubi, ma troppo tardi, perché io sono già dentro e lui non può fare più niente.

Terza parte

41.

Samuel

L'articolo del *Guardian* è molto istruttivo, ma serve a poco. È del 2015 e il giornalista che l'ha scritto si chiama Miller Roe. Lo cerco su Google e lo trovo nel giro di cinque minuti, ma non mi risponde né al telefono né per email e non so dove abiti. In attesa che si faccia vivo, vado insieme a Donal a parlare con Libby Jones.

Sta in una bella casetta a schiera appena fuori St Albans. A occhio direi che è di epoca georgiana, coperta da rampicanti, con una bella scala e colonnine color panna. Allo studio legale di Pimlico mi hanno detto che la proprietà di Cheyne Walk è stata venduta per oltre sette milioni di sterline, ma quella che ho di fronte vale meno della metà, forse nemmeno.

Mi chiedo che cosa avrà fatto Libby Jones con il resto del denaro e mi ritrovo a riflettere su cosa farei io se mi capitasse per le mani una somma simile. Ho trentasei anni e non ho né moglie né figli. Forse mi comprerei un appartamento a Firenze, in piazza della Signoria, di fronte agli Uffizi, e lo arrederei con pezzi di valore. Gran parte dei soldi li darei a mia madre, ovviamente, per consentirle di comprarsi una casa decente, in cui non piova dal tetto, dotata di tutte le comodità. E poi investirei in fondi pensione per non finire come mia madre, che arranca con la miseria che le è stata riconosciuta dopo trentacinque anni di lavoro in banca.

Estinguerei il mutuo e per festeggiare investirei in una bottiglia di champagne dello stesso valore della rata mensile.

Con questi pensieri per la testa, scendo dalla macchina e mi avvio con Donal verso la casa di Libby Jones, carina, ma non certo di lusso. Rimango confuso nel vedere quattro campanelli e mi rendo conto che la multimilionaria Libby Jones abita in uno degli appartamenti ricavati dalla divisione della casa. Suono il campanello con il suo nome e un attimo dopo la porta si apre. Ci troviamo di fronte una donna che non può essere Libby Jones, perché dimostra ben più di ventisei anni. Caschetto nero, occhiali con spessa montatura nera, volto squadrato. Indossa una tuta da operaio verde, ma potrebbe essere una nuova moda.

«Buongiorno» esordisco. «Ispettore Samuel Owusu e sergente Donal Muir, polizia investigativa. Cerchiamo la signorina Libby Jones».

«Caspita. Tutto bene?»

«Sì, sì, tutto bene. Lei è?»

«Dido Rhodes. Di che cosa si tratta?»

In quel momento spunta un cane di dimensioni accettabili, che all'occorrenza si può portare in braccio, gestibile, non come quei cagnoni che ti zompano addosso e ti slinguazzano la faccia. Emette un ringhio basso, come indeciso se abbaiare o no. A un certo punto smette e si accoccola ai piedi della donna.

«Avremmo bisogno di parlare con Libby Jones. È in casa?»

Dido Rhodes prende in braccio il cane. Lo guardo negli occhi e lui mi fissa con espressione saggia. Sembra sapere tutto. Potesse parlare, probabilmente sarebbe in grado di darmi le risposte che mi servono.

«Sì. Un momento. Libby? Libby? Ci sono due della polizia che vogliono parlare con te».

Non mi stacca gli occhi di dosso, quasi temesse un qualche mio gesto inconsulto.

Arriva Libby. È minuta, biondissima, curata e pulita,

jeans grigi, canotta verde e infradito dello stesso colore. Mi guarda e sbatte le palpebre.

«Buongiorno».

Rifaccio le presentazioni.

«Okay» dice Libby. «Posso...? Volete entrare?»

Appena varchiamo la soglia, il cane riprende a ringhiare. Gli rivolgo un sorriso rassicurante, ma non serve a niente.

«Scusate, non è il mio. È di mia madre. A volte glielo tengo. Fa la guardia».

Annuisco. «È il suo lavoro. I cani hanno bisogno di sentirsi utili e, se non hanno niente da fare, se lo inventano».

Libby Jones accenna una risatina e ci fa entrare in un appartamento al pianterreno, minuscolo ma molto grazioso. Ordinatissimo e pulitissimo, come Libby. Ci sediamo su divani foderati di lino naturale nel salotto e Dido, con la sua tuta da operaio, ci offre un bicchiere d'acqua.

«Signorina Jones» incomincio. «Abbiamo avuto i suoi contatti dallo studio Smithkin Rudd & Royle di Londra. Ci risulta che circa un anno fa lei abbia ereditato un immobile al civico 16 di Cheyne Walk. Giusto?»

«Giusto».

«E che lo abbia recentemente venduto».

«Esatto. Abbiamo firmato l'atto dieci giorni fa».

«I compratori sono Oliver e Kate Wolfensberger».

«Esatto».

«Era la casa dei suoi genitori?»

Noto che Libby deglutisce e tossicchia prima di rispondere e capisco che sta per raccontarmi una bugia.

«Dei miei genitori biologici, sì».

«Che lei non ha mai conosciuto».

«No, mai. Morirono quando io ero appena nata. Posso chiedervi perché siete venuti?»

Mi sento come se stessi camminando su una corda tesa sopra un crepaccio. Libby Jones mi ha già mentito una volta e non voglio metterla in condizione di farlo di nuovo. Ho bisogno di risposte sincere.

«Stiamo indagando sulla morte di una donna, Bridget Dunlop-Evers, detta Birdie, a cavallo fra gli anni Ottanta e Novanta».

Le leggo negli occhi che sa di chi si tratta, ma scuote la testa a indicare che non ne sa niente, non ne ha mai sentito parlare.

«Riteniamo che abitasse al civico 16 di Cheyne Walk» proseguo. «Ho letto della tragica fine dei suoi genitori sul *Guardian*. E ho letto anche che lei venne ritrovata in una culla al primo piano. L'articolo parla di altri minori residenti nella casa. Secondo alcune fonti erano due, secondo altre tre, o addirittura quattro. Ma c'è anche chi dichiara di non aver mai visto bambini in quella casa e un fattorino che invece la ricorda come una specie di convento. Insomma, tante opinioni discordanti. Lei ha letto l'articolo a cui mi riferisco?»

«Sì, certo. Quando ho scoperto di aver ereditato la casa, sono andata a cercare su internet e quell'articolo è stata una delle prime cose che ho trovato. Non sapevo assolutamente niente, né della casa, né di chi ci abitava. Non che l'articolo mi abbia aiutato a capirci qualcosa».

«Be', sì. Rimangono tanti interrogativi in sospeso. Per esempio, quando ho letto l'articolo, ho riflettuto che in una situazione così caotica e tragica sbarazzarsi di un cadavere non sarebbe stato difficile».

Non è una domanda, ma un'affermazione. Libby Jones non può esprimere né accordo né disaccordo e quindi sta zitta.

Cambia posizione, accavalla le gambe. «Sinceramente, non so che cosa dire» risponde. «Le cose che so, le ho lette sul *Guardian*».

«Ha visitato la casa, però, giusto? Prima di venderla».

«Sì, certo. Ci sono stata diverse volte per esplorarla, farmi un'idea».

«Ha trovato o notato qualcosa di particolare? Qualcosa che potrebbe gettare luce sulle circostanze del suicidio dei suoi genitori?»

«No, mi dispiace».

Mentre risponde, si tocca il collo. Maledizione, ha mentito di nuovo. Ma, a ben pensarci, è utile: significa che sa più cose di quelle che ha letto sul *Guardian* e che non me le vuole dire. E, se non me le vuole dire, significa che sono compromettenti. Per lei stessa o per qualcun altro. E chi può voler proteggere Libby Jones, se non una delle persone coinvolte nei tragici eventi avvenuti in quella casa?

Il fratello, per esempio. O la sorella?

L'articolo parla di altri due Lamb, Henry e Lucy. Non è escluso che fossero al corrente dell'esistenza del fondo fiduciario e siano andati a cercare Libby per farsi dare la propria parte. Erano anche loro beneficiari dell'eredità dal compimento dei venticinque anni, ma non si erano presentati a riscuotere. Perché avevano aspettato che Libby raggiungesse l'età per riscuotere? Avevano bisogno di lei perché era «pulita», mentre loro avevano qualcosa da nascondere? Non si erano fatti avanti perché vivevano in incognito? Ma perché vivevano in incognito? Forse uno dei due era in qualche modo responsabile della morte di Bridget Dunlop-Evers. Ma perché avrebbero dovuto ucciderla? È questo il nodo principale da sciogliere. Che motivo possono avere un adolescente, o anche due, tre, quattro, per uccidere una trentenne?

«Ieri sono andato a Cheyne Walk» dico a Libby. «Il signor Wolfensberger ci ha lasciato visitare la casa. Ha un'atmosfera molto particolare».

«Sinistra, intende?»

«Anche. Più che altro si stenta a immaginarla abitata da una famiglia normale».

«Non erano una famiglia normale» ribatte Libby con un'alzata di spalle. «Nel senso: hanno fatto un suicidio collettivo».

Annuisco. Ha ragione.

«A me è andata bene» continua. «Sono stata allontanata da quell'ambiente malsano e sono cresciuta in una famiglia come si deve».

«E adesso ha ereditato una bella somma».

Libby sorride. È evidente che quei soldi le hanno dato la felicità.

Mi chiedo cosa ne abbia fatto. Se il fratello e la sorella avessero preteso la loro quota con le cattive, ricorrendo a ricatti o minacce, non sarebbe così rilassata. Ne deduco che abbia condiviso l'eredità volontariamente, di buon grado, in maniera equa, e che si senta in pace con sé stessa e con la coscienza a posto.

«Pensa di comprare una casa più grande, a questo punto?» le domando.

«Sì. Senza vendere questa. La affitterò per poco a una giovane coppia o a qualcuno in difficoltà. A me non serve una rendita e so quant'è difficile per i giovani arrivare a fine mese. È tutto carissimo, ormai. E poi vorrei andare a stare ancora più distante dalla città. Vorrei stare in campagna, avere un po' di terra e un posto dove organizzare seminari di interior design. Magari un fienile, una vecchia rimessa...»

«Quindi continuerà a lavorare?»

«Forse. Non ho ancora deciso. Ma la mia amica Dido è la titolare dello showroom in centro dove vendevo cucine. Mi darà una mano». Libby indica la porta.

Dido è nascosta dietro a origliare. Pensa che non ce ne siamo accorti, ma io la sento respirare, sento il cigolio del parquet ogni volta che cambia posizione, un colpo di tosse soffocato. Mi chiedo se sia al corrente del mistero di cui fa parte la sua amica, e in che misura. Forse saprebbe spiegarmi tutto quanto come il cane, che ha smesso di ringhiare e mi guarda con interesse.

«Mi sembra un bellissimo progetto, un ottimo modo per investire parte dell'eredità che ha ricevuto. E con il resto che cosa intende fare?»

«Il resto?» Sembra interdetta.

«Sì. Il progetto che mi ha esposto ne richiederà solo una piccola parte, no?»

«Sì, però... Nel senso: darò un po' di soldi a mia madre, un po' in beneficenza, qualche investimento...»

Annuisco. Mi ripropongo di accedere al suo estratto conto. Mi ci vorrà un mandato.

«Non ha paura che i suoi fratelli la vengano a cercare, quando sapranno che ha venduto Cheyne Walk? Sono dati di pubblico dominio, accessibili online. Fra poco chiunque potrà leggere tutti i particolari del passaggio di proprietà, compreso il prezzo di acquisto. Che cosa farebbe se Henry e Lucy la venissero a cercare?»

Sento che Dido è colta da un accesso di tosse.

«Non verranno a cercarmi» dichiara Libby.

Taccio, ma la guardo con espressione interrogativa.

«Sono quasi sicuramente morti».

Fatico a crederle. «Lei dice? Che cosa glielo fa pensare?»

«Mi sembra l'unica spiegazione possibile. Come ha detto lei prima: una casa dove vivevano degli adolescenti che all'improvviso spariscono...»

«Ah, sì, capisco il suo ragionamento. Purtroppo nel mio lavoro ho imparato che è più facile nascondere i vivi che i morti. Uno cambia nome, cambia aspetto, si trasferisce all'estero. Non è così difficile. Perciò, signorina Jones, i suoi fratelli potrebbero benissimo essere vivi. Anzi, è quasi certo che lo siano. Ha mai provato a rintracciarli?»

Libby Jones scuote la testa con decisione. «No. Mai».

«Le piacerebbe ritrovarli?»

«No».

«Non è curiosa di sapere che fine hanno fatto? Di rivederli?»

«Ho sempre dato per scontato che non ci fossero più. Non ho mai preso in considerazione di...»

Sospiro. Continuare in questo modo non serve a niente. Appena mi alzo il cane ai miei piedi riprende a ringhiare, lo guardo e mi viene in mente un'ultima cosa da chiederle.

«Ha detto che il cane è di sua madre, giusto?»

Annuisce.

«Madre adottiva, dico bene?»

«Madre...» Libby Jones sbianca. «Sì, certo. È il cane della mia madre adottiva».

«Che si trova?»

«In Spagna. Abita là. Cioè, per parte dell'anno. Ha una casa laggiù. Ma sta anche qui. E il cane sta un po' con lei e un po' con me».

È agitata, parla troppo: o mente o sta coprendo qualcuno. Penso alla foto sul *Guardian*, alla madre mezza turca, al padre tarchiato e con la faccia da bulldog. Non assomiglia a nessuno dei due. Neanche un po'. Saluto Libby Jones ancora più confuso di quando sono arrivato.

42.

Lucy e i bambini scendono dall'Uber davanti all'Angel Inn. È un albergo degli anni Venti, art déco, finestre di ferro battuto e un'elegante porta girevole cromata. È meno appariscente del Dayville, ma ha un fascino caratteristico che Lucy apprezza. *A Henry probabilmente piace di più il Dayville,* pensa.

Prende Stella per mano ed entra nella hall.

«Buongiorno» dice alla receptionist. «Sto cercando mio fratello. Potrebbe aver prenotato a nome Henry Lamb, oppure Joshua Harris. Le faccio vedere la foto. È qui da voi?»

Le mostra lo smartphone e lei sorride. «Sì» risponde, annuendo. «Lo riconosco. È il signor Harris. Stava qui, ma oggi è andato via».

Lucy rimane sbigottita. «Oggi?»

«Sì, all'ora di pranzo. Mi spiace».

«Non sa dove è andato?»

«No, mi spiace, non me l'ha detto. Però è andato via a piedi, se può servire...»

Lucy si volta verso Marco e Marco fa di sì con la testa. «Certo, è utile. Molto utile» dice. «Grazie mille».

Escono dall'albergo e rimangono un attimo fermi sul marciapiede. Non è ancora buio e per strada c'è un sacco di gente. I dehors sono affollati e i bicchieri sui tavolini riflettono gli ultimi raggi del sole. Lucy, Marco e Stella si guardano intorno come sperando che da un momento all'altro compaia Henry con un trolley.

«E adesso?» chiede Marco.

Lucy si stringe nelle spalle. «Non lo so. Se è andato via a piedi e non in taxi... significa che è rimasto nei paraggi». Continua a scrutare la folla alla ricerca di una testa bionda e con i colpi di sole, la curva delle sue spalle, la sua tipica camminata, scarpe costose, o da ginnastica o di pelle. Ovviamente non lo vede. Henry non è lì. «Mangiamo qualcosa?» propone osservando i caffè, i tavolini e gli aperitivi che brillano nel sole.

Stella sbadiglia. A Londra è mezzanotte. Sono in piedi da quasi ventiquattr'ore. Tornano al Dayville con un Uber, si fanno portare la cena in camera e alle otto dormono come sassi tutti e tre. Anche Lucy.

Lucy si sveglia accaldata dopo un brutto sogno, nel buio, e per un attimo non ricorda dov'è. Le sembra di essere a testa in giù, come se il soffitto fosse il pavimento e viceversa e le pareti si stessero lentamente restringendo intorno a lei. Si tira su a sedere e prende fiato. Vede i riccioli di Stella sul cuscino e sente il respiro pesante di Marco sul divano letto. Prende il telefono e guarda l'ora: sono le otto passate. Ha dormito dodici ore e non si sente per niente riposata.

Si lava la faccia e fa la doccia, ma quando torna a sedersi sul bordo del letto in accappatoio, nonostante il bagnoschiuma al pompelmo e l'abbondanza di acqua calda, continua a non sentirsi pulita. Si sistema l'asciugamano a mo' di turbante e prende il cellulare.

Libby le ha mandato una sfilza di messaggi su WhatsApp. A Lucy viene il batticuore. Il suo primo pensiero è per il cane. *È capitato qualcosa a Fitz!* Invece no. È successo un guaio ancora peggiore.

Mamma, non ti voglio spaventare, ma ieri è venuta la polizia. Niente di preoccupante, comunque.

Hanno chiesto di te e Henry, se eravate ancora vivi e se vi siete messi in contatto con me per l'eredità.

Me la sono cavata benino, ma ho fatto casino con il cane. M'è scappato detto che era di mia madre, ho fatto finta che fosse di mia madre in Spagna, ma ho capito che non se la sono bevuta. Ho paura che si siano accorti che li ho riempiti di palle.

Ma è l'ultimo messaggio a farle venire un inizio di panico.

Dice che indagano sulla morte di Birdie Dunlop-Evers. Ho fatto finta di non sapere nemmeno chi fosse e penso mi abbiano creduto.

Vedrai che va tutto bene.

Lucy lascia cadere il telefono sul letto.

Birdie Dunlop-Evers.

È bastato leggere quel nome per farle venire la pelle d'oca. Per un attimo vede tutto nero, la mente come avvolta in una nebbia spessa. Sente l'odore dei capelli di Birdie, l'alito caldo che le sfiorava la guancia mentre le insegnava a muovere le dita sulle corde del vecchio violino.

Ricorda quanto Birdie l'aveva manipolata per buttarla fra le braccia di David: cercava di corromperla con fermagli per i capelli, smalti per le unghie, favoritismi di nascosto dagli altri. Una volta Birdie le aveva permesso di sedersi sul suo letto, le aveva offerto una confezione di bonbon al cioccolato formato famiglia e l'aveva guardata mangiare con occhi avidi. Una volta le aveva procurato una copia di *Smash Hits*. Un pacchetto di chewing-gum alla frutta. Una spruzzata di un profumo di marca, in una boccetta con un fiocco dorato. Un paio di scarpe di camoscio con il tacchetto a spillo che le aveva fatto indossare davanti a David Thomsen. Ricorda che David si era intrufolato piano piano in quella strana intimità che si era creata fra lei e Birdie. Da osservatore a distanza era passato a un ruolo più attivo e lentamente era diventato parte del gruppo, finché un bel giorno Birdie era sparita e Lucy si era ritrovata sola con lui. Da principio Lucy si era sentita lusingata che David volesse passare del tempo con lei senza Birdie. La cosa le scatenava una strana sensazione di gelo alla nuca, una turbolenza nello stomaco, uno strano calore dentro, una brama di qualcosa che nemmeno lei sapeva. Attenzioni, forse. Amore. Sì, era di amore che Lucy aveva bisogno. E così David Thomsen l'aveva chiamato: amore.

In questi anni Lucy ha pensato spesso a David, ma a Birdie no, quasi mai. È come se fosse scivolata via dalle pagine della sua vita, riducendosi a una nota a piè di pagina, a un vago odore, a un'opaca reminiscenza. Di colpo invece Birdie occupa tutta la sua mente, ogni atomo del suo essere, della sua psiche. Birdie, capelli lunghi fino alla vita, mani affusolate, denti piccoli e accento marcatamente inglese. Birdie, con i suoi occhi azzurri e morti. Adesso che Lucy è una donna adulta, ha tre figli e più anni di quanti ne abbia mai avuti Birdie, sa che quei preziosi regalini, i segreti nell'orecchio e le spruzzate di profumo avevano lo scopo di farla sentire importante e speciale e conquistarsi la sua fiducia in maniera da persuaderla che non c'è niente di male a tredici anni ad andare a letto con un uomo di quarantasei. Lucy adesso sa che quella di Birdie era una strategia per prepararla a David. Sa che Birdie era un mostro. E sa anche che Birdie è morta per una botta in testa e che la colpa è di Henry. I tre cadaveri in cucina. Birdie morta in camera. Phin legato al radiatore. Il gatto morto. Il bambino che sua madre aveva perso al quinto mese di gravidanza. È stata tutta colpa di Henry, lo sa, anche se non ha mai capito come abbia fatto. Ricorda lo sconvolgimento di quando aveva visto Birdie senza più vita, senza più potere, bambola flaccida, una nullità. Ricorda il peso del cadavere quando lei e Henry l'avevano portata sul tetto della casa di Cheyne Walk...

Adesso, non si sa come, la polizia di Londra ha scoperto che Birdie è morta e che nella sua morte sono coinvolte le persone con cui abitava. Lucy non ha idea di come abbia fatto questo ispettore a capirlo e addirittura a risalire a sua figlia, presentarsi a casa sua a St Albans e tempestarla di domande, ma sa benissimo che, una volta partita, l'inchiesta non si fermerà e ci saranno altre domande, una sequenza inarrestabile di domande che inevitabilmente condurranno alla cosa terribile che Lucy ha fatto un anno prima. Sente che il cerchio si stringe e le sembra di avere un cappio al collo che non la lascia respirare.

43.

Aprile 2017

Rachel riaccese il telefono dopo una settimana. Michael non si era fatto vivo. Nessuna chiamata persa, nessun messaggio. Rachel rimase stupita e sollevata. Ogni mattina, quando apriva gli occhi nella sua casa di Camden Town, lì per lì non si ricordava più dov'era. Faceva sogni vividi che la disorientavano: sposava di nuovo Michael, faceva di nuovo l'amore con lui, gli diceva che lo amava, che sentiva la sua mancanza, che voleva averlo vicino. In sogno lo baciava e lo abbracciava, ma appena si svegliava e ricordava la realtà, ringraziava che fosse solo un sogno, scendeva dal letto sentendosi leggera e andava incontro alla giornata in beata solitudine. Le giornate si allungavano, diventavano più miti e carezzevoli. Rachel teneva la portafinestra aperta fino al calar del sole e la mattina faceva colazione sul terrazzo. Riprese i contatti con l'eccentrica e meravigliosa comunità dei residenti nei dintorni del canale: alcuni non si erano manco accorti che era stata via, altri le domandarono curiosi dove fosse stata di bello.

Il lunedì dopo aver lasciato Michael (così si esprimeva Rachel: lo aveva lasciato lei), andò a parlare con la divorzista amica di Dominique, Thea. Siccome Thea abitava a Primrose Hill, si diedero appuntamento in un caffè di Gloucester Avenue, che era più o meno a metà strada. Dominique le aveva spiegato che Thea era disposta a concederle un quarto d'ora senza farsi pagare, per cui Rachel andò subito al punto per non farle perdere tempo. «L'ho conosciuto in agosto, siamo usciti insieme la prima volta a novembre, a dicembre ci siamo fidanzati, a febbraio ci siamo sposati e dal quarto giorno di viaggio di nozze in poi le cose sono andate di male in peggio. Un disastro».

«Un disastro?» chiese Thea staccando un pezzetto di brioche alla cannella. «In che senso?»

«Abusi psicologici».

Thea la guardò strizzando gli occhi e si infilò in bocca il pezzetto di brioche. Aveva un rossetto rosa. «E cioè?»

«In viaggio di nozze abbiamo avuto un momento di... incompatibilità a livello sessuale. Io ho proposto una cosa nuova e lui si è scandalizzato e da allora non ha più smesso di rinfacciarmelo. Ha problemi a mantenere l'erezione, ha perso tutti i suoi soldi...»

«Quanti soldi?»

«Non lo so. È molto riservato riguardo le sue finanze, ma... intorno al milione. Anzi, più di un milione. E così pago tutto io».

«Quando lo ha sposato pensava che fosse un uomo facoltoso?»

«Sì. Poi però è venuto fuori che il monolocale in montagna era in multiproprietà, la casa di Martha's Vineyard era in affitto e la villa di Antibes dev'essere messa a reddito per finire di pagare il mutuo sull'appartamento di Londra. Il resto erano liquidi e li ha persi tutti».

«Per riassumere, quindi, dopo il matrimonio suo marito ha perso tutti i soldi e ha cominciato a soffrire di disfunzione erettile».

«Sostanzialmente, sì».

Thea ispirò rumorosamente dal naso, si appoggiò allo schienale e incominciò a giocare con le briciole nel piattino. «Potrei risponderle che, quando ha contratto matrimonio, si è impegnata a restare accanto a suo marito nella buona e nella cattiva sorte, nella salute e nella malattia eccetera eccetera». Inarcò un sopracciglio e Rachel strinse i pugni sotto il tavolo.

«Non è solo questo. È prepotente, dispotico».

«Mi faccia un esempio».

«Pretende che io torni a casa appena finito di lavorare, per metterci a tavola a una cert'ora».

Altro sopracciglio inarcato. «E che succede se lei non torna a cena?»

«Oh, guardi... Sono sempre tornata per non farlo arrabbiare. Ma la settimana scorsa sono uscita con un'amica e lui ha lanciato un piatto di risotto contro il muro».

«Voleva colpire lei?»

«No. Cioè, io non ero neanche a casa, quando è successo. L'ho visto dopo, quando sono rientrata».

«E poi? Cos'altro ha fatto?»

Rachel capì dove stava andando a parare la divorzista. Si rese conto che per dimostrare il sadismo di Michael avrebbe dovuto raccontare le cose orribili che le aveva fatto sul divano. Lanciò un'occhiata a Thea, notò le ciglia perfettamente truccate, il maglioncino girocollo appena uscito dal sacchetto della lavanderia, le unghie squadrate, la semplice fede all'anulare, gli occhiali da sole Michael Kors a tenere indietro capelli di un rosso improbabile e pensò: *A lei non succederebbe. Questa è una donna che non si lascia violentare. Nessuno ha mai usato il suo corpo come un taglio di carne.* Sapeva che l'unico modo per convincerla sarebbe stato dirle dello stupro, ma non poteva. Era più forte di lei. E quindi sospirò e rispose: «No, nient'altro. Ha solo lanciato il risotto contro il muro».

«E lei è andata via di casa?»

«Sì. Quella stessa notte».

«E lui si è fatto vivo in qualche modo?»

«No. Non una parola».

«Se lo aspettava?»

«No, veramente no. Credevo si arrabbiasse e mi tormentasse».

«La tormentasse?»

«Sì, che cercasse di convincermi a tornare».

«Vorrebbe che lo facesse?»

«Assolutamente no. Guai. Sono contenta che non mi abbia cercato e sono contenta che sia finita. Non lo voglio vedere mai più!»

Si accorse da sola del tono petulante con cui aveva pronunciato quelle parole. La decisione impulsiva di sposare un uomo ricco che invece ricco non era, un uomo affettuoso e innamorato che invece si era dimostrato indifferente, l'aveva lasciata andare via senza protestare e l'aveva delusa a letto... Rachel si rendeva conto dell'effetto che poteva fare a un estraneo. La principessina che credeva di aver trovato il principe azzurro e, invece di accettare di aver sposato un semplice uomo, alla prima difficoltà molla tutto e se ne va. E suo padre è ben felice di scucire cinquecento sterline l'ora a un avvocato per farla divorziare.

«Non potete cercare di raggiungere un accordo fra di voi?» chiese Thea. «Non avete beni in comune, no? Finanziamenti, mutui?»

«No».

«Figli? Debiti?»

«No».

«Ha lasciato a suo marito effetti personali, oggetti di valore?»

«No, solo un po' di vestiti».

«E lei a casa sua ha roba di suo marito?»

«No».

«È coinvolto qualcun altro?»

«No».

«Allora, Rachel, le consiglio di sbrigare la cosa nel modo più semplice e indolore possibile. Può presentare una richiesta di divorzio senza bisogno di avvocati».

«E se lui si rifiuta?»

«In quel caso, dovrà dimostrare davanti a un giudice che il rapporto matrimoniale si è deteriorato in maniera irrevocabile e irrimediabile. Oppure aspettare».

«Aspettare cosa?»

«I due anni necessari per ottenere comunque il divorzio».

«Dovrei rimanere sua moglie per altri due anni?»

«Sì. Ma senza obbligo di convivenza».

«E dopo due anni posso divorziare senza dover dimostrare niente?»

«Esatto».

«Senza dover dare spiegazioni?»

«Sì».

Rachel annuì: avrebbe fatto così. Aveva aspettato trentatré anni prima di trovare un uomo con cui convolare a nozze e difficilmente ne avrebbe trovato un altro in tempi brevi. Anzi, era sicura di non volersi risposare mai più. Voleva concentrarsi sul lavoro, sulle amicizie. Sarebbe andata a yoga tutte le settimane. Avrebbe passato più tempo con il padre. Basta siti di incontri, basta relazioni. Per almeno due anni sarebbe rimasta single. Non era un problema. Ce l'avrebbe fatta. Ne sarebbe uscita purificata, libera da tutte le brutture della storia con Michael, con un atteggiamento nuovo nei confronti degli uomini e della loro stronzaggine.

Rachel sentì il trillo dello smartphone che la avvertiva che i quindici minuti di colloquio stavano per scadere. «Penso che farò così, allora: aspetterò due anni».

Thea si rilassò, evidentemente convinta che fosse la scelta migliore. «Nel frattempo, mantenete rapporti civili e restate il più possibile separati» le raccomandò.

Più separati di così...

Rachel provò un senso di pace. «Va bene, sì» rispose. «Cercherò di non avere più niente a che fare con lui».

Il 28 aprile Dominique partorì, a termine, una bambina di tre chili e seicento grammi che chiamarono Ava. Arrivò l'estate e Rachel continuava a non avere notizie di Michael. A giugno andò a Ibiza con Dominique, Jonathan, la bambina e un'altra coppia di amici anche loro in attesa di un figlio. Rachel era l'unica single, ma non le pesò assolutamente. Ormai notava le tensioni nelle coppie, la realtà della vita in comune, e immaginava che anche a casa loro prima o poi sarebbe stato lanciato un piatto di risotto contro il muro. Sentiva le frecciatine che si lanciavano, soprattutto Dominique e Jonathan, che battibeccavano in continuazione su chi dovesse fare cosa per la bambina.

Una sera fra mezzanotte e l'una, quando gli altri erano già andati a dormire, Rachel si ritrovò sola con Jonathan a bere tequila e fumare una canna. Jonathan, che non aveva mai chiesto niente a Rachel della separazione, la guardò, socchiuse gli occhi e disse: «Avevo scoperto altre cose, sai? Su Michael. Ma siccome eravate già fidanzati, Dom non ha voluto che te lo dicessi».

Rachel sbatté gli occhi. «E cioè?»

«Vuoi che... Nel senso: lo vuoi sapere o preferisci che...»

«Lo voglio sapere. Dimmelo, per favore».

Jonathan strizzò gli occhi per il fumo e le passò la canna. «Sicura?»

«Sicurissima. Dai, dimmelo».

Jonathan prese fiato e posò le mani sul tavolino. «Che cosa ti ha detto delle sue società?»

«Mi ha detto che lavorava nel settore della logistica. Trasporto di macchinari industriali o componentistica navale, una roba così».

«Sì, una roba così. Trasporta macchinari per fabbricare droghe sintetiche».

«Droghe?»

«Esatto».

«E Michael cosa fa, di preciso?»

«L'intermediario: acquista macchinari direttamente dal produttore e li rivende ai signori della droga con margini elevatissimi. Inoltre, fa parte della rete di distribuzione».

«È un trafficante di droga?»

«Sì, anche se in maniera molto indiretta. E tutto questo, ovviamente, è difficilissimo da provare».

«È un criminale».

«Be', forse criminale proprio no» disse Jonathan con una smorfia. «Ma ci siamo vicini».

«Ha perso tutti i soldi che aveva».

«Davvero? Te l'ha detto lui?»

«Sì. Mi ha detto che era andata persa una spedizione che aveva pagato in anticipo e che i trasportatori si erano rifiutati di risarcirlo. Merce per oltre un milione di sterline».

Jonathan rimase sgomento. «Cazzarola. Ha pagato con i suoi soldi?»

«Credo di sì».

Jonathan inspirò a denti stretti. «Sei sicura?»

«In che senso?»

«Nel senso che potrebbe aver pagato con denaro... fluido. Ovvero, che prima o poi gli verrà restituito. Era stressato?»

«Stressatissimo, sì. Santo cielo, è soprattutto per questo che l'ho lasciato».

Jonathan annuì. «Purtroppo questa triste storia non finirà qui, temo». Prese la bottiglia di vodka. «Un altro shottino?»

Rachel sorrise e rispose: «Perché no?»

A luglio Rachel lasciò la bottega di Kilburn e si trasferì in un atelier molto più grande e più vicino a casa, a Holloway. Paige aveva accettato di lavorare per lei, part-time per poter continuare la propria attività, e la banca aveva concesso un finanziamento di centocinquantamila sterline per l'acquisto delle materie prime necessarie per la collezione da consegnare a Liberty. In realtà lo aveva concesso a suo padre, che si era offerto di sottoscriverlo al posto suo, ma Rachel intendeva restituirgli tutto, fino all'ultimo centesimo. Aveva deciso: non avrebbe più accettato sovvenzioni di alcun genere dal padre. Vendette tutti i gioielli sul suo sito con il cinquanta per cento di sconto e con il ricavato assunse altri due orafi professionisti con un contratto di tre mesi. A fine luglio il campionario era pronto, con un pezzo per ciascun articolo richiesto. Rachel e Paige li confezionarono in bustine scamosciate e presero un Uber per portarli a Liberty. Lilian e Rosie le ricevettero in una saletta con le pareti coperte di boiserie, offrirono loro tè e *macarons* in un servizio floreale, risero, scherzarono, parlarono del futuro.

«Che meraviglia. Guarda questo pendente, Lilian».

«Stupendo. E questi anelli componibili sul rosa? Sai, Rosie, penso che me ne prenderò uno».

«Rachel Gold, sei una fantastica artista. Un genio assoluto».

Tornate all'atelier, Paige e Rachel stapparono una bottiglia di champagne, brindarono al lavoro fatto e a quello ancora da fare e riposero il campionario nella cassaforte di sicurezza che Rachel aveva fatto installare nel nuovo laboratorio, spensero le luci e chiusero la porta a chiave. I due orafi a tempo determinato avrebbero iniziato a lavorare lunedì e le aspettava un periodo di lavoro intenso e faticoso. Entro il 17 ottobre avrebbero dovuto preparare cinque pezzi di ogni articolo per il grande lancio da Liberty.

Quella sera Rachel andò a letto presto, benché fosse venerdì, e si addormentò con la testa piena di progetti, cifre, conti e una cassaforte piena di oro e diamanti.

A settembre Rachel e il suo nuovo team avevano ingranato bene e avevano già messo a punto espositori e materiale pubblicitario del brand. Michael non si era più fatto sentire. Un giorno di pioggia, con folate di vento che sollevavano le foglie che avevano iniziato a cadere sui marciapiedi, il primo in cui aveva messo la giacca da inizio estate, mentre tornava all'atelier dopo una riunione con Lilian e Rosie in centro, Rachel si fermò di botto davanti a un negozio di kilt, senza fiato. Michael camminava a passo deciso verso di lei per mano a una donna che assomigliava molto a Ella, la biondina con cui Rachel l'aveva sorpreso a chiacchierare alla festa di Natale a casa di Dominique. Indossava un cappotto grigio e una sciarpa a strisce blu e bordeaux e si era fatto crescere la barba. Le fece un gran sorriso.

«Rachel! Oh, mio Dio. Ciao!»

Rachel rimase di sasso. Guardò la biondina che assomigliava a Ella e, nel vedere la sua espressione inorridita, si rese conto che era effettivamente Ella. Come avevano fatto a mettersi insieme? Quando era successo? Si erano visti una sola volta, brevissimamente, e a Michael non era nemmeno rimasta simpatica. Perché Michael passeggiava con lei mano nella mano? E perché aveva sorriso a Rachel, che non vedeva da cinque mesi, come se fosse una vecchia amica e non la moglie che se n'era andata di casa dopo che lui l'aveva stuprata sul divano? Rachel non sapeva come comportarsi, che faccia fare. L'istinto le diceva di scappare.

Alla fine balbettò qualcosa tipo: «Ehm, ciao. Scusa, ma... sono di corsa. Dovrei già essere...»

«Figurati, nessun problema. Mi ha fatto piacere vederti. Ti trovo bene».

«Grazie. Adesso, però...»

Sorrise mestamente e fece segno che doveva andare.

Lui la congedò con un altro sorriso smagliante e, mentre lei passava oltre, disse: «A proposito: Ella mi ha detto che hai firmato un grosso contratto. Con Liberty. Complimenti!»

Rachel aveva la bocca secca. Si fermò, si girò e guardò prima Michael e poi Ella. «E tu come fai a saperlo?»

Ella abbassò gli occhi. «Me l'ha detto Dom».

«Dom?»

«Sì. Ci siamo viste la settimana scorsa e me l'ha detto».

«Dom? Aspetta un attimo: Dom sa di voi due?» Li indicò.

Ella arrossì e guardò Michael. Poi scosse la testa.

«Quindi ti sei vista con la mia migliore amica e ti sei lasciata raccontare i fatti miei senza neppure dirle che...» Di nuovo li indicò. «Che voi due vi frequentate, che state insieme, o cosa?»

«Dai, Rachel non fare così» intervenne Michael. «Per

ora preferiamo che non si sappia in giro. Non c'è niente da nascondere, lo so, però... Voglio dire, ti avrei salutato, se mi fossi voluto nascondere?»

Rachel non rispose e Michael le rivolse un'occhiata paternalistica. «Mi fa piacere vedere che stai bene, Rachel. E complimenti ancora per il contratto con Liberty. Te lo meriti. Dico sul serio».

Si allontanarono e Rachel rimase ferma sul marciapiede, i piedi inamovibili, le gambe rigide, il cuore di ghiaccio.

44.

Giugno 2019

Samuel

Ci sono volute ventiquattr'ore per ottenere l'autorizzazione ad accedere ai conti bancari di Libby Jones. Nel frattempo abbiamo ricevuto il responso del botanico, il quale conferma che gli alberi nel giardino di Cheyne Walk sono effettivamente platano comune, albero del paradiso e acacia di Costantinopoli, di cui avevamo ritrovato frammenti e tracce sul cadavere di Bridget Dunlop-Evers.

È un elemento determinante, perché dimostra che il cadavere era stato nascosto sul tetto del civico 16 di Cheyne Walk. È esattamente ciò che mi serviva, e quando ho avuto la conferma non riuscivo a smettere di sorridere per la contentezza.

Adesso io e Donal siamo tornati a Cheyne Walk per parlare con Saffron Brown e gli altri della Scientifica.

«Ciao, Sam» dice Saffron. «Che piacere vederti».

«Anche per me» replico e vedo che Donal le fa il verso dietro la schiena – *Sam* – e accenna un sorrisetto malizioso. Lo ignoro e continuo a parlare con Saffron.

«Scusa per le impronte che ho lasciato sul tetto. Spero di non aver compromesso niente».

«No, tranquillo, Sam. Vieni a vedere».

La seguiamo in fondo al giardino, oltre un albero con una panca circolare attorno. C'è un muro alto, coperto di glicine. Nell'aiuola ai piedi del glicine c'è un tecnico che estrae dal terreno degli oggetti che posa su un telo di plastica. Mi sento rivoltare lo stomaco, Donal rimane senza fiato.

Sono ossa.

Piccole e bianche.

«So cosa stai pensando, Sam, e ti blocco subito» dice Saffron. «Sono ossa di gatto. Vedi il cranio?» Lo raccoglie e ce lo mostra. È chiaramente un animale. Tiro un sospiro di sollievo.

«E qui» dice guidandoci verso il retro della villa, «vedete?» Indica un rettangolo di terra. «Questo era l'orto, mentre quelli lì sono i vasi dove veniva coltivata l'*Atropa belladonna* con cui nel 1994 si avvelenarono i proprietari della casa insieme a un altro uomo che a tutt'oggi non è ancora stato identificato». Mi sorride e capisco che il mistero la intriga quanto me.

Io e Donal la lasciamo al suo lavoro e torniamo in ufficio per leggere i verbali relativi al suicidio collettivo.

Gli agenti Robbin e Shah erano stati i primi a intervenire, il giorno in cui era arrivata la telefonata anonima. Li avevano poi raggiunti una squadra della Scientifica e un'agente specializzata in minori, tal Felicity Measures, che si era occupata della bambina. Henry e Lucy Lamb, i due figli più grandi, non c'erano più e non erano mai stati rintracciati. I verbali di polizia ipotizzavano che i morti fossero membri di una setta. Sullo scritto trovato accanto ai corpi c'erano le loro iniziali: ML, HL, DT. La consultazione degli elenchi delle persone scomparse non aveva dato esito, non risultava nessun DT con le caratteristiche fisiche e l'età del misterioso suicida, e dopo tre anni le indagini erano state abbandonate.

Anche quelle condotte da Miller Roe, l'autore dell'articolo apparso nel 2015 sul *Guardian*, erano arrivate a un punto morto, sebbene la conclusione lasciasse un filo di speranza:

> Poi, la scorsa settimana, ho trovato un possibile DT. Un quarantaduenne arrivato dalla Francia nel 1988 con

moglie e due figli, di cui si erano perse le tracce. La sua scomparsa venne denunciata solo nel 2006, quando non si presentò al capezzale della madre moribonda, ma non riuscì a rintracciarlo la polizia all'epoca e non ci sono riuscito io adesso. L'ennesimo mistero che va ad aggiungersi a quello della piccola Serenity Lamb e della sua zampa di coniglio.

Miller Roe non ha ancora risposto alla mia email e il suo telefono continua a squillare a vuoto. Per la disperazione, consulto il database del suo provider e risalgo dal numero all'indirizzo. Apprendo così che abita a South Norwood e spreco un'ora del mio tempo per andare là, non trovare nessuno in casa e tornare indietro. Il vicino del piano di sopra sostiene che Miller Roe in questo periodo non c'è praticamente mai, perché è andato a stare con la sua compagna. Gli ho chiesto se sapeva l'indirizzo e ho capito che lo sapeva, però mi ha liquidato dicendo che non mancherà di avvertire Miller che l'ho cercato, la prossima volta che lo vedrà.

Finalmente, un'ora fa è arrivato l'estratto conto. Quando l'ho visto sullo schermo del mio computer non ho potuto fare a meno di lanciare un gridolino e improvvisare una danza sul posto per la gioia, nonostante fossi solo in ufficio con la porta chiusa. Il giorno in cui Libby Jones ha ricevuto la cospicua somma di 7,45 milioni di sterline, ha effettuato due bonifici dell'importo di 2,48 milioni ciascuno.

I due beneficiari si chiamano Marie Valerie Caron e Phineas Thomson. Il nome Phineas mi dice qualcosa: mi sembra di averlo sentito di recente. Sfoglio i miei appunti per vedere se mi viene in mente dove. E trovo la scritta in stampatello, sottolineata, IO SONO PHIN. La scritta che Donal aveva notato su uno zoccolo nella casa di Cheyne Walk. L'avevo anche fotografata. IO SONO PHIN. All'epoca ci era sembrata incomprensibile, ma adesso la trovo estremamente significativa.

Esco dal mio ufficio e vado a cercare la mia collega

Maura, a cui faccio vedere l'estratto conto di Libby Jones e i nomi dei due beneficiari dei bonifici.

«Avrei bisogno che facessi una ricerca in Rete e mi scaricassi tutto quello che c'è a proposito di questi due signori. Social media compresi».

Io e Donal riprendiamo la macchina e torniamo a St Albans.

Libby Jones non è in casa. Ricordo che mi ha detto che la sua amica Dido lavora nello showroom in centro e quindi ci dirigiamo lì. Parcheggiamo ed entriamo nel negozio. Dido esce dal suo ufficio e mi guarda con la stessa diffidenza dell'altra volta.

«Buongiorno».

«Buongiorno, signorina Rhodes. Scusi se la disturbiamo sul posto di lavoro, ma stiamo cercando la signorina Jones. Non è a casa, non risponde al telefono ed è una cosa urgente. Sa per caso dove la possiamo trovare?»

Le cucine esposte alla Northbone Kitchens sono stupende. Mi ritrovo a passare la mano su un piano di marmo chiaro e subito la ritiro pensando alla mia cucina di plastica simil legno, che forse sarebbe venuto il momento di cambiare. Prendo un biglietto da visita dall'apposito contenitore sul piano di marmo color panna e lo tengo fra il pollice e il medio.

Dido fa spallucce. Alza le spalle fin quasi alle orecchie, piega le braccia, apre i palmi delle mani e tira fuori il labbro inferiore. «Non ne ho la più pallida idea».

«Non sa dov'è la sua amica?»

«No. Sarà andata a fare la spesa».

«Sì, possibile. Dove va la signorina Jones a fare la spesa?»

«Non ne ho idea. Da Waitrose, forse».

La guardo con attenzione, cercando di capire come mai le sto così antipatico. Non posso escludere che Dido Rhodes sia razzista, ma è più probabile che tema che io procuri delle grane alla sua amica. Timore tutt'altro che infondato, del resto.

«Per favore, signorina Rhodes...»

«Signora».

«Scusi, signora Rhodes. Se la sente, le dice che l'ispettore Owusu e il sergente Muir le devono parlare con la massima urgenza, per favore?»

«A che proposito, se posso chiedere? Credevo vi avesse già detto tutto quello che sa. Ovvero, niente».

Prendo fiato e mi sforzo di sorridere benevolmente. «Sì, martedì ha detto di non sapere nulla, ma nel frattempo sono emersi elementi che indicano che la signorina Jones potrebbe avere più informazioni di quelle che pensava. Anzi, signora Rhodes, lei è molto amica della signorina Jones, vero?»

«Sì».

«Pensa che se avesse ritrovato il fratello e la sorella perduti glielo avrebbe detto?»

«Penso proprio di sì» risponde lei in tono guardingo.

«Le ha mai parlato di un certo Phineas? Phineas Thomson?»

Mentre giocherello con il biglietto da visita, osservo Dido Rhodes che si accinge a rispondere e capisco che sta per rifilarmi un'altra bugia. Ostenta la massima calma, ma il suo linguaggio corporeo racconta una storia diversa. Quando finalmente smette di fissarmi e alza gli occhi verso il soffitto, ha una lieve contrazione alla spalla destra, sposta l'anca verso sinistra e stringe i denti.

«No. Mai sentito».

«Va bene. Grazie comunque».

Lancio un'ultima occhiata alle cucine, in preda a un improvviso desiderio di cose nuove fiammanti, che da una parte trovo stupido e dall'altra entusiasmante. Ci congediamo con un cenno di saluto.

«Dove si va ora, capo?»

«A casa di Dido Rhodes».

«Scherzi?»

«No. Dove altro vuoi che sia?»

«Abbiamo l'indirizzo?»

Sorrido a Donal. «Sì. È qui sul biglietto da visita».

Gli dico dove dobbiamo andare e partiamo.

45.

Lucy è in un fast-food della catena Quik E Burger e pilucca da un cartoccio di patatine fritte. Marco ha insistito per andare a fare colazione lì, perché si vede sempre su TikTok e nel Regno Unito invece non c'è. Offre un «menu segreto» e Marco è alle prese con un hamburger che si chiama «The Beast», nome quanto mai appropriato, a giudicare da come gli si sfalda fra le mani e gli cola sul mento.

Il giorno prima a Marco era arrivato un messaggio di Kris Doll, il quale diceva che martedì notte Henry gli aveva scritto un WhatsApp incomprensibile, non sapeva da dove, a cui lui non aveva risposto. Dice che Henry era completamente sbronzo e lo invitava a bere qualcosa assieme. Ciò significa che a tutto martedì notte Henry era vivo e vegeto, e a Chicago. Non era stato inutile girare per le strade di Chicago sotto il sole a cercarlo, quindi.

«Magari si è camuffato» ipotizza Marco. Poi allunga la lingua per leccar via dalle labbra un rivolo di ketchup.

«Chi?»

«Henry. Noi ci aspettiamo capelli biondi eccetera, ma potrebbe esserseli tinti. Oppure nasconderli sotto un berretto».

«Ne dubito. Ho appena mostrato la foto a due persone che lo hanno riconosciuto».

Marco si stringe nelle spalle. «Già».

Stella li osserva, bevendo un frappè alla fragola. «Quando torniamo a casa?» chiede dopo un po'.

Lucy la guarda e si chiede che cosa intenda per «casa». Ne ha avute talmente tante, nella sua breve vita! L'appartamento alla periferia di Nizza in cui è nata e ha vissuto per due anni, poi l'appartamento di Mémé, la nonna paterna, al settimo piano di un casermone popolare, dove sono stati tutti e tre in una stanzetta piccolissima e soltanto per due settimane perché secondo Mémé «non funzionava». A seguire tre stanze in altrettanti ostelli, tre giorni in spiaggia e poi un anno al bed and breakfast di Giuseppe, un'altra settimana in spiaggia, qualche notte di nuovo da Giuseppe, tre nell'Airbnb affittato da Henry a Battersea, un anno nel suo appartamento di Marylebone e adesso sono a Chicago e Dio solo sa dove andranno a questo punto, perché Lucy ha la netta sensazione che non ritorneranno in casa di Henry a Marylebone e teme che non andranno neppure ad abitare nella vecchia canonica di St Albans e forse non staranno più tutti e tre insieme, perché da un momento all'altro qualcuno potrebbe fermarla posandole una mano su una spalla e ordinarle di seguirlo da qualche parte per spiegare a chi di dovere che cosa è successo ad Antibes l'anno prima e a Chelsea nell'aprile del 1994. A quel punto che ne sarà di Stella e Marco?

Lucy trattiene le lacrime e prende la mano di Stella. «Fra poco» le risponde. «Appena troviamo lo zio Henry, torniamo subito a casa».

«Perché lo zio Henry non si fa trovare?» domanda la bambina.

Lucy scambia un'occhiata con Marco e sospira. «Deve chiarirsi le idee, e deve farlo da solo. Il problema è che non si rende conto che...»

Si interrompe nel sentire il trillo del telefono. È Libby: Lucy ha un tuffo al cuore.

«Ciao!» grida nel telefono.

«Mamma, sono tornati. Quelli della polizia, intendo. Sono venuti a casa di Dido e mi hanno trovato lì. Non me l'aspettavo. Mi avevano visto dalla finestra: non potevo non aprirgli. Mi hanno controllato il conto in banca, mamma. E hanno visto che ho fatto un bonifico a te e uno a Henry e siccome Henry usa il nome di Phin, hanno fatto due più due con le scritte di Henry sui muri di Cheyne Walk. Insomma, hanno fatto il collegamento e hanno capito che finora li ho riempiti di balle e che i bonifici li ho fatti a voi due. Mamma, ho mentito alla polizia! Se ci penso mi sento male! Non so cosa fare. Cosa facciamo? Come ci comportiamo adesso?»

«Un momento. Calmati. Respira. Sono andati via?»

«Sì, sono usciti due minuti fa. Ma devo andare in centrale a rispondere ad altre domande».

«Quando?»

«Domani».

«Che ore sono lì?»

«Sono... aspetta. Le quattro appena passate».

«Va bene. Per prima cosa, ti serve un avvocato».

«Non è un po' come ammettere di essere colpevole?»

«Non credo. No. No, certo che no. Tu non sei mica colpevole».

«Ho mentito, mamma. Ho raccontato un mucchio di bugie, tipo che Phin Thomson e Marie Caron erano vecchi amici. Cioè: a due vecchi amici regali due milioni e mezzo di sterline?»

Lucy abbassa la testa e non risponde. Poi alza lo sguardo e vede che Marco e Stella la fissano con gli occhi sgranati.

«Miller cosa dice?»

«Ha il telefono spento perché registra un podcast. Potrebbe averne fino a stasera».

«E Dido?»

«Non le ho ancora parlato. Sei la prima a cui lo dico. Adesso sanno i nomi sui passaporti, mamma. Sanno che tu ti spacci per Marie Caron e Henry per Phineas Thomson e quindi scopriranno che avete preso un volo per Chicago, gli hotel nei quali siete stati, i posti in cui avete pagato con la carta. È solo questione di tempo, mamma. Devi andare via prima che puoi. Lascia perdere Phin: trovate Henry e andate da qualche altra parte!»

Lucy chiude la chiamata e guarda prima Marco e poi Stella. Si sforza di sorridere. «Bene» dice. «Dobbiamo sbrigarci a trovare Henry. Dobbiamo trovarlo entro stasera. Il prima possibile. Perciò finiamo di mangiare e riprendiamo la ricerca».

Marco alza gli occhi dal cellulare con aria stupita e dice: «Mamma, mi ha appena messaggiato Kris Doll. Il tipo dei tour in moto, ti ricordi? Dice che è in ansia per il suo amico Phin, che non riesce a mettersi in contatto con lui e che vorrebbe vederci. Cosa gli dico?»

«Sì, certo» risponde Lucy. «Digli di sì».

46.

Settembre 2017

Rachel camminava avanti e indietro sul marciapiede davanti al negozio di kilt con il telefono premuto contro l'orecchio.

Dominique rispose al terzo squillo. «Ohi».

«Sono io, Dom. Ho appena visto Michael. Con Ella».

«Ella chi?»

«Cazzo ne so come fa di cognome! Quella bionda, bassa e antipatica che era alla tua festa. Ex compagna di scuola di Darcy?»

«Ah, sì, ho capito: Ella. Oddio, e Michael era con lei? E "con lei" in che senso?»

«Nel senso che facevano coppia. Erano mano nella mano. Ma la cosa peggiore è che Ella sapeva del mio contratto con Liberty. Sostiene che gliel'hai detto tu. Ma tu non glielo hai detto, vero? Perché avresti dovuto?»

Silenzio. Rachel capisce che sì, Ella lo ha davvero saputo da Dom.

«Mi spiace, Rachel. Ero al baby shower di Darcy, non so più chi mi ha chiesto come stavi e... Cioè, non mi ricordo che Ella fosse presente alla conversazione. Per la verità, non mi ricordo nemmeno di averla incontrata alla festa. Voglio dire, è una tale nullità! Comunque non avevo idea che frequentasse Michael. Non avrei detto un cazzo, altrimenti. Figurati... Ti chiedo scusa, Rachel. Mi dispiace tantissimo».

«Senti: cos'altro hai detto di me?»

«Ma no, niente. Solo che te la stavi cavando alla grandissima. Che stavi bene. E che avevi praticamente bannato Michael dalla tua vita...»

«Hai usato proprio il termine *bannato*?»

«Sì. Per quanto, a dire il vero, sia reciproco. Nel senso: neanche lui ha più provato a contattarti e adesso si tromba pure Ella».

«Sì, lo so, però... Dom, devo stare attentissima a fare in modo che questi due anni di separazione finiscano senza drammi e senza... casini».

«Continuo a non capire perché vuoi aspettare due anni».

«Lo so. Pazienza. Ti basti sapere che ho i miei buoni motivi. Comunque, senti: potresti mica chiedere a Darcy se sa da quanto è che Ella e Michael stanno insieme e com'è successo?»

«Sì, certo. Lo faccio subito. Ma, Rachel...» Si interrompe. «Come stai? L'hai presa male? Cioè, lo so che avete litigato di brutto e che sostieni di non amarlo più eccetera eccetera, ma magari, vedendo che si è messo con un'altra...»

«No, non l'ho presa male, Dom. Fidati. Non me ne frega niente».

«Meno male. Mi fa piacere. E, ti ripeto: mi dispiace tantissimo di aver raccontato in giro i fatti tuoi. Ero così fiera di te! Volevo far sapere a tutti quanto sei brava e i tuoi successi. Ma ti prometto che la prossima volta che qualcuno mi chiede di te faccio come l'emoticon con la cerniera al posto della bocca».

Rachel sorrise. «Grazie. Ti voglio bene».

«Anch'io».

Rachel rimise il telefono nella borsa. Aveva appuntamento con Lilian e Rosie. Arrivò con novanta secondi di ritardo e un'ansia che non riusciva a spiegarsi.

La collezione Rachel Gold Jewels venne lanciata da Liberty qualche settimana dopo, un martedì sera in cui soffiava un forte vento. Fra gli invitati c'erano giornalisti e influencer e vennero serviti champagne e finger food. Rachel indossava un paio di pantaloni di velluto nero e un blazer bianco e aveva una messa in piega perfetta e suo padre, in jeans e polo nera, era così orgoglioso ed entusiasta che Rachel si commosse.

Paige la prese sottobraccio e le disse in un orecchio che aveva visto fra gli invitati un suo ex compagno di college, che per un certo periodo le aveva fatto la posta sotto casa tipo stalker, ma quella sera aveva fatto finta di non conoscerla e registrava continuamente appunti sul suo smartphone. «Manco fosse il corrispondente dal G7» disse, e Rachel scoppiò a ridere. Qualche minuto dopo Lilian fece un bel discorso, poi ci fu il servizio fotografico e verso le otto meno un quarto la gente iniziò a mettersi il cappotto e a congedarsi. Rachel stava cercando la borsa per andare a cena con Lilian, Rosie, Paige e suo padre, quando vide entrare una figura familiare: barba, cappotto grigio, sciarpa a strisce blu e bordeaux.

«Sono iscritto alla newsletter di Liberty» annunciò Michael andandole incontro con un sorriso smagliante e sciogliendosi il nodo della sciarpa. «Quando ho visto che il lancio della tua collezione era proprio oggi che ero nei paraggi, ho pensato di fare un salto e dare un'occhiata. Non mi aspettavo un vernissage in grande stile! E non pensavo di incontrarti! Wow! Ti vedo bene, Rachel. Stai benissimo». Prese la mano del signor Gold fra le proprie e la strinse affettuosamente. «Che piacere vederti, Brian. Anche tu sei in gran forma». Guardò ciò che restava dell'evento e sorrise a Rachel. «Allora» disse. «Mi fai da guida?»

Lilian e Rosie le lanciarono un'occhiata interrogativa, Rachel scosse la testa e fece spallucce. Accompagnarono Michael all'espositore dei gioielli di Rachel.

«Wow» disse lui con le mani in tasca. Si voltò e guardò Rachel negli occhi. «Sono bellissimi, Rachel. E che riflessi mandano, con queste luci. Da far girare la testa. Tutte pietre vere?» chiese a Lilian.

Lilian guardò Rachel e rispose: «Sì. Sono tutte preziose o semipreziose, dal diamante arancione in quel pendente al raro opale nero di questo anello. Non sono bellissimi?»

«Assolutamente sì. Rachel, sei davvero cresciuta, professionalmente. Immagino tu abbia dovuto chiedere un finanziamento». Guardò il signor Gold. «Brian, sei davvero un padre formidabile».

«Michael» cominciò Rachel, ma le si incrinò la voce e si interruppe. Deglutì e riprovò: «Scusa, ma qui ormai è finito e il personale deve mettere via tutto prima della chiusura. Grazie di essere venuto, ma adesso...»

«Certo» replicò lui. «Chiaro. Capito. Ho solo fatto un salto per vedere la tua nuova collezione. Ci tenevo. Lo sai che ti ho sempre considerato la persona più talentuosa che io conosca. Non sto scherzando. Un'artista. E finalmente hai ottenuto il successo che meriti. Complimenti. Sono ammirato». Giunse le mani come in preghiera, prese al volo un canapè da un vassoio, se lo infilò in bocca, salutò e se ne andò.

Rachel prese la borsa, andò alla toilette e vomitò.

La settimana prima di Natale i gioielli di Rachel per Liberty erano già stati venduti tutti e c'era addirittura una lista d'attesa per la nuova collezione di inizio primavera. Rachel rinnovò il contratto ai due orafi e ottenne un altro finanziamento, stavolta a nome suo, per l'acquisto delle materie prime. Dominique diede la sua tradizionale festa di Natale, stavolta con una bambina di otto mesi e nessun limite di tempo. Rachel andò solo per educazione, perché pativa i fantasmi e gli echi dell'anno prima, quando vi aveva partecipato sottobraccio all'uomo di cui era follemente innamorata e con il quale si sarebbe fidanzata e sposata poco dopo, bello, brillante e innamorato quanto lei, ma che poi si era rivelato un sadico, uno stupratore. Prima di andare via, però, andò in cucina a cercare Jonathan, addetto ai cocktail, e gli chiese di prepararle un Negroni.

E mentre lui prendeva il bicchiere e lo riempiva di ghiaccio, gli disse: «Pensavo alle informazioni che avevi scoperto su Michael. Ti ricordi? Le cose che mi hai raccontato del suo lavoro. Da chi le hai sapute?»

«Be', diciamo che ho dei contatti... particolari. Ex poliziotti, ex criminali, giornalisti infiltrati in determinati ambienti e sottoculture. Insomma, conosco un sacco di gente strana con cui scambio reciprocamente favori». Con un'alzata di spalle, Jonathan svitò il tappo della bottiglia di gin e ne versò la giusta dose nel bicchiere.

«E fra queste conoscenze hai anche qualcuno che potrebbe mettermi in contatto con la ex moglie?»

«Quella che viveva per strada e che lui prese sotto la sua ala stupratrice?»

A Rachel venne la pelle d'oca. Scosse la testa e chiese: «Stupratrice? Perché dici così?»

«Non lo so. È l'impressione che mi ha dato. Per come si comportava».

«Con te?»

«Ma no! Con te. Comunque è solo una mia impressione. Scusa».

«Figurati. Però mi stupisce perché... cioè, pensavo che vi piacesse...»

«Sì, sì, a me piaceva. Ciò non toglie che lo trovassi un po' sinistro. Intuivo un lato oscuro, ma cosa ne sapevo? In ogni caso, dicevamo dell'ex moglie che viveva per strada».

«Sì, Lucy. Pensi di riuscire a scoprire qualcosa sul suo conto?»

Jonathan la guardò perplesso e aprì il Campari. «A che scopo?»

«Non lo so. Mi piacerebbe parlare con qualcuno che c'è passato. Siccome negli ultimi tempi con me era un filo morboso, volevo chiederle se anche con lei era così».

«So solo che pare sia scomparsa con il bambino da un giorno all'altro e nessuno ne sappia più niente. Sul serio, è sparita dalla circolazione».

«E il bambino? Cioè, sarà iscritto a una scuola, avrà un pediatra... No?»

«Sì, penso di sì. Ma è come cercare un ago in un pagliaio: potrebbe essere ovunque. All'estero. In affido. Per quel che ne sappiamo vivono in una caverna. Come si chiama? Lo sai?»

«Marco. Marco Rimmer. Dovrebbe avere dieci o undici anni».

«Okay, vedo se scopro qualcosa di più. Ma non metterci su il cuore, perché dubito di riuscirci». Le porse il Negroni e la guardò negli occhi. «Cosa ti ha fatto, Rachel?» chiese. «Ti ha picchiato?»

Rachel scosse la testa. «No, non mi ha mai picchiato». Almeno quello era vero.

47.

Giugno 2019

Samuel

Abito a Enfield. Ho una bella casa, anche se dopo quelle che ho visto ultimamente la vedo con occhi un po' diversi. Come minimo, devo cambiare cucina.

Non mangio a casa da quattro giorni ed è con gran gioia che tiro fuori la spesa dalla borsa di Tesco e poso sul piano di plastica simil legno (che non mi piace più) pasta fresca, broccoli, aglio e un bel pomodoro maturo al punto giusto. Stasera mangio vegetariano. Cerco di limitare la carne a una volta alla settimana, più che altro per il pianeta, ma anche per gli animali. I cuccioli di qualsiasi specie animale sono affettuosi e coccoloni. Su internet ho visto video di tacchini tenerissimi. Cerco di pensarci, quando faccio la spesa, ma a volte ho talmente voglia di un'insalata di pollo o di un bell'hamburger sugoso che mi dimentico dei tacchini che fanno le feste ai padroni.

Oggi pomeriggio io e Donal siamo andati a parlare di nuovo con Libby Jones. Quando le abbiamo detto che sapevamo dei due bonifici, è diventata rossa e ha spiegato che Marie Caron e Phineas Thomson sono suoi amici. Le ho chiesto dove abitano e lei mi ha risposto che in questo periodo sono in vacanza non sa dove e non hanno il cellulare. Le ho domandato come mai aveva regalato due terzi dell'eredità ad amici che nemmeno le dicono dove vanno in vacanza e lei mi ha ribadito che sono amici carissimi e che voleva condividere con loro la fortuna che le era capitata. Allora le ho chiesto se l'avessero invitata ad andare in vacanza con loro (sottintendendo *gratis*, vista l'entità della regalia) e lei ha risposto che no, non l'avevano invitata.

Le ho chiesto se ricordava la scritta sui muri della casa di Cheyne Walk – IO SONO PHIN – e lei ha risposto di no. Le ho sottolineato la strana coincidenza per cui anche il suo carissimo amico si chiamava così e lei ha ammesso che sì, era una strana coincidenza. Le ho chiesto per quale motivo si trovava dalla sua amica Dido invece che a casa sua, se per caso stava cercando di sfuggire a me. E lei ha protestato che no, assolutamente, è che al suo cane piace il giardino di Dido e l'aveva portato a fare un giro.

Tutte bugie, dalla prima all'ultima. E vabbè. Domani la interrogheremo in sede, davanti a un brutto tavolo, seduta su una sedia scomoda, e vedremo se riusciremo a convincerla a raccontare un po' meno panzane.

Preparo la pasta e guardo un poliziesco in tv. Mi piacciono i polizieschi, anche quelli totalmente campati per aria.

Verso le nove mi arriva un messaggio di Philip Dunlop-Evers.

Scusi se la disturbo, Samuel. Ci sono novità?

Gli rispondo che per il momento non ce ne sono, ma speriamo di averne domani. Gli scrivo che forse siamo risaliti all'ultimo indirizzo di Birdie e che stiamo tentando di metterci in contatto con due persone che forse convivevano con lei prima della sua morte. Gli dico che le cose si stanno muovendo e che mi farò vivo domani.

Grazie, risponde lui.

Sotto la doccia visualizzo il caso come una sfera, un pianeta tridimensionale che posso ruotare a mio piacimento. Cerco i buchi e tento di riempirli o di farci passare qualcosa dentro da parte a parte per capire come sono fatti. Devo colmare le lacune. La storia è abbastanza chiara, ma quei buchi sono troppo strani. Mi ossessionano.

Ricapitolo.

Alla fine degli anni Ottanta la giovane Bridget Dunlop-Evers, detta Birdie, si ritrova ospite nella grande casa in cui ha girato un video con la sua band.

I proprietari della casa sono Henry e Martina Lamb, genitori di Henry Junior, Lucy e Serenity.

(A questo proposito, mi colpisce che i primi due figli abbiano nomi molto tradizionali e per la terza invece i genitori abbiano scelto un nome da fricchettoni. Probabilmente è indice della trasformazione che avevano subito aderendo alla setta.)

Durante il suo soggiorno nella casa, Birdie muore per una frattura al cranio, viene avvolta come una mummia in asciugamani costosi e nascosta dietro un comignolo sul tetto. Rimane lì per anni e poi qualcuno la butta nel Tamigi, più o meno nello stesso periodo in cui Libby Jones compie venticinque anni e diventa proprietaria della casa.

All'epoca in cui Birdie viene uccisa con una botta in testa, Henry e Martina Lamb e il misterioso DT assumono un veleno mortale e vengono trovati senza vita stesi sul pavimento della cucina.

Un numero imprecisato di adolescenti (da due a sei a seconda delle testimonianze) che abitavano nella casa scappano e scompaiono nel nulla, dopo aver dato da mangiare e cambiato il pannolino alla neonata Serenity/Libby.

Due sono quasi sicuramente Henry e Lucy Lamb e un altro potrebbe essere il PHIN delle scritte sui muri di casa.

Smetto un attimo di insaponarmi: una delle lacune è colmata.

Phin Thomson.

DT.

E se il misterioso DT fosse il padre di Phin Thomson?

Mi sembra più che plausibile.

Supponiamo quindi che anche il fantomatico Phin Thomson abitasse a Cheyne Walk ai tempi della morte di Birdie.

E adesso si ritrova due milioni e mezzo sul conto corrente.

Ruoto la sfera nella mia testa per osservarla da un'altra angolazione. Torno a Birdie.

Birdie non era andata a stare a Cheyne Walk da sola, ma con il suo compagno, il percussionista Justin Redding. Pure lui scomparso nel nulla. Nessuno l'ha più visto. Stava ancora lì, quando Birdie era morta, o se n'era già andato? Non mi risulta che sia mai stato sospettato di aver avuto a che fare con il presunto suicidio collettivo o la morte della sua fidanzata ma, ora che ci penso, è un potenziale colpevole anche lui. Dovremo scovarlo e stanarlo da dove si nasconde da ventisei anni a questa parte e verificare se è davvero innocente come tutti sembrano pensare. Justin Redding potrebbe essere la chiave del mistero. Mi accelera il battito.

Ruoto di nuovo la sfera e rifletto su Libby Jones e le sue sfacciate bugie, che preferirebbe non dire, ma che è evidentemente costretta a raccontarmi.

Mi viene in mente il cane. Il cane di sua madre.

Ecco un'altra cosa da fare domani. Ne prendo mentalmente nota. Infatti, qualora il cane non risultasse della madre adottiva in Spagna (come credo che sia, perché trovo incredibile che quel cane stia sei mesi in Spagna con lei e sei in Inghilterra con Libby), vuol dire che Libby chiama mamma anche un'altra persona. Che si tratti di Marie Caron, beneficiaria di un terzo dell'eredità e attualmente in vacanza senza cellulare? E che Marie Caron sia una di quegli adolescenti di numero imprecisato fuggiti dal civico 16 di Cheyne Walk nell'aprile del 1994?

Orbito con la mente intorno alla sfera per tentare di completarla, ma ho la sensazione che per stasera basti così.

Justin.

Il cane.

D. Thomson.

Un sacco di cose da controllare. Imposto la sveglia per le cinque.

48.

Marco ordina una Coca-Cola e beve con la cannuccia guardando un po' la strada, un po' lo smartphone. Kris Doll è in ritardo. Gli ha dato appuntamento nella hall dell'hotel alle due e mezzo e sono già quasi le tre. Finalmente sente il rombo di una moto di grossa cilindrata e dal vetro vede un tipo che si toglie il casco, si passa una mano fra i capelli scuri e si incammina verso le porte girevoli.

Marco arrossisce. Il tipo ha l'aria del super macho e Marco, che fino a quel momento si sentiva responsabile dell'incontro perché era stato lui a organizzarlo e a mantenere i contatti con Kris per tre giorni, di colpo si sente inadeguato, troppo giovane e inesperto. Lancia un'occhiata alla madre sperando che capisca.

«Marco?» dice il motociclista, andando verso di loro. «E tu sei Lucy?»

Marco annuisce e si alza. Guarda la madre e vede che anche lei è arrossita. Kris Doll ha qualcosa di molto affascinante, a dispetto dei capelli scompigliati e dell'aria un po' stravolta.

«Piacere» dice Lucy alzandosi per stringergli la mano. «Lei è Stella».

«Piacere, Stella. Posso offrirvi da bere? Vogliamo andare al bar?»

Rifiutano gentilmente e Kris replica che neanche lui ha sete e si siede vicino a Marco.

«Allora». Guarda prima il ragazzino, poi la mamma, poi di nuovo Marco. «Cosa succede?»

«Non so da che parte cominciare» risponde Lucy.

«Cominciamo da: chi è Mike?»

Lo sguardo diretto di Kris mette Marco in soggezione. «Non esiste» risponde dopo un po'. «Ce lo siamo inventati io e il mio amico Alf».

«E dov'è Alf?»

«A Londra. La prima volta ti abbiamo chiamato da Londra».

Kris lo guarda con aria interrogativa, ma tace e lo lascia continuare. Marco sospira e, imbarazzato, spiega: «Mia mamma è la sorella di Henry, quello che ti ha detto che si chiama Joshua. Henry è sparito senza dire niente giovedì scorso e mia mamma ha cercato in tutti i modi di mettersi in contatto, ma lui le ha bloccato il numero. Ci ho provato io, e ha bloccato anche me. Allora con il mio amico Alf abbiamo provato a entrare nel suo account di Google, ci siamo riusciti, abbiamo spulciato la cronologia, abbiamo visto il tuo sito e ti abbiamo telefonato. Tu ci hai detto che avevi appuntamento con un inglese che stava al Dayville Hotel e allora la mamma ha deciso di prendere un aereo e andare a cercarlo lì. Purtroppo quando siamo arrivati ci hanno detto che Henry era andato via tre giorni prima. Non sappiamo dove sia, ma pensiamo che sia venuto qui per rintracciare un certo Phin».

Kris sorride a Marco. «Sì, te lo confermo. Ma la cosa che mi preoccupa è che io ho un amico che si chiama Finn. Credevo che Joshua mi avesse trovato in Rete e volesse semplicemente farsi un giro in moto, ma a questo punto credo che invece mi abbia contattato apposta perché ero suo amico».

«Sì» risponde Marco. «È molto probabile. Gli hai parlato di lui? Che cosa gli hai detto?»

«Niente di che. Che io e Finn avevamo avuto... cioè, che eravamo...» Kris guarda Lucy. «Che per un periodo eravamo stati molto amici, ma poi ci eravamo allontanati e lui era partito per l'Africa a lavorare nei safari».

«Prima che lavoro faceva?» chiede Marco. «A Chicago, nel senso».

«Lavorava al Lincoln Park Zoo. Con i leoni. Ma il suo sogno era fare la guida nei safari e quando qualche anno fa gli si è presentata l'occasione, ha affittato casa sua e si è trasferito in Botswana». Kris si accarezza il mento e guarda Lucy. «Che rapporto c'è fra tuo fratello e Finn? Perché lo vuole rintracciare?»

Lucy sospira. «È una storia lunga. Forse ha semplicemente voglia di rivederlo dopo tanto tempo. Siamo cresciuti assieme, vedi, ed eravamo convinti che Phin fosse morto. Abbiamo scoperto che era ancora vivo soltanto di recente. Sì, penso che Henry abbia sentito molto la sua mancanza». Sorride a denti stretti. «Cos'altro hai raccontato di Phin a mio fratello?»

«Gli ho detto che era a Chicago. Non avevo la più pallida idea che fosse venuto a fare il tour apposta per chiedermi di Finn, capite? Gli ho detto che pensavo stesse in un Airbnb e che speravo di incontrarlo».

«Dunque Phin in questo momento è a Chicago?» Lucy si porta una mano sul cuore.

«Sì. O almeno credo. Il problema è che non risponde al cellulare, neanche ai messaggi. E io non so dove abbia preso alloggio».

«Amici in comune che possano avere sue notizie?» domanda Lucy.

«Sì, una. Mati. Purtroppo non posso nemmeno rivolgerle la parola: il suo compagno ci prenderebbe a botte tutti e due».

«Era la ragazza di Phin?» chiede Marco.

«Diciamo così. Hanno avuto una breve storia. Anch'io ho avuto una breve storia con Mati, ma adesso sta con uno gelosissimo, per cui mi tengo a debita distanza».

«E allo zoo?» chiede Marco, che nella sua testa sta vagliando altre strade da percorrere. «Non aveva amici che potrebbero sapere dove sta adesso?»

Kris si stringe nelle spalle. «Possibile. Ci ha lavorato diversi anni. Immagino che sia rimasto in contatto con qualche suo collega. Potrebbe valere la pena di chiedere a qualcuno di loro».

Marco apre Google Maps sullo smartphone e intanto con l'altra mano fa ruotare la cannuccia fra i cubetti di ghiaccio in fondo al bicchiere. Volta lo schermo verso sua madre. «Guarda» dice. «Il Lincoln Park Zoo è a tre chilometri da qui. Otto minuti in Uber. Andiamo?»

Guarda Kris, che ha l'aria pensosa e dopo un po' si volta verso Lucy e le chiede: «Secondo te cosa potrebbe succedere, se tuo fratello trovasse Finn? Nel senso: che intenzioni ha? Perché, vedi – e ti prego di non prenderla a male – tuo fratello ha qualcosa di... Non mi fraintendere: è simpatico, una brava persona. Però è... molto sensibile? Quando ci siamo fermati a guardare il tramonto sul lago, ho visto che piangeva. Lui non se n'è accorto, ma io ho visto che aveva le lacrime agli occhi. E la cosa strana è che Finn è sparito, da quando tuo fratello lo cerca. La tempistica mi sembra un po'...» Non finisce la frase. Si dà una pacca sulla coscia. «Comunque. Presto il mistero si risolverà. Cosa ne diresti, Marco, se ti portassi io allo zoo in moto? Se la tua mamma ci dà il permesso... Posso portare io Marco allo zoo?»

Marco giunge le mani in gesto di preghiera e guarda la madre con occhi supplichevoli. È da quando è arrivato Kris che occhieggia il bolide fuori dall'hotel. Ha visto che si fermano in tanti ad ammirarlo e qualcuno ci si è perfino fatto un selfie accanto. È la moto più fica che Marco abbia mai visto in vita sua. Eppure è stato un sacco di volte a Cannes, sulla Croisette piena di spider e macchinoni.

«Be', se non vai troppo forte, sì».

«No, no, figurati se vado forte. Ricordati che lo faccio di mestiere. Se i miei clienti si fanno male o si spaventano, chiudo».

Finisce di convincere Lucy con un gran sorriso. Escono dall'hotel e mentre aspettano l'Uber per Lucy, Kris porge il casco a Marco e lo aiuta a salire su quella specie di trono. Marco vede gli sguardi ammirati dei passanti e prova orgoglio e vergogna al tempo stesso.

Sfrecciare in moto per le vie della città è un'esperienza emozionante. Marco tira fuori lo smartphone e si scatta un selfie. Kris si volta un attimo e lo riprende: «Tieniti con tutte e due le mani, okay?» Marco rimette subito in tasca il cellulare.

Si fermano davanti allo zoo. Lucy è già arrivata e li aspetta per mano a Stella, che guarda a bocca spalancata il fratello maggiore con il casco e in sella a una moto gigantesca.

«Fatemi sapere» dice Kris mentre Marco gli restituisce il casco. «Io nel frattempo continuo a cercare di contattare Finn sul cellulare. Il primo che lo trova vince, okay?»

Marco lo guarda risalire in moto e far manovra per uscire dal parcheggio, cambiare marcia e partire salutando con una mano.

«Okay» dice Lucy. «Avete voglia di vedere gli animali?»

Chiedono a un dipendente dello zoo dove sono i leoni e vengono indirizzati al Pepper Family Wildlife Centre. Il Lincoln Park Zoo è un po' come lo zoo di Londra, pensa Marco: moderno, vicino al centro e con ampi recinti nel verde. Trovano i leoni e cercano gli operatori che ci lavorano, ma c'è un'unica persona in divisa e sembra giovanissima. Lucy le va a parlare comunque.

«Ciao, scusa se ti faccio una domanda strana. Sto cercando uno che lavorava qui cinque anni fa. Conosci qualcuno che sia qui da allora?»

«Cinque anni fa?» chiede la ragazza. «Io cinque anni fa andavo ancora a scuola! Forse però Peter Lilley era già qui. Questa parte di zoo è nuova, ma so che lui ha sempre lavorato con i leoni».

«E oggi è in servizio?»

«Sì. L'ho incrociato un minuto fa. Come si chiama il tipo che cercate?»

«Phin».

«Aspetti qui». Apre una porta quasi invisibile alle sue spalle e scompare per ricomparire un momento dopo. «Peter adesso è impegnato in un'emergenza nel recinto dei panda, ma appena finisce, viene. Se volete, potete aspettarlo qui. Ha detto che si ricorda di Phin. Siete fortunati».

Marco e Lucy si scambiano un'occhiata e Stella corre a guardare le tre leonesse e il leone maschio che poltriscono al sole come se non avessero una preoccupazione al mondo. A un certo punto la porta invisibile si apre ed esce un uomo che si asciuga le mani in uno strofinaccio e sorride. È alto e magro, radi capelli biondi, fini come quelli di un neonato, e barbetta scolpita.

«Salve» dice. «Sono Peter Lilley. Cercavate Finn?»

«Sì, sono Lucy e sono un'amica di Phin da tantissimi anni. Ci ha detto che sarebbe stato qui a Chicago qualche giorno, in un Airbnb. Dovevamo vederci, ma è da quando siamo arrivati da Londra che provo a chiamarlo e a mandargli messaggi, però lui non risponde e le confesso che sto incominciando a preoccuparmi. Lei lo ha visto, da quando è tornato dal Botswana?»

«Sì. Quando è arrivato, due martedì fa, sono andato a prenderlo all'aeroporto. Gli faccio sempre da chauffeur, quando arriva e quando parte, perché abito in zona. È venuto a cena da noi e poi l'ho accompagnato in centro».

«In centro? Al suo Airbnb, nel senso?»

«Esatto».

«Quindi lei sa dove sta».

«Conosco il palazzo, ma non l'interno. Ed è un condominio con un sacco di appartamenti. Ora che me lo dice, anch'io ho provato a contattarlo un paio di volte in questi ultimi giorni, ma non mi ha risposto. Volevo invitarlo a cena un'altra sera prima della sua ripartenza. Ho pensato che magari aveva altro da fare. Ma se è sua amica lo sa: Finn a volte è misterioso. Con gli animali ci sa fare, però ha un carattere difficile. Insomma, visto che non mi ha risposto, ho lasciato perdere».

«Mi può dare l'indirizzo dell'Airbnb di Phin? Magari facciamo un salto a vedere se c'è, a controllare che non gli sia successo niente».

Peter Lilley annuisce. «L'indirizzo esatto non me lo ricordo. Le so spiegare dov'è, però». Le nomina una strada e le dice che il portone è proprio di fronte a «un locale tipo brasserie con un dehors e un nome corto» e poco oltre c'è un negozio che vende roba biologica e si chiama Organic Delightful.

Marco rimane basito, ma tace. *Organic Delightful!* Il negozio era nella cronologia di Henry, quando lui e Alf si sono introdotti nel suo account Google. Gli viene la pelle d'oca.

«Se lo trovate, fatemi sapere, eh? A questo punto sono un po' in ansia pure io».

«Sì» risponde Lucy. «Le farò senz'altro sapere». Prende il foglietto che Peter Lilley le porge, con il suo numero di cellulare, e se lo mette nella borsa. Poi vanno a prendere un gelato e stanno al sole ad aspettare l'Uber che li porterà alla prossima destinazione.

Il condominio indicato da Peter Lilley è grande. Ai lati del portone vecchio stile, di legno, con pannelli di vetro e ghirigori di ottone, ci sono ben quattro negozi. Il citofono di ottone alla sinistra della porta ha una cinquantina di pulsanti. Restano a fissarli un momento senza dire una parola.

«E adesso?» chiede Marco.

Lucy alza gli occhi verso i quattro piani del palazzo.

Non fa in tempo a rispondere che dal portone esce una giovane mamma con un bambinetto di pochi mesi in braccio. Lucy si sposta per lasciarla passare e le domanda: «Mi scusi, sto cercando una persona che sta in un Airbnb in questo palazzo. Sa mica dirmi a che interno è?»

«No, mi dispiace. Metà degli appartamenti di questo palazzo sono su Airbnb. Provi a guardare sul sito».

La donna passa oltre e sale su un Uber che ha appena accostato al marciapiede. Lucy non lascia richiudere il portone. Entrano. Pavimenti di granito sbrilluccicanti, scale di pietra con ringhiere di metallo, un ascensore con cancelletto scorrevole e pannelli floreali. Salgono a piedi al primo piano e si ritrovano in un pianerottolo che si estende a destra e a sinistra con file e file di porte tutte uguali. Le pareti sono rivestite in legno scuro, intagliate in modo da sembrare dei tendaggi.

«Che bel palazzo!» commenta Lucy passando le dita sugli intagli. Marco ha gusti più moderni e preferisce i palazzi bianchi e bene illuminati.

«Che cosa facciamo?» chiede.

«Potremmo bussare a qualche porta a caso».

Stella guarda la madre e scuote decisa la testa. «No. Non voglio. Mi fa paura».

«Cos'è che ti fa paura?» le chiede Lucy chinandosi per guardarla in faccia.

«Che qualcuno si arrabbi e ci gridi di tutto» risponde la bambina. Poi guarda a sinistra e a destra. «Quante ce ne sono? E magari non è nemmeno a casa».

Lucy inspira e si rialza. Guarda Marco e annuisce. «Ha ragione Stella. Potremmo bussare alle porte per un'ora senza concludere niente. Facciamoci venire in mente un altro modo per scoprire dove sta».

Marco annuisce, fissando lo smartphone. Sta scorrendo su Airbnb gli alloggi in quella via. A un certo punto tira su la testa e volta lo schermo verso la madre. «Guarda. In questo palazzo ce ne sono due, entrambi occupati: uno ancora per una settimana e l'altro per dieci giorni».

Lucy fa per prendere lo smartphone, ma Marco ritira di scatto la mano. «Non c'è bisogno di toccarlo!» esclama. «Lo tengo io».

Fa scorrere le foto del primo appartamento. È piuttosto anonimo: sofà color crema, tavolino basso di legno, letto con fodera a fiori. La finestra della camera affaccia su un muro e una scala antincendio. Marco clicca sull'altro alloggio, che è molto più carino, bene arredato, con tanti colori vivaci. La finestra del salotto dà sulla strada. Marco continua a scorrere le immagini in cerca di qualcosa che li aiuti a capire a quale interno corrisponde e di colpo si blocca sulla foto della porta d'ingresso: è color petrolio e ha un batacchio a forma di muso di volpe.

«Andiamo a caccia della volpe» annuncia.

49.

Febbraio 2018

Rachel si abbassò gli occhiali scuri sul naso e afferrò il manico del trolley. Il sole invernale a Nizza era molto più caldo che a Londra. Rivolse la faccia al cielo e chiuse gli occhi per godersi il tepore del clima mediterraneo, poi si voltò ed entrò nell'hotel. Erano le dieci del mattino e il figlio di Michael era a scuola fino alle quattro e mezzo: aveva tutto il tempo per girovagare, guardare le vetrine, mangiare qualcosa e rilassarsi.

Mentre disfaceva i bagagli nella stanza dell'hotel, pensò che l'anno prima in quel periodo era alle Seychelles, in una palafitta con un letto più largo che lungo. Ripensò agli stupidi sex toys che aveva messo in valigia considerandoli innocui e stuzzicanti e che invece avevano sancito la fine del suo matrimonio. Era consapevole del fatto che, se non li avesse portati, a scatenare il putiferio sarebbe stato qualcos'altro di altrettanto futile in un altro momento. Michael Rimmer era una bomba sempre pronta a esplodere e Rachel aveva bisogno di sapere che non era stata l'unica a cascarci.

Aveva bisogno di capire se Michael aveva stuprato anche Lucy.

La scuola di Marco era in una zona piuttosto malfamata, L'Ariane, completamente diversa da come Rachel aveva sempre immaginato il Sud della Francia: casermoni giganteschi, svincoli autostradali e viadotti coperti di graffiti, negozi abbandonati con le saracinesche abbassate... Rachel si chiuse la giacca imbottita per nascondere gli abiti costosi e tirò su il cappuccio per coprirsi la testa nonostante non facesse affatto freddo.

Era una scuola enorme. Consisteva in due palazzi di sei piani e un campus cintato da un alto muro di mattoni e sembrava più un carcere che un istituto scolastico. Una freccia sul cancello con la scritta COLLÈGE invitava a proseguire diritti. Alle altre due entrate le scritte erano diverse: PRIMAIRE e PETITE ÉCOLE.

Rachel ebbe un attimo di panico, non sapendo dove posizionarsi. Sapeva che il figlio di Michael aveva più o meno undici anni, ma non aveva idea di che classe avrebbe frequentato in Gran Bretagna, figurarsi in Francia. Erano quasi le quattro e mezzo e ai vari cancelli iniziavano a radunarsi gruppi di genitori. Rachel prese il telefono e guardò per l'ennesima volta la foto che le aveva mandato Jonathan, presa da un articolo su una gita scolastica all'acquario pubblicato sul giornalino online della scuola. Marco era il terzo da destra, più alto dei suoi compagni, con una folta zazzera di capelli scuri e mossi e l'espressione decisa. *M. Rimmer.*

Rachel aveva dato per scontato che il figlio di Michael frequentasse una scuola privata, internazionale, con vista mare, giardini punteggiati da palme e alunni in divisa. Aveva immaginato che Lucy fosse come lei, sola ma economicamente indipendente, una violinista con i capelli raccolti che suonava in un'orchestra, su un palco con il sipario di velluto rosso. L'aveva immaginata bohémienne, creativa, shabby chic. Quella scuola, però, non era né bohémienne né shabby chic: era una scuola da poveri. Per la prima volta Rachel prese in considerazione la possibilità che Lucy fosse povera.

Vide i primi bambini uscire dal cancello davanti a lei e li osservò con calma da sotto il suo cappuccio. L'età era quella giusta e quindi rimase ad aspettare e a guardare tutti i ragazzini che uscivano. E lo vide. Lo riconobbe subito, senza esitazioni. Più alto e più bello dei suoi compagni, aveva una somiglianza solo lieve con Michael: non aveva certo preso da lui la gran testa di capelli mossi e l'aria ribelle. Alla sua sinistra c'era un ragazzo con la testa rasata e uno zainetto Minecraft e alla sua destra un biondino con un berretto di lana in testa e una giacca a vento rossa. Marco batté il pugno prima con uno e poi con l'altro e si allontanò da solo, senza cercare con lo sguardo un genitore, come facevano tanti altri. Si diresse spedito verso i cancelli della PETITE ÉCOLE, sorrise a una delle maestre e prese per mano una bambina con i boccoli biondi, caricandosi in spalla il suo zainetto rosa e dorato da cui penzolavano vari animaletti di peluche.

Rachel trasalì. Una sorellina. Marco aveva una sorella. Rachel non si aspettava neppure questo. In fondo, però, era prevedibile. Perché Lucy non avrebbe dovuto avere più di un figlio? Magari oltre a quella bambina ce n'erano altri. Chissà se Michael ne era al corrente.

Li seguì fino alla fermata dell'autobus e salì insieme con loro su una corriera sgangherata dove faceva un freddo cane. Dopo mezz'ora, la corriera uscì dall'autostrada e percorse alcune strade trafficate del centro di Nizza. I due bambini scesero e proseguirono a piedi. Dopo quasi venti minuti arrivarono a una casetta celeste sulla collina del Castello, arroccata fra un tornante e l'altro della strada, che aveva le finestre incrostate di salsedine dalla parte del mare e nere di polvere dalla parte della strada. Marco infilò una chiave nella porta scrostata su cui era scritto «Maison de la Mer» e sparì dentro con la sorella.

Rachel non sapeva che cosa fare. Il sole stava scendendo lentamente verso l'orizzonte e la temperatura cominciava a calare. Pensò alla camera dell'albergo, ben riscaldata, con il letto comodo e gli accappatoi di spugna. Pensò a una cenetta in un bistrot o una brasserie. Vide muovere delle ombre dietro i vetri sporchi, poi si accesero le luci e le tende vennero chiuse. Dalla finestra in basso si vedeva un ometto con i baffi e la barba arruffata seduto davanti al computer in una stanzetta squallida, con le pareti scrostate. Vicino al campanello della porta era scritto «Concierge».

Rachel rimase un momento lì, incerta se suonare o meno. Avrebbe anche potuto chiedere al portiere in quale stanza era Lucy, ma poi? Sarebbe stata smascherata prima ancora di passare all'azione. D'altra parte, non poteva restare lì tutta la notte. Era assai improbabile che Lucy e i bambini uscissero di nuovo, visto che stava imbrunendo... Ma, mentre faceva queste considerazioni, sentì dei rumori dietro la porta e si spostò, fingendo di guardare il cellulare. Marco e la sorella erano usciti dall'ostello e dietro di loro era apparsa una donna alta e snella, con lunghi capelli scuri, cappottone di velluto, scarponcini, berretto con il pompon di pelliccia e una custodia da violino in spalla. La figlia piccola aveva i paraorecchie e il ragazzo indossava guanti da sci e uno sciarpone intorno al collo.

Rachel li seguì mentre scendevano verso il centro. Dopo una decina di minuti sbucarono in una piazza illuminata da lampioni, lucine decorative e insegne di bar e ristoranti su tutti e quattro i lati. Lucy e i bambini si fermarono lì. Rachel si sedette su una panchina e li osservò. Lucy stese per terra un tappetino da yoga, lo coprì con un plaid e vi fece sedere i bambini, che aprirono i rispettivi zainetti. Lucy tirò fuori il violino dalla custodia, si levò il berretto e si sistemò i capelli. Poi si mise il rossetto e si tolse il cappotto informe rimanendo con un abitino nero aderente, con la vita stretta, un cardigan grigio e un foulard di seta intorno al collo.

Rachel la fissava incantata. Lucy, in carne e ossa. La aveva davanti, avrebbe potuto toccarla. Eppure quella donna aveva un che di diafano, sembrava quasi un'apparizione, una creatura che sarebbe potuta sparire al prossimo alito di vento. Era bellissima. Di una bellezza irraggiungibile per Rachel, che pure si considerava attraente.

Erano le cinque e mezzo e ormai era buio. I ristoranti stavano cominciando a riempirsi e c'erano turisti e gente del luogo a passeggio. Rachel guardò Lucy mentre si sistemava il violino sotto il mento, sollevava l'archetto e attaccava con gran foga *Titanium*. Il brano colse Rachel così di sorpresa che le scappò da ridere. Si aspettava Beethoven o Vivaldi, non David Guetta.

Poi Lucy suonò *Valerie* e quindi un pezzo di Adele, ma con grande serietà, con il cuore, come se non si trattasse di musica pop. Nessuno si fermava ad ascoltare. Neanche una moneta nella bombetta rovesciata ai suoi piedi. Rachel tirò fuori dal portafoglio una banconota da venti euro, si alzò e andò ad ascoltare il resto della canzone di Adele. Batté le mani, sorrise e disse: «Complimenti. Lei è bravissima».

Lucy sorrise, ma con l'espressione guardinga di chi è costretto a guardarsi sempre le spalle. «Grazie. Molto gentile».

Parlava un inglese aristocratico, come le clienti di Liberty, e come tutte le privilegiate che non hanno mai nemmeno pensato di smussare il loro accento per passare inosservate.

Rachel le diede i venti euro. «Tenga».

«Grazie!» esclamò Lucy sorpresa. «Molto generosa».

«No. Lei suona divinamente. E in questa stagione il pubblico scarseggia, temo».

«Purtroppo sì» rispose Lucy e fissò la banconota per un attimo, prima di ripiegarla e mettersela in tasca.

«Posso offrirvi qualcosa di caldo?» chiese Rachel. «Un *vin chaud* per noi e una cioccolata per i bambini?»

«Grazie. Volentieri. Un *vin chaud* è proprio quello che ci vuole. La ringrazio, davvero». Si voltò verso i figli e disse: «La signora chiede se avete voglia di una cioccolata calda».

I due bambini annuirono e Rachel sorrise. «Va bene. Allora due *vins chauds* e due cioccolate calde. Torno subito».

Mentre aspettava che il cameriere la servisse, guardò Lucy che si rimetteva il violino sulla spalla e suonava *The Whole of the Moon* così meravigliosamente che a Rachel vennero le lacrime agli occhi.

Tornò da lei, porse la cioccolata ai due bambini, che la ringraziarono in inglese con un lievissimo accento francese, e posò il vino per terra, vicino a Lucy, che le sorrise e portò a termine il brano. Rachel applaudì e Lucy le fece un inchino.

«Che bell'esecuzione» si complimentò Rachel. «Ha studiato al conservatorio?»

Lucy scoppiò in una risatina amara. «No» rispose. «Proprio no. Ma ho avuto una maestra che aveva studiato al conservatorio e che suonava quasi esclusivamente pop. Così questo ho imparato».

«Be', direi che era un'ottima insegnante» osservò Rachel. Avvicinò il bicchiere di carta a quello di Lucy. «Cin cin. Lei è inglese, vero? Di dove?»

«Sono nata a Londra, ma abito in Francia da quando ero ragazzina».

«E come mai si è trasferita?»

«Motivi di famiglia». Lucy assaggiò il vino, poi chiese: «E lei? Vive in Francia?»

«No, a Londra. Sono qui perché...» Si leccò le labbra. «Avevo bisogno di una piccola vacanza per conto mio. Vede, l'anno scorso di questi tempi ero in viaggio di nozze, ma ora sono separata e... Volevo staccare, evadere dalla realtà per qualche giorno».

«Buffo come la gente pensi che questa non sia realtà» commentò Lucy indicando la piazza. «Per me è la realtà quotidiana».

«Sì, certo, capisco. Quindi questa...» Rachel indicò il violino nella custodia. «È una scelta di vita? Non è...»

«No, non è una scelta di vita. È una scelta dettata dalla necessità. Le assicuro che me ne starei volentieri a casa, al calduccio, a guardare la tv, se avessi un conto in banca che me lo permettesse. Purtroppo, invece...» Sospirò. «No, non era questo che sognavo di fare nella vita. Tutt'altro».

«Ne deduco che è una madre single».

«Sì. Non era mia intenzione tirar su due figli da sola, ma è andata così».

«Che cos'è successo ai loro padri?»

«Be', uno è sparito lasciandomi a L'Ariane con sei mesi di affitto da pagare. L'altro...»

Rachel la guarda attentamente, con il batticuore.

«L'altro era un essere abietto e disgustoso».

Rachel sente contrarsi una guancia. «Accipicchia. In che senso?»

«Nel solito senso, comune a tanti uomini. Ha presente, no?»

Rachel la guardò negli occhi e vi lesse un misto di paura e dolore.

«La picchiava?» chiese sottovoce per non farsi sentire dai bambini.

Lucy lanciò un'occhiata ai figli e annuì.

«E quanti anni siete stati assieme?»

«Non tanti, ma troppi. Assolutamente troppi. Capisce?»

«Capisco molto bene» replicò Rachel. «Il mio ex non mi ha mai picchiato» disse abbassando di nuovo la voce. «Ma è stato violento in altri modi. E, se fossi rimasta con lui, prima o poi avrebbe cominciato a menarmi».

Lucy annuì, spalancò gli occhi e Rachel si accorse che erano pieni di lacrime. Poi Lucy allungò una mano e gliela posò sul braccio. Rachel abbassò lo sguardo e sbatté le palpebre. «Posso fare qualcosa?» chiese. «Per lei e per i bambini?»

«No, no, grazie. È stata già fin troppo generosa. Grazie comunque».

Rachel aprì la borsa, tirò fuori il portafoglio e prese altri due biglietti da venti. «Ecco, tenga» disse. «Si conceda una serata di libertà: vada a casa, ordini una pizza, metta a letto i bambini. Sta iniziando a fare freddo».

Lucy guardò i soldi senza prenderli e Rachel già temeva che rifiutasse. Invece no: Lucy li accettò e se li infilò in tasca. Poi si asciugò le lacrime con il dorso della mano, raccolse il violino e, a testa alta, disse: «Le suono una canzone, almeno. Che brano le posso dedicare?»

Rachel si ficcò le mani in tasca e inspirò a fondo per scacciare le lacrime. «Un brano da dedicare a noi?»

«Va bene».

Rachel pensò un momento, alzò gli occhi al cielo, li riabbassò e disse: «*Firework*? Di Katy Perry?»

Lucy annuì. La conosceva. Sollevò l'archetto e suonò per tre minuti, durante i quali Rachel non fece altro che piangere, cantando silenziosamente le parole, sopraffatta da un senso di sollievo travolgente per la prima volta da mesi: non era sola al mondo.

50.

Giugno 2019

Marco bussa alla porta color petrolio usando il batacchio a forma di volpe. Guarda la madre, che guarda lui. Dopo un momento riprova. Poi fa un passo avanti e appoggia l'orecchio alla porta. Niente. Non c'è nessuno che respira dall'altra parte, non si sentono passi, radio, tv, sbatacchiare di pentole, squilli di telefono. Silenzio assoluto.

«Zio Henry?» grida Marco. «Zio Henry? Sono io, Marco. Ci sei?»

Bussa un'altra volta. Due. Tre. Sospira. «E adesso?» chiede a sua madre.

Lucy guarda l'ora sullo smartphone. «Andiamo a mangiare un boccone?»

Dalla colazione al Quik E Burger quella mattina, non hanno più messo nulla sotto i denti, a parte il gelato allo zoo. Marco annuisce e vanno alla brasserie di fronte, quella che Peter Lilley diceva avere un nome corto. In realtà si chiama Blanche.

Si siedono fuori e consultano i grossi menu consegnati da una bionda sorridente con le trecce. «Vi porto da bere, intanto?»

Lucy ordina un bicchiere di vino e la cameriera chiede: «Siete inglesi?»

«Sì» risponde lei con un sorriso.

«Come mai a Chicago?»

«Stiamo cercando un vecchio amico».

«Davvero? Sa che è la seconda persona inglese che mi dice di essere a Chicago alla ricerca di una vecchia conoscenza? Magari il primo che me lo ha detto sta cercando lei!»

Marco lancia un'occhiata alla madre.

«Davvero?» chiede lei senza fare una piega. «Che tipo era? Me lo può descrivere?»

«Avrà avuto più o meno la sua età. Biondo. Forse tinto, però. Molto elegante. Molto gentile. Le dice qualcosa?»

«Sì, forse. Potrebbe essere mio fratello».

«Sul serio?» si stupisce la ragazza. «Che roba! E state cercando tutti e due la stessa persona?»

«Credo di sì. Anche se adesso non riesco più a contattare neppure lui».

«Che casino! Va be', se lo rivedo, gli dico che lo sta cercando».

«Gli dica di chiamarmi, per piacere. Sa che siamo qui. Deve semplicemente farmi una telefonata, mandarmi un messaggio».

La cameriera si allontana e Marco fissa la facciata del palazzo di fronte.

«Qual è la finestra dell'appartamento con la volpe, secondo te?» domanda alla madre.

«Quella, probabilmente». Lucy indica una finestra al primo piano.

«Cerchiamo di rimanere seduti qui il più possibile».

«D'accordo» risponde sua madre. «Adesso però decidiamo che cosa ordinare».

Marco legge sul menu la parola *schnitzel* e gli viene in mente un momento simile, in un dehors. Era successo l'estate precedente, poco prima di lasciare la Francia. «Ti ricordi quando ti si è rotto il violino e non avevamo i soldi per farlo riparare? In Francia? Ti ricordi che siamo andati a mangiare fuori e io non volevo finire la mia cotoletta perché ero arrabbiato con te che non mi volevi spiegare come mai facevamo una vita tanto di merda?»

«Sì» risponde Lucy con un'ombra di tristezza nella voce. «Me lo ricordo. Siamo andati a lavarci in uno stabilimento balneare e poi io e te abbiamo dormito sotto un ponte perché pioveva. Ti ricordi che temporale?»

«Sì. Veniva giù tipo cascata».

«E io dov'ero?» domanda Stella.

«Da Mémé».

«E come mai c'ero solo io?»

«Perché per noi non aveva posto e Fitz puzzava».

«Quando mi lasciavate da Mémé io piangevo. Non ci volevo stare».

«Lo so. Lo so, tesoro mio. Neanch'io ero contenta di lasciartici, sai? Ma all'epoca non potevo fare altrimenti. Eravamo in una bruttissima situazione».

«Più brutta che adesso?» chiede Marco.

Osserva sua madre per vedere come reagisce, per capire la gravità della situazione.

«Per certi versi, sì» risponde lei. «Non essere in grado di dar da mangiare ai propri figli è la cosa peggiore, per un genitore. Adesso perlomeno abbiamo di che sfamarci e vestirci, abbiamo un tetto sopra la testa...»

«Non è nostro, però».

Marco si accorge di aver irritato la madre. «No, non è nostro. Il nostro tetto ci aspetta in Inghilterra».

«Neanche quello è nostro».

«No. Parlo del tetto della casa che comprerò appena torneremo».

«Che però non abbiamo ancora».

«Qui ti devo smentire, perché ho fatto un'offerta per una casa la settimana scorsa ed è stata accettata. Sto aspettando che mi telefoni l'agenzia per confermare che tutte le pratiche siano in ordine. Salvo imprevisti, dovremmo trasferirci entro la fine dell'estate. Se non prima».

«Che casa è?» chiede Stella.

«Una casa antica».

«A me piacciono le case moderne» protesta Marco.

«Lo so, ma ti prometto che ti lascerò arredare camera tua come ti pare. La potrai fare tutta bianca e super minimal».

«Avrò il mio bagno privato?»

«Sì».

Marco ripensa al bagnetto piccolo e pieno di infiltrazioni in fondo al corridoio dell'ostello di Giuseppe a Nizza, che condividevano con altre due famiglie. Ripensa a quando di notte gli brontolava lo stomaco per la fame. Alle mattine in cui si svegliava con i piedi della sorella in faccia, perché dormivano in tre in un letto. Al freddo che prendevano per strada, seduti su un tappetino da yoga sull'asfalto gelido delle varie piazze di Nizza in cui Lucy suonava il violino sperando nella generosità dei passanti. E poi pensa all'ultimo anno, che è stato il più bello della sua vita. È cominciato tutto quando ha conosciuto sua sorella Libby e lo zio Henry e sono andati a stare nella sua bellissima casa, con letti comodi e lenzuola di seta, impianto di allarme e televisore al plasma, frigorifero computerizzato pieno di cibi freschi, doppi vetri alle finestre per non sentire i rumori della strada, gatti domestici cui era consentito accoccolarsi su letti e divani, doccia con miscelatore e getto regolabile. Da allora Marco ha provato che cosa vuol dire avere una casa, una famiglia, la libertà di uscire a giocare e di portare a casa gli amichetti, pasti regolari, vestiti nuovi, calore, sicurezza e tranquillità. E adesso che scopre che la sua vita sta per cambiare ancora una volta, prova un senso di vertigine, come se stesse camminando su una corda tesa sopra un abisso.

51.

Samuel

Sono le sei del mattino e sul treno ci sono passeggeri insonnoliti che a quest'ora antelucana tornano dal lavoro e passeggeri insonnoliti che invece ci stanno andando. Faccio parte della seconda categoria, ma non sono per niente insonnolito. Anzi, sono adrenalinico, combattivo, determinato.

Appena arrivo in ufficio accendo il computer e prendo uno di quei caffè che a tutti fanno schifo e invece a me non dispiacciono. Nessuna novità circa Marie Caron e Phineas Thomson. Ho un collega a Chicago con cui ho collaborato qualche anno fa nel corso di un'indagine, che a titolo di favore personale mi lascerà assistere da remoto all'interrogatorio di Caron e Thomson, quando l'Interpol li avrà rintracciati. Gli scrivo per aggiornarlo, poi riprendo le mie ricerche su Justin Redding, percussionista degli Original Version, che tutti considerano troppo buono per essere un assassino. Ho chiesto di verificare se risultasse fra gli ex allievi dei vari conservatori del Paese, ma finora non ho ottenuto risposte. Ho chiesto agli ospedali e all'ordine dei medici, ma neanche loro si sono fatti risentire. Ho l'impressione che Justin Redding (a) sia morto, (b) stia rintanato in qualche luogo sperduto o (c) abbia cambiato nome, come tutti gli altri protagonisti di questa vicenda. O forse Redding era un nome d'arte. In quel caso, non vedo come potremo rintracciarlo. Speravo che la notizia dell'assassinio di Birdie mettesse paura a qualcuno, facesse tornare la memoria o scatenasse qualche scrupolo di coscienza a qualcuno da qualche parte. Invece no. Silenzio totale. Calma piatta. Nessuno si è fatto avanti. Chi era l'uomo che era stato temporaneamente ospite a Cheyne Walk venticinque anni prima insieme con una donna che nel frattempo è stata uccisa?

Poi mi concentro sul cane della madre di Libby. Come posso fare a scoprire la verità? Cerco su Facebook. La madre di Libby si chiama Alyssa Rutherford Jones. La trovo facilmente e vedo che il profilo non è privato: scorro le immagini, che sono tantissime. Alyssa Rutherford Jones sembra avere una vita molto movimentata. Ama i colori vivaci nell'abbigliamento, nei cocktail, nei ristoranti e persino nei cuscini variopinti sui quali si siede sotto cieli di un azzurro abbagliante. Ha un compagno che dimostra meno anni di lei, sempre vestito di bianco e con i denti troppo bianchi. La madre di Libby sembra fare una vita molto piena in Spagna. E non sembra proprio avere un cane. Non ci sono cani in nessuna delle foto. Il cagnetto bianco e marrone di cui si prende cura Libby non compare da nessuna parte. Non mi servono altre conferme. Mi sento molto più sicuro della strada che ho imboccato.

Resta ancora un pezzo da chiarire: D. Thomson.

Ripenso al DT trovato fra le persone scomparse dal giornalista Miller Roe e mi chiedo se Roe avesse almeno scoperto se la T stava per Thomson. Decido che gli ho già concesso sin troppo tempo. Sono stufo di aspettare che si faccia vivo. Lo voglio stanare. Chiamo un collega e chiedo che mi localizzi il cellulare. Un'ora dopo mi arriva la risposta e non rimango più di tanto sorpreso nell'apprendere che Miller Roe in questo momento si trova assai vicino alla residenza di Dido Rhodes.

Per educazione aspetto le otto prima di telefonare a Libby.

«Buongiorno, signorina Jones. Spero di non disturbarla».

«No, no» risponde lei con voce assonnata. «Ero già sveglia».

«Bene. Mi fa piacere. Volevo chiederle: lei è ancora a casa della sua amica Dido?»

«Sì, sono ancora qui».

«Ho capito. Senta, noi abbiamo appuntamento più tardi e la ringrazio ancora una volta della disponibilità. Ma ho motivo di credere che anche Miller Roe sia lì con lei. Sbaglio?»

Lungo silenzio assordante. Aspetto che finisca.

«Miller...?»

«Roe. Il giornalista che firmò l'articolo di cui parlavamo, quello uscito sul *Guardian* quattro anni fa. Vede, lo sto cercando in lungo e in largo, gli ho mandato messaggi e email, ma non mi ha mai risposto. Sono andato anche a casa sua e un vicino mi ha detto che ormai ci stava poco perché abita con la fidanzata. Ora sono venuto a sapere che si trova molto vicino a lei e mi è venuto il dubbio che sia lei la sua fidanzata. Sia gentile, signorina Jones, me lo passi. Mi faccia questo favore».

Silenzio. Immagino che Libby Jones stia guardando Miller Roe con occhi imploranti e lui stia facendo no con la testa.

«Non è qui» risponde Libby dopo un po'.

«Il suo smartphone risulta assai vicino al suo, signorina Jones. Vuol dire che lo ha dimenticato?»

«No, non... cioè, non credo».

Lascio che il silenzio si prolunghi nella speranza che Libby Jones veda la luce e capisca che continuare così è totalmente inutile. Dopo un po', sento che passa il telefono a qualcuno.

«Ispettore Owusu? Sono Miller Roe» dice una voce di uomo.

«Finalmente, signor Roe! Che piacere sentirla».

«Che cosa posso fare per lei?»

«Moltissime cose, signor Miller. Lei può fare moltissimo. Oggi io e la signorina Jones abbiamo un appuntamento nel mio ufficio e le sarei immensamente grato se venisse anche lei. Pensa di riuscirci?»

«Di che cosa si tratta?» chiede Roe in tono brusco, agitato.

«Sono certo che la signorina Jones gliene abbia parlato. Comunque, si tratta del misterioso caso di Serenity Lamb e la sua zampa di coniglio. Ho fatto una serie di riflessioni sul suo articolo e penso di poter risolvere alcune delle incognite che incontrò lei a suo tempo».

Sento che espira rumorosamente. «Sì, va bene. A che ora è l'appuntamento?»

«Alle tre. Ma se le viene scomodo, possiamo cambiare».

«No, no, le tre va bene».

«Perfetto. Allora vi aspetto. Grazie, signor Roe».

Poso il telefono riflettendo che Libby Jones e Miller Roe hanno tutta la mattinata per accordarsi sulle frottole da raccontarmi.

Non ha importanza. Mi troveranno pronto.

52.

Febbraio 2018

Rachel rimase turbata per giorni, dopo il viaggio a Nizza. Turbata da Lucy. La bella, eterea e sfortunata Lucy; i suoi figli che sopportavano stoicamente il freddo e il buio; la bombetta rovesciata senza soldi dentro. La turbava il pensiero di quello che Michael poteva averle inflitto e la consapevolezza di non poter fare niente per lei, per aiutarla, per darle una mano.

Ma la vita a Londra riprese come sempre. Liberty chiese alcune modifiche alla collezione, alcuni gioielli vennero tolti, ne vennero aggiunti di nuovi e Rachel rinegoziò il prestito in banca e assunse un altro orafo. Mentre era in fila alla cassa nella caffetteria dove andava sempre a fare colazione, un uomo la invitò a cena, con grazia e un certo fascino, ma nonostante fosse bello come il sole, Rachel rifiutò. «Sono sposata» gli disse. «Le migliori sono tutte già prese» commentò lui. E per un attimo Rachel rimpianse di non aver accettato: che si fosse appena lasciata scappare l'uomo della sua vita? Ma a tenerla con i piedi piantati per terra fu il pensiero che nel giro di un anno avrebbe tagliato definitivamente ogni legame con Michael.

Non saltava quasi più le lezioni di yoga, si fece un taglio di capelli azzardato di cui si pentì subito e fu sul punto di adottare un cane, poi si rese conto che sarebbe stata una follia e lasciò perdere. Cominciò a lavorare a un braccialettino d'argento per il primo compleanno di Ava, la figlia di Dom. Verso metà aprile si sentì oppressa dall'avvicinarsi dell'anniversario della terribile nottata in cui aveva lasciato Michael ed era tornata a casa propria. Provò a fare finta di niente, ma non riusciva a non pensarci e, rendendosi conto di essere sull'orlo di una crisi depressiva, per distrarsi decise di invitare a cena il suo team, e cioè Paige, i tre orafi e il padre.

Uscì prima dal lavoro e lungo la strada di casa si fermò a fare la spesa. Preparò una playlist allegra su Spotify, si versò un bicchiere di vino e scacciò i brutti pensieri concentrandosi su ricette complicatissime, cantando e godendosi la tiepida ebbrezza dell'alcol.

Suo padre arrivò con un mazzo di gigli e una bottiglia di champagne.

Rachel lo abbracciò e si accorse che era dimagrito. Lo aiutò a togliersi il cappotto, lo osservò e le parve pelle e ossa. «Hai perso peso».

«Non mi pare».

Rachel lo guardò negli occhi e vi lesse una sofferenza di cui non capì la natura. Le venne la pelle d'oca. «Stai poco bene, papà? Hai qualche disturbo?»

«Ma no, cosa dici. Sto benone. Va' a mettere la bottiglia in frigo, su». Le passò lo champagne e Rachel occhieggiò l'etichetta e vide che non era champagne, in realtà, ma uno spumante spagnolo. Lo beveva spesso e le piaceva, ma le parve strano perché, in trentaquattro anni che lo conosceva, ai suoi ospiti Gold aveva sempre e solo portato champagne.

«Come mai hai preso il Cava?» gli chiese.

«Oh. Ah». Risatina nervosa. «Me l'ha consigliato una simpatica signora al supermercato. Secondo lei, è addirittura migliore dello champagne e costa la metà. Non ho voluto discutere».

In cucina, Rachel tolse i gigli dalla plastica. Suo padre li aveva comprati da Tesco, non dal fiorista in St John's Wood High Street dove andava di solito, che vendeva le ortensie a otto sterline l'una. «Ti ha consigliato anche i fiori, la simpatica signora del supermercato?» lo stuzzicò.

«No. Quelli li ho scelti da solo. Mi sembravano belli».

«Lo sono. Grazie».

«Figurati. Ti trovo bene, figlia mia».

«Grazie». Rachel dispose i fiori nel vaso e lo guardò. «Davvero stai bene, papà? Mi sembri un po'...»

«No, te l'ho detto: sto benone. Un po' stanco, forse. Cosa prepari di buono?»

Rachel gli illustrò il menu e lui replicò con le giuste esclamazioni e dichiarò di avere una fame da lupi, ma era evidente che non era vero. Rachel gli diede un sacchetto di patatine da distribuire in varie ciotole e gli chiese di tirare fuori i bicchieri da vino. Lo osservò attentamente e giunse alla conclusione che il padre non stava affatto bene. Il pensiero che fosse malato la gettò nella disperazione: non aveva nessun altro, a parte lui.

«Senti» disse Gold a un certo punto, voltandosi verso la figlia. «Mi dispiace sollevare l'argomento, ma ti volevo chiedere: dopo quella volta da Liberty, Michael ti ha più dato noia?»

«No. Per fortuna, non si è più fatto sentire. Ogni tanto Dom mi racconta qualche pettegolezzo sul suo conto. Pare stia ancora con Ella».

«Ella?»

«Ti ricordi che te ne avevo parlato? Quella che flirtava con Michael alla festa di Natale di due anni fa? Be', pare che appena dopo la mia uscita di scena se lo sia accaparrato».

«Sì, mi ricordo».

«Pare che Michael sia rientrato dei soldi perduti, perché spende e spande. Ristoranti di Mayfair, roba di lusso».

Gold sospirò. «Mi dispiace, figlia mia».

«Lo so, è uno schifo. E lui è uno schifoso che traffica in schifezze. Chissà da dove arrivano quei denari. Preferisco non pensarci».

«Che spenda e spanda con un'altra donna dopo aver trattato te a quel modo è veramente brutto. Orribile».

Rachel alzò gli occhi sorpresa. A suo padre si era incrinata la voce. Aveva le lacrime agli occhi. «Oh, papà!» disse Rachel avvicinandosi per cingergli le spalle. «Non piangere, salame! Non è proprio il caso, sai? Va tutto bene. Dovunque Michael abbia preso quei soldi, prima o poi i nodi vengono al pettine».

«Lo so, lo so. Intanto, però... Quando penso a come ti ha trattata, al male che ti ha fatto, alle balle che ti ha raccontato... E adesso fa il furbo con un'altra. Mi fa vomitare, Rachel. Mi fa letteralmente vomitare».

Rachel lo guardò negli occhi. Gold era angosciato e tratteneva a stento le lacrime. «Papà?»

«Niente, niente. Cambiamo discorso. Raccontami qualcosa di bello. Come va il lavoro?»

Rachel non voleva cambiare discorso. La reazione emotiva di suo padre l'aveva colpita, e avrebbe voluto capire che cosa c'era dietro. Ma sapeva che, se suo padre aveva deciso di non dirle niente, non gli avrebbe cavato una parola. E così, preparando da mangiare e sorseggiando altro vino, gli riferì gli ultimi dati sulle vendite e gli raccontò dell'ordine che aveva ricevuto online quella mattina dalla moglie di un attore premiato con l'Oscar. Alle otto suonò il citofono e arrivò Paige con una bottiglia di tequila e una pianta grassa. Poco dopo si presentarono i tre orafi, con birre e una torta al cioccolato. Rachel tenne d'occhio il padre tutta la sera, sorridendo del brio che tirava immancabilmente fuori in compagnia di gente più giovane, e così per un po' poté illudersi di aver immaginato tutto: l'angoscia nei suoi occhi, il calo di peso, la collera a stento repressa, la netta sensazione che ci fosse qualcosa che non andava. Per un po', si illuse di non avere nulla di cui preoccuparsi.

«Sto pensando di mettere in vendita la casa».

Era passato un mese dalla sera della cena a casa di Rachel ed era metà maggio, la stagione più bella dell'anno. Gold aveva invitato a pranzo la figlia. Aveva sentito parlare di una nuova pizzeria e voleva andare a provarla.

Rachel si era stupita, perché di solito non la invitava in pizzeria, ma in ristoranti sciccosi dove i camerieri ti riempivano il bicchiere appena finivi di bere e servivano il burro su piattini d'argento. Nella pizzeria di quel giorno, invece, il burro arrivò in miniconfezioni di carta stagnola e la musica di sottofondo era pop italiano.

Nel sentire il proposito di Gold, Rachel fece un salto sulla sedia. «Come, scusa?»

«Sì, voglio vendere la casa. È troppo grande per me solo. L'ho tenuta tutti questi anni pensando che un giorno...» Non concluse la frase, ma Rachel capì che si riferiva ai nipotini che ormai disperava di avere. «Sì, è troppo grande. E mi fa comodo avere un po' più di liquidità».

Rachel scosse piano la testa. Aveva sempre pensato che suo padre avesse un sacco di soldi in banca. «Per fare cosa?»

«Niente. Per tirare avanti. Voglio dire, mi aspettano forse altri vent'anni di discreta salute e poi altri dieci di declino: bisogna che mi attrezzi».

«Scusa, ma...» Rachel si morse la lingua. Stava per dire: *Scusa, papà, non hai un sacco di soldi in banca?* Ma le sembrò brutto. In realtà, che cosa ne sapeva lei della situazione economica di suo padre? Gold non parlava mai di soldi. Rachel aveva dato per scontato che fosse ricco perché conduceva un'esistenza da ricco. Benché, ultimamente, avesse abbassato notevolmente il tenore di vita: Cava invece che champagne, fiori di supermercato, la pizzeria... «Come credi, papà. Ma penso che se aspettassi ancora un po' la venderesti meglio. Il mercato immobiliare sta...»

Gold la interruppe, serissimo, teso. «No, non posso aspettare ancora un po'. Se ci perdo qualche migliaio di sterline, pazienza. Devo organizzarmi, Rachel. Presto sarò troppo vecchio per tutte quelle scale».

«Papà, hai solo sessantaquattro anni!»

«Sì, ma è meglio che sistemi tutti i miei affari finché ho la testa per farlo. Voglio comprarmi una casa più a misura di... nel caso non fossi più autosufficiente. Voglio prevenire il più possibile i problemi e risparmiarti delle grane. Meglio avere una casa più piccola e con meno barriere architettoniche».

Rachel guardò il padre in preda a un senso di profondo sgomento. «Oddio, papà. Non stai bene? Ti hanno trovato qualche brutta malattia? È per questo che sei dimagrito? Ti prego, papà: dimmi la verità». Aspettò che il padre le rispondesse con il batticuore.

Gold scosse la testa. «No, non ho nessuna malattia. Giuro. Godo di ottima salute. Però voglio sentirmi pronto. Pronto a tutto, capisci?»

«Me lo giuri?»

«Te lo giuro, Rachel. Lo giuro sulla tua testa».

La casa venne messa in vendita la settimana successiva. Evidentemente Gold non solo ci aveva pensato bene, ma aveva anche preso delle iniziative concrete, senza consultare la figlia. I primi che andarono a vederla fecero un'offerta che Gold accettò a fine maggio. A inizio giugno versò l'anticipo per un residence per anziani in un bel palazzo vicino a Regent's Park e per diverse settimane Rachel passò tutto il suo tempo libero ad aiutarlo a riempire scatoloni in preparazione del trasloco.

Suo padre aveva una casa molto grande, ma ben tenuta e ordinata. Da quando era rimasto vedovo, aveva affidato le pulizie a una domestica e quindi Rachel non trovò sgradevoli sorprese sotto i letti o in fondo agli armadi, ma pile perfette di biancheria che bastava trasferire nelle scatole, raccoglitori di documenti in ordine cronologico, ricordi di famiglia già imballati e conservati in soffitta. L'unica stanza in disordine era lo studio, che era piccolo e accogliente e dava sul giardino. Da quando era in pensione, Gold ci passava gran parte del suo tempo, d'inverno accendeva la stufa a gas e guardava film sul portatile. Spesso ci mangiava pure. C'erano sempre stratificazioni di giacche, cravatte e cardigan appesi allo schienale della poltroncina e qualche paio di scarpe sotto la scrivania. E poi bicchieri di carta sporchi di caffè, con l'involucro delle sue merendine preferite appallottolato dentro. Gold lo chiamava «il mio antro» e lo proteggeva dalle intrusioni di estranei: nemmeno la domestica poteva metterci piede. Teoricamente, neppure Rachel ci sarebbe potuta entrare, ma siccome aveva finito il nastro adesivo, andò a cercarlo lì.

In cerca di un rotolo di scotch frugò nei cassetti, spostò carte e guardò sugli scaffali della libreria. Fu così che le cadde l'occhio su un fascio di estratti conto bancari che sporgevano pericolosamente da un ripiano. Li prese e si guardò in giro in cerca di un posto dove metterli. Nel posarli sulla scrivania, li guardò meglio e rimase esterrefatta. Le cifre su quei fogli non avevano senso. C'erano due bonifici, uno di 100.000 sterline e uno di 250.000, effettuati rispettivamente tre settimane e tre giorni prima, su un conto intestato a un beneficiario indicato con una strana sigla: PMX Acc.dx. Andò a controllare il saldo: 12.200 sterline. Cercò nei cassetti gli estratti conto precedenti e ne trovò uno, mai aperto, in mezzo a volantini e pubblicità. Strappò la busta e guardò: altri due bonifici risalenti ad aprile, uno di 150.000 e l'altro di 100.000 sterline. Prese lo smartphone e cercò su Google PMX Acc.dx: zero risultati. Provò PMX soltanto e ne ottenne talmente tanti – software company, siti di musica punk, social media manager e quant'altro – che non sapeva da che parte cominciare.

Suo padre era in giardino e stava svuotando il casotto degli attrezzi, che si accingeva a dare via perché il nuovo appartamento non aveva spazi verdi. Prese in mano i fogli e uscì. «Papà?» Bussò con delicatezza alla parete di legno del casotto.

Gold si voltò e le sorrise. «Dimmi, cara».

«Ti posso parlare un momento? Di una questione delicata?»

«Oh». Gold posò il sacchetto di piantine che aveva in mano. «Sì, certo».

Si andò a sedere al tavolo da giardino e Rachel prese la sedia di fronte a lui.

«Papà, cos'è la PMX?»

«La BMX? Non è una bici?» Arrossì, come se la domanda lo avesse spiazzato.

«No, con la P. PMX. Ecco, è sui tuoi estratti conto. Guarda». Allargò i fogli sul tavolo. «Negli ultimi tre mesi hai bonificato a questa misteriosa società ben seicentomila sterline».

«Ma cosa dici? Figuriamoci!» Inforcò gli occhiali, tossicchiò, lesse gli estratti conto senza fare una piega, vi batté sopra due dita e si tolse gli occhiali. «Ah, sì. È un fondo di investimento che mi ha raccomandato il mio consulente finanziario. Pare frutti bene».

«D'accordo, ma per quale motivo ci hai messo tutti i tuoi soldi? Ti sono rimaste soltanto dodicimila sterline».

«Su quel conto sì. Ma non è l'unico che ho. E a ogni modo sto per incassare il ricavato della vendita della casa, no?»

«Sono un sacco di soldi, papà! A chi li hai dati? Mi dici il nome del fondo, così mi informo su chi sono?»

«Non mi ricordo».

«Be', allora dimmi come si chiama il tuo consulente finanziario e lo chiedo a lui. C'è qualcosa che non mi quadra, papà. A me quelli sembrano pagamenti, non investimenti. E comunque non capisco perché hai deciso di rimanere con così poco sul conto».

«Te l'ho detto: ho più conti».

«Davvero? In quali banche? Me li fai vedere, papà? Li vorrei vedere. Hai la app sul telefono?»

«Sì, credo...»

«Bene, allora aprili e fammeli vedere».

«No, Rachel. Lascia perdere».

«Per favore, papà. Voglio solo assicurarmi che sia tutto regolare, che non ti abbiano fregato. Dai, fammi vedere».

Gold chinò pesantemente il capo, poi rialzò lo sguardo, sospirò e disse: «Non ti preoccupare. Ho tutto quello che mi serve».

«Ma come faccio a non preoccuparmi, scusa? Sei magro come un chiodo, ti comporti in un modo che non è da te... Per favore, fammi parlare con il tuo consulente finanziario. Vorrei capire che cosa ti ha raccomandato di fare, di preciso. Perché, vedi, dubito fortemente che ti abbia consigliato di investire tutto, fino all'ultimo centesimo. Dai, papà: dimmi come si chiama».

«No, Rachel. Non voglio». Gold lo disse con durezza, alzando la voce. «Non insistere. Sono io che te lo chiedo per favore».

Rachel non aveva mai sentito suo padre gridare in vita sua. Gold si alzò bruscamente e le voltò le spalle.

Rachel tornò nello studio del padre e frugò nella scrivania finché non riuscì a trovare la rubrica. La sfogliò e le cadde l'occhio su un nome familiare: Fred Kleinberg. Suo padre lo aveva nominato varie volte in passato. Lo chiamò e gli chiese della fantomatica PMX a cui Gold aveva bonificato un totale di seicentomila sterline dall'aprile scorso. Come immaginava, Fred Kleinberg cadde dalle nuvole.

«Saranno due anni che non lo vedo» disse.

«Potrebbe essersi rivolto a un altro consulente finanziario?»

«Non lo posso escludere, ma ne dubito fortemente. Suo padre non ha mai avuto l'intenzione di investire davvero, men che meno da quando è in pensione. Gli mette ansia vincolare il denaro. Gli ho fatto sottoscrivere un piccolo fondo pensione, ma più di così non ha voluto. Mi dispiace, Rachel. Spero che non sia niente di grave».

Rachel lo ringraziò, lo salutò e chiamò subito Jonathan.

53.

Giugno 2019

Samuel

Donal fa capolino dalla porta del mio ufficio, con la mano sul microfono della cornetta. «Capo, ho in linea una signora che sostiene di avere informazioni sul caso Dunlop-Evers».

Evviva! Me lo sento: questa sarà la svolta. Ai numeri verdi della polizia arrivano un sacco di chiamate di mitomani e perdigiorno, ma non quando il caso è vecchio ed è passato un sacco di tempo. Ai mitomani piace danzare fra le fiamme del momento, quando è tutto nuovo, scottante e volatile, quando ogni secondo è importante. Perciò tendo a pensare che la signora in linea abbia davvero informazioni utili.

«Passamela. Grazie».

Mi schiarisco la voce e prendo in mano una matita. «Buongiorno. Sono l'ispettore Samuel Owusu, della polizia investigativa. Mi dica».

«Oh, buongiorno. Mi chiamo Cath Manwaring e telefono dal Galles, vicino a Cowbridge. Chiamo a proposito della musicista pop che è stata ritrovata morta. Birdie...» La sento scartabellare.

«Birdie Dunlop-Evers?» la imbecco.

«Esatto. Lei. Nell'articolo del *Guardian* è scritto che conviveva con Justin Redding. Il suo compagno, giusto?»

«Sì. Giusto».

«Be', guardi, è possibile che io stia prendendo un abbaglio e che faccia una figura barbina, ma ho l'impressione che sia il mio giardiniere. Solo che di cognome fa Ugley, non Redding».

«Scusi?»

«Il giardiniere, dicevo. Di cognome fa Ugley. U-G-L-E-Y».

«Justin Ugley?»

«Esatto».

Mi verrebbe da fare una battuta sul fatto che, con un cognome così, non c'è da sorprendersi che usasse un nome d'arte, ma mi trattengo. «Quanti anni ha, all'incirca?»

«Cinquantacinque? Cinquantasei?»

Annuisco. L'età corrisponde.

«E da quanto tempo lo conosce?»

«Un anno o due».

«Perché pensa che sia lui?»

«Perché gli assomiglia. Ha la stessa faccia di uno della band. Gli Original Version. Me li ricordo, anche se per la verità avevo presente solo la faccia del cantante. Agli altri non avevo mai fatto caso. Però, quando ho visto quella foto... mi è venuto un colpo, capisce? Ho pensato: È proprio lui, Justin!»

«Sa dove abita?»

«Ho l'impressione che sia senza fissa dimora, che viva su un camper. Però l'ho visto anche uscire da un cottage in paese, qualche volta».

«Sa per caso dov'è parcheggiato questo camper?»

«Dietro al business centre. In un prato».

«Quale business centre?»

«Cowbridge Business Park. Sulla A4222. A cinque minuti di macchina dal centro del paese».

«Pensa che lo troverei al camper, se ci andassi ora?»

«Non ne ho idea. Da me viene il martedì e il giovedì. Non so cosa faccia di venerdì. Lo conosco poco, a dir la verità. È gentile, educato, ma ha anche dei problemi».

«Che tipo di problemi?»

«Tanto per cominciare, beve come una spugna. E penso che sia stato anche in prigione. Ed è un tipo solitario».

«Ha mai fatto cenno a un passato nel mondo della musica?»

«No, mai. Qualche volta però l'ho visto suonare il tamburello con la band del pub. Non se l'era portato da casa: l'ha preso e ha iniziato a suonare. Come se fosse più forte di lui, ha presente? Quindi forse sì, ha un passato da musicista».

«Sì, è plausibile».

«Ma c'è un'altra cosa che mi ha fatto pensare a lui» continua Cath Manwaring. «L'articolo sul *Guardian* parlava anche del suicidio collettivo nella casa dove Birdie morì e del fatto che probabilmente si erano preparati da soli un veleno mortale con le erbe che coltivavano nel giardino. Ora, Justin vorrebbe far rinascere il nostro orto di erbe aromatiche e officinali e mi ha detto che ha coltivato piante officinali per anni, e che faceva l'erborista. È stato per tanto tempo in una piccola azienda agricola dove coltivava erbe officinali e preparava pozioni. Ho cercato di farmi dire qualcosa di più, ma non si è voluto sbottonare».

Emetto alcuni versetti finalizzati a esprimere interesse e intanto prendo appunti che più che appunti sono scarabocchi con i quali do sfogo all'emozione. Credo a Cath Manwaring: il suo giardiniere è Justin Redding. Me lo sento.

«Come le dicevo, è un brav'uomo» prosegue la signora. «Però ha dei problemi. Non è tanto equilibrato. Nel caso fosse lui, non vorrei che finisse nei guai per qualcosa che non ha fatto. Mi sentirei terribilmente in colpa. Voglio dire, secondo lei è stato lui?»

«Signora Manwaring, non sono in grado di risponderle. Sono abbastanza certo, però, che il suo giardiniere saprà dirci qualcosa di utile sui fatti avvenuti a Cheyne Walk e dare un contributo di rilievo alle indagini».

«Pensa di venire qui a Cowbridge?»

«Sì. Penso di venire lì a Cowbridge».

Stando a Google Maps, da qui a Cowbridge ci sono tre ore e mezzo di macchina. Sette fra andata e ritorno. Ho appuntamento con Libby Jones e Miller Roe alle tre di oggi pomeriggio e, anche se partissi immediatamente, non avrei il tempo di parlare con nessuno. Chiamo Donal.

«Ciao. Devo chiederti un grosso favore: potresti interrogare tu la signorina Jones e il signor Roe, oggi pomeriggio? Io devo andare in Galles. Torno appena posso».

Donal accetta volentieri, come immaginavo. Gli piace interrogare la gente. Salgo in macchina, scrivo sul navigatore Cowbridge Business Park e mi metto in viaggio.

La campagna inglese è bellissima, specie in giugno. Il giallo intenso dei campi di colza, alberi in fiore e colline in infinite sfumature di verde, ceste di fiori variopinti appese ai lati delle porte dei pub. Ascolto un misto di pop e jazz degli anni Venti, registrazioni in cui si sente il fruscio del vinile. Ho il finestrino aperto e sono di buon umore, ottimista. Ho chiesto a Cath Manwaring il numero di telefono di Justin Ugley, ma lei mi ha risposto che, a quanto le risultava, Ugley non ha il telefono. Perciò mi presenterò senza preavviso e lo coglierò impreparato. Per me è il modo migliore: lo conoscerò nella nuova versione, rinato a nuova vita.

Appena superato il business centre, lascio la statale e imbocco la traversa che mi ha indicato la signora Manwaring al telefono. Dopo pochi minuti riconosco la parte superiore di un camper oltre una siepe e capisco di essere arrivato.

È un camper nero e oro con una veranda su un lato, sotto la quale ci sono una poltrona, un tappeto malconcio e, su un tavolo, una pila di libri e i resti di uno spuntino: un torsolo di mela, un sacchetto di patatine vuoto, briciole e un tovagliolo stropicciato.

Oltre i finestrini sul retro vedo muovere qualcuno e scendo dalla macchina. Quando chiudo la portiera, il movimento cessa di botto. Mi tolgo gli occhiali da sole e mi avvicino. La porta del camper è aperta. Grido: «Signor Ugley?»

Compare dopo un bel po' e il suo aspetto mi coglie alla sprovvista. Ma vedo che anche lui è stato colto alla sprovvista: probabilmente in questo angolino di mondo non capita spesso di incontrare un nero. Rimango sconcertato dalla sua sporcizia. Non è la sporcizia di chi non si lava: sembra che si sia rotolato nel fango. Ha la faccia, i vestiti, i capelli e le mani coperti di fango.

«Buongiorno».

«Buongiorno. Justin Ugley, dico bene? Io sono l'ispettore Samuel Owusu, unità crimini speciali, Londra. Può concedermi un minuto? Vorrei rivolgerle qualche domanda».

«A che proposito?»

Si pulisce le mani in uno straccio bagnato e vedo comparire una serie di tatuaggi. Ugley ha anche un certo numero di piercing: sopracciglia, naso, orecchie. Ha i capelli lunghi, raccolti in una bandana. Sembra catapultato lì da un'altra epoca. Ma nonostante la sporcizia, i capelli lunghi e i piercing, capisco che Cath Manwaring ha ragione: è chiaramente lo stesso uomo della fotografia degli Original Version, la band di Birdie.

«A proposito di una certa Bridget Dunlop-Evers, detta Birdie. Con cui lei ha avuto una relazione, giusto?»

«Come fa a saperlo? E com'è riuscito a rintracciarmi? Non capisco. Saranno vent'anni che non vedo Birdie. Anzi, di più. Le è successo qualcosa?»

«Purtroppo sì, signor Ugley. La sua famiglia fece denuncia di scomparsa nel 1996, ma Birdie non venne mai ritrovata. Circa due settimane fa sono stati rinvenuti i suoi resti nel Tamigi».

Lo osservo attentamente e vedo che il suo shock è sincero. Non capisco, però, se a turbarlo sia la notizia della morte della sua ex o il timore di essere arrestato per un crimine commesso venticinque anni prima, quando ormai credeva di averla fatta franca.

«Davvero?»

«Purtroppo sì, signor Ugley».
«E come...? Cosa...?»
«Trauma cranico» rispondo.
Ugley fa una smorfia. «Sa, non avevo sue notizie da un sacco di tempo. L'ultima volta che ci siamo visti era... era ancora viva. Non so cosa dirle. Non so proprio come aiutarla. Mi scusi».
«Capisco, capisco. Ma a me servirebbe anche soltanto sapere qualcosa di più sul periodo in cui avete abitato a Chelsea».
Annuisce, a conferma della correttezza della mia ipotesi: Birdie e Justin furono effettivamente ospiti di qualcuno a Cheyne Walk alla fine degli anni Ottanta.
«Ne vuole parlare... adesso?»
«Sì, se è possibile. Se non è occupato».
«Posso prendere una piccola pausa. Prima però mi vado a lavare».
«Prego. Aspetto qui. Faccia pure con comodo. Non c'è fretta».
Justin ricompare dopo cinque minuti in jeans e maglietta puliti, con i capelli ben pettinati. Ha un viso interessante, naso aquilino e occhi castani. Ha lo sguardo più triste che mi sia mai capitato di vedere, e di persone tristi nel mio lavoro ne vedo parecchie. Ha mani e braccia coperte di tatuaggi, che paiono proseguire anche oltre le maniche della T-shirt: serpenti, teschi e croci.
«Mi scusi se l'ho fatta aspettare» dice. «Vuole un tè, una tisana?»
«No, grazie. Ho con me una minerale».
Mi indica uno sgabello pieghevole. Mi siedo.
«Le dispiace se prendo qualche appunto?»
«No, si figuri».
«Allora incomincerei con la casa di Cheyne Walk. Mi racconti come mai siete andati a vivere lì e cosa successe durante la vostra permanenza. Ci avevate girato un video, giusto?»
«Giusto. Nel 1988, mi pare. Quella stupida di Birdie aveva preso uno stupido gatto e il padrone di casa ci ave-

va sbattuto fuori. Quando Martina l'aveva saputo, ci aveva messo a disposizione una stanza nella casa di Cheyne Walk. Io credevo che saremmo rimasti qualche giorno, invece... Santo cielo, ci siamo stati una vita. Ed era un manicomio. Una gabbia di matti».

Eccoci, penso. *Era qui che volevo arrivare.*

«In che senso?» domando.

«Oh, in tutti i sensi. Non so manco io da dove cominciare».

«Cominci dall'inizio» suggerisco.

E così l'uomo che ho davanti, con la faccia piena di metallo e le braccia piene di disegni, le gambe piene di cicatrici e gli occhi più tristi che io abbia mai visto, mi racconta la storia di una famiglia di privilegiati, viziati all'inverosimile e stufi della loro monotona esistenza in quella specie di castello sul Tamigi. A un certo punto, il padrone di casa si ammala e Birdie, che abita con la famiglia nel finto castello, chiama un guaritore. Questo si insedia nella casa con la scusa di curare il suo paziente e ci porta pure la moglie e i due figli. Così si ritrovano a vivere in dieci in una casa dove prima stavano in quattro e il santone piano piano porta via tutto al suo paziente: patrimonio, moglie, libertà e dignità.

«Io me ne sono andato dopo un paio d'anni» dice Justin e percepisco la sua pena. «Ma ho sbagliato. Sarei dovuto restare per quei poveri bambini. Non ce la facevo più, però. Non sarei riuscito a resistere oltre. Era la follia. Birdie si era lasciata fare il lavaggio del cervello e ormai era diventata sadica quanto loro».

«In che senso?»

«Se la prendevano soprattutto con i bambini. Non li lasciavano uscire di casa, li sottoponevano a ore di attività fisica massacrante, di esercitazioni con il violino. Non potevano fare niente di normale, nemmeno vestirsi come gli pareva. Niente televisione, niente amici. Strani castighi. Era... un'atmosfera perversa. Birdie era stata irrimediabilmente plagiata».

«Da chi?»

«Da lui. David. Il santone».

«David... Mi sa dire il cognome?»

«Thomsen. David Thomsen».

Ho le mani sudate. La matita mi scivola fra le dita. La poso, mi asciugo le mani sui pantaloni, la afferro nuovamente e scrivo: «Thomson».

«Con la "e"» mi corregge Justin sbirciando sul foglio.

«Mi scusi?»

«Thomsen. Con la "e", non con la "o"».

«Ah. Grazie. E come si chiamavano di nome gli altri?»

«La moglie si chiamava Sally. I figli Clemency e Phineas».

È come vedere i pezzi di un puzzle che vanno a posto. Sono nomi biblici, spirituali come Serenity, il primo nome di Libby Jones. Comincio a intravedere il filo che lega tutto quanto.

«Che fine hanno fatto? Lo sa?»

«Non so niente di nessuno di loro. Come dicevo, a un certo punto ho raggiunto la saturazione e me ne sono andato. Avevo conosciuto una donna al mercato dove vendevo i miei rimedi e oli essenziali, che voleva aprire una piccola azienda agricola in Galles e mi aveva chiesto se volevo lavorare per lei. Ho colto l'occasione al volo. Guardi, mi è dispiaciuto tantissimo abbandonare al loro destino quei ragazzi, ma proprio non ce la facevo più. Dovevo prendere le distanze da Birdie, da David, da Londra, da tutto quanto. Sarei dovuto tornare a vedere come stavano i ragazzi. Però proprio non...» Sospira e vedo che gli viene da piangere. «Lei lo sa?» mi chiede con un filo di voce. «Lei sa cos'è successo ai ragazzi?»

Scuoto la testa. «No. Sto cercando di rintracciarli».

«Sono vivi, quindi?»

Sorrido mestamente. «Purtroppo ancora non lo sappiamo con certezza» rispondo.

Ugley annuisce e vedo che si asciuga una lacrima con il dorso tatuato della mano.

«Lei e Birdie siete rimasti in contatto?» continuo.

«No. Non ci siamo mai più né visti né sentiti. Ho pensato un sacco a lei, ma non ho più avuto notizie. Non avevo idea... Non sapevo che fosse scomparsa e che...»

«Non lesse sui giornali la storia del suicidio collettivo?»

«Suicidio collettivo? No, assolutamente. Vede, in Galles eravamo una specie di comune. Non avevamo tv e non compravamo i giornali. Lavoravamo la terra per autosostenerci».

«Per quanto tempo ci ha vissuto?»

«Oh, be'... In tutto ci sarò stato...»

Si interrompe, sbatte le palpebre. È in preda a una forte commozione.

«Dieci anni? Vede, io...» Si interrompe di nuovo. Tossicchia, si sposta sulla poltrona. Apre e chiude i pugni. Gli trema il labbro. «La comune non ha rappresentato la soluzione ai miei problemi. Anzi. Per certi versi, è stato uno dei periodi peggiori. Troppe droghe, troppo alcol. Avevo bisogno di dimenticare. Sono anche finito dentro un paio di volte. Due anni fa sono uscito e mi sono comprato 'sto camper per vivere isolato, lontano dalle tentazioni. Non so nulla dei Thomsen, di Birdie, di niente. Voglio una vita tranquilla, al ritmo delle stagioni, curare le piante e pensare solo a cosa mangiare a pranzo o a cena. Ma adesso è arrivato lei...» Mi indica.

«Un ispettore di polizia».

«Esatto. Guardi, io vorrei aiutarla, ma non penso di essere in grado. Perché all'epoca ero già fuori di testa, sarei comunque un testimone inaffidabile».

Prendo la matita e ho la percezione del suo dolore e dei suoi sensi di colpa che si ammassano come nuvoloni neri all'orizzonte e poi si disperdono.

«A Chelsea lei curava il giardino, aveva un orto?»

«Sì».

«Coltivava anche *Atropa belladonna*?»

«Ma no, guai! Non avrei mai coltivato piante così velenose con dei bambini in giro».

Cambio posizione e formulo la domanda successiva.

«Nel giardino di Cheyne Walk ne sono stati trovati diversi esemplari. Fu con la belladonna che si avvelenarono. Sa darmi una spiegazione? Chi potrebbe essere stato a coltivarla?»

È come un pugno nello stomaco, per lui.

«No. Non saprei».

«Chi sarebbe stato in grado di farlo, fra coloro che restarono a Cheyne Walk?»

Non risponde subito. «Nessuno, che io sappia. Però non si può mai dire: se l'idea era quella di avvelenarsi, magari avevano trovato il modo di coltivarla. Io avevo lasciato a casa un manuale che illustrava una serie di incantesimi e pozioni e un armadietto pieno di semenze. Non escludo che ci fosse anche *Atropa belladonna*».

Capisco che è una bugia da tre segnali significativi, ma non riesco a determinare se stia mentendo per proteggere sé stesso o qualcun altro.

«Quindi potrebbe essere stato chiunque».

«Sì. A parte i ragazzi, ovviamente».

«Certo, certo. I ragazzi. Tutti scomparsi. Lei che li ha conosciuti, che cosa pensa? Per quale motivo sono fuggiti? Dove potrebbero essere andati?»

«Il più lontano possibile da quella casa, spero».

«Alcuni di loro erano ancora abbastanza piccoli. Chi potrebbe averli aiutati?»

«Non lo so. Sally, forse. La madre di Phin e Clemency. Ma non ho idea di cosa sia successo dopo che me ne sono andato. Magari è arrivato qualchedun altro. Mi dispiace».

Mi vibra il telefono. Mi scuso con Justin e lo tiro fuori dalla tasca dei pantaloni. È un messaggio di Donal. L'Interpol ha mandato le foto dei due individui entrati negli Stati Uniti con i nomi di Phineas Thomson e Marie Caron. Apro quella di lei e la mostro a Justin. «La riconosce?»

Lui guarda attentamente e la ingrandisce.

«Santo Dio. Ma è... sì, sì, è Lucy Lamb. La figlia di Henry e Martina. È tale e quale ad allora».

Altra vibrazione. Guardo il display e vedo che è arrivato un altro allegato. Stavolta è un video tratto dall'impianto di sorveglianza dell'aeroporto. Lo mostro a Justin, che lo guarda tre volte di seguito.

«Quest'uomo è entrato negli Stati Uniti con un passaporto intestato a Phineas Thomson».

«Non è Phin» dichiara Justin. Ha cambiato completamente espressione, nel vedere Henry Lamb. Drizza la schiena, si anima. «No, no: questo è Henry. Riconoscerei il suo modo di camminare ovunque».

«Il modo di camminare?»

«Sì». Fa segno con il dito. «Vede come pesta i piedi? È Henry, sono sicuro. Anche se all'epoca era più scuro di capelli. Si è tinto. È come se...» Guarda meglio. «È come se gli volesse somigliare. Da ragazzo, era innamorato perso di Phin. In maniera quasi ossessiva. E adesso sembra lui. Una sorta di trasformazione».

Il pensiero mi fa accapponare la pelle. *Che cosa significa?*

Devo tornare a Londra per assistere Donal nell'interrogatorio di Libby Jones e Miller Roe. Mi rimetto in tasca matita e quaderno e mi accingo a salutare Justin Ugley, ma lui mi rivolge una domanda.

«C'è una cosa che mi sfugge. State indagando sull'omicidio di Birdie?»

«Sì».

«E avete capito chi è l'assassino, vero?»

«In che senso?»

«L'ha uccisa quasi sicuramente David Thomsen. Era un uomo violento e squilibrato. Stava con tutte e due, la moglie Martina e Birdie. Secondo me, prima l'ha uccisa e poi si è tolto la vita. Non crede?»

Annuisco e mi alzo. «Sarebbe la conclusione più ovvia, sono d'accordo con lei. Se non fosse che i resti sono stati spostati dalla casa di Cheyne Walk all'incirca un anno fa, poco prima che la proprietà venisse venduta. A farlo è stato qualcuno che temeva che i nuovi proprietari li trovassero e venisse a galla tutto. L'assassino, si presume».

Justin impiega un momento a elaborare le implicazioni. Mentre pensa, la sua espressione non cambia. A un certo punto sospira e annuisce. «Certo. Capisco».

Si alza e si mette le mani sui fianchi. «Se non c'è altro...»

«No, abbiamo finito. Grazie. Il suo contributo è stato utilissimo. Ho le idee molto più chiare riguardo i possibili colpevoli».

«Sospetta anche di Henry?»

«Sì».

«Povero Henry».

«Perché "povero"?» chiedo.

«Ha subito di tutto e di più. Una vittima. Come gli altri, peraltro. Qualsiasi cosa sia successo, non meritano di essere puniti. Nessuno di loro, poveri ragazzi».

54.

Giugno 2018

Rachel era a casa di suo padre, seduta in cucina con gli estratti conto ancora in mano.

Suonò il telefono. Era Jonathan che la stava richiamando.

«Ciao, Jonathan».

«Ciao. Senti, ho scoperto chi è il beneficiario di quei bonifici. Sei seduta?»

«Sì».

«La ragione sociale è di una finanziaria che fa wealth management».

Rachel tirò un sospiro di sollievo. Suo padre non aveva perso quei soldi. Si potevano ancora recuperare.

«Ma in realtà...»

«In realtà?»

«Il denaro è finito in un conto intestato a un privato».

«Com'è possibile?»

«Per la precisione, nel suo portafoglio azionario».

«E tu come hai fatto a scoprirlo?»

«Lasciamo perdere. Quello che non sono riuscito a scoprire, però, è chi sia questo privato e l'unico modo che hai per scoprirlo è contattare la finanziaria, spiegare la situazione e cercare di fartelo dire. Ma, ammesso che tu riesca a intenerirli, è difficile che te lo dicano perché la legge glielo vieta. Quindi... Oltre a ciò non so cosa dirti».

Rachel salutò Jonathan e posò lo smartphone sul tavolo della cucina. Si alzò, si risedette, riprese in mano il telefono, cercò su Google il nome della finanziaria e li chiamò.

«Buongiorno» esordì con un tono che suonò fasullo anche a lei. «Vorrei parlare con qualcuno dell'assistenza clienti».

«Posso chiederle a che proposito?»

«Mio padre è in pensione, ha una certa età. Ho notato che negli ultimi mesi ha affidato a voi la gestione di tutti i suoi denari, che però risultano a nome di un'altra persona e mi chiedevo se non ci fosse sotto qualcosa di illecito. Una truffa, un ricatto... Può aiutarmi ad accertarlo? Sono davvero molto preoccupata».

«Attenda in linea, per favore. Le passo la collega».

Partì una musichetta e una voce registrata dall'accento aristocratico la informò che l'operatore avrebbe risposto appena possibile. Rachel passeggiò nervosamente avanti e indietro per cinque minuti di orologio, sempre più frustrata e spazientita. Finalmente una voce femminile interruppe la musichetta: «Ufficio sicurezza clienti, come posso aiutarla?»

Rachel raccontò anche a lei la triste storia e, quando pronunciò la parola «ricatto», vide che suo padre era entrato in cucina e la guardava scuotendo la testa.

«Mi scusa un momento, per favore?» disse alla donna al telefono.

Lo abbassò e guardò suo padre.

Lui chinò il capo. «Butta giù» disse. «Ti racconto io tutto. Per favore, chiudi quella chiamata».

Rachel ubbidì e si sedette sul bracciolo del divano.

«Sono stato un cretino» dichiarò Gold. «Lo so. Ma non sapevo cos'altro fare... Mi sono lasciato prendere dal panico. Il tuo lavoro stava decollando... Non volevo rischiare che andasse tutto in malora».

«Papà, non sto capendo niente».

«Quello che voglio dire è...» Gold sospirò e ricominciò daccapo. «C'è una persona che è venuta non so come in possesso di certe tue... foto».

«Foto?»

«Sì. Foto e video. Di te nuda. Me le hanno mandate e io li ho pagati perché le cancellassero».

«Scusa, ma chi è che te li ha mandati?»

«Non lo so. Mi è arrivato un messaggio anonimo. Pensavo che se avessi versato la somma che chiedevano sarebbe finita lì, invece due settimane dopo mi è arrivato un video, e poi un'altra foto... Insomma, hai visto anche tu che mi hanno prosciugato il conto».

Rachel strizzò gli occhi e guardò il soffitto. Poi abbassò la testa ed espirò. «Li hai ancora? I video e le foto?»

Gold annuì imbarazzato. «Ho pensato fosse meglio conservarli, nel caso avessimo dovuto rivolgerci alla polizia».

«Me li fai vedere?»

«Non c'è nessun bisogno, figlia mia. Non...»

«Per favore».

Gold sospirò e le fece segno di andare nel suo studio. Accese il portatile e lo aprì verso di lei. Poi si spostò in fondo alla stanza.

Rachel prese fiato per farsi coraggio. Gold aveva messo foto e video in una cartella chiamata «Ricette». Rachel aprì la prima immagine e subito la richiuse. Aveva già capito che si trattava di una foto che aveva sul telefono, scattata con un certo Travis, un tipo che aveva conosciuto online tre anni prima, con il quale aveva avuto una breve relazione molto intensa dal punto di vista erotico e che da un giorno all'altro era sparito senza spiegazioni. Il suo primo pensiero fu che fosse stato lui, Travis, riapparso all'improvviso, che chissà come era venuto a conoscenza dell'indirizzo email di suo padre e aveva deciso di ricattarlo. Poi però le venne in mente che quella foto era sul suo smartphone: come avrebbe fatto Travis a recuperarla? Non era una bella foto. Tutt'altro. All'epoca le era sembrata più erotica che volgare, ma a quel punto le sembrava patetica, per non dire tragica.

Aprì la seconda. Era stata scattata la sera in cui Travis aveva portato un amico. Rachel non si ricordava manco più come si chiamasse, ma l'espressione che aveva in quella foto le fece venire mal di stomaco. Aprì il file successivo con un brivido. Era un MP4 e Rachel ebbe un attimo di esitazione, prima di farlo partire. Lei, Travis e quel porco del suo amico nella sua camera da letto di Camden Town. Spense l'audio al primo gemito. Guardò sé stessa in quelle immagini e vide una donna perduta. Che cosa cercava? A distanza di tempo, le sembrava di non riconoscersi.

Lasciò perdere gli altri file e chiuse il portatile. Si sedette sulla sedia e imprecò. «Cazzo».

Poi guardò il padre. «Mi dispiace tanto, papà. Vorrei morire in questo istante. Il pensiero che tu abbia visto quelle cose... mi fa venire voglia di buttarmi da un ponte».

«Non lo fare, tesoro. Non ci pensare nemmeno, per carità. Ho già dimenticato tutto. Una sola cosa ti chiedo: è lui che ci ricatta? L'uomo nelle foto? Chi è?»

Rachel scosse la testa. «No, non può essere lui. Non lo vedo da più di tre anni e non ha mai saputo assolutamente niente di me, meno che mai che avevo un padre ricco. E comunque non era il tipo... Cioè, non era abbastanza intelligente per fare una cosa simile».

Nel momento stesso in cui lo diceva, capì chi era stato e si sentì ribollire il sangue nelle vene e rivoltare lo stomaco. Prese lo smartphone, andò nella galleria, cercò le foto scattate nel 2015 da febbraio a luglio, il periodo in cui era stata con Travis. Ricordava perfettamente che si erano conosciuti a febbraio e avevano smesso di vedersi a luglio e quindi le foto e i video sarebbero dovuti essere lì, e invece non c'erano. Non c'erano più, e le veniva in mente un'unica persona che aveva avuto accesso al suo smartphone e alle immagini che conservava in galleria, e che era abbastanza disperata, intelligente e stronza da farle una cosa del genere.

55.

Giugno 2019

Libby aveva chiamato nel cuore della notte e Lucy lì per lì aveva pensato che la suoneria facesse parte di un sogno.

Vedendo che erano le due e un quarto del mattino, aveva risposto sottovoce: «Cosa c'è, Libby?»

«Scusa se ti ho svegliato, mamma. Ma ha telefonato di nuovo il tipo della polizia, l'ispettore. Sapeva che Miller era qui. Gli aveva tracciato il cellulare. Dobbiamo presentarci alla polizia tutti e due oggi pomeriggio. Ci vogliono interrogare».

«Ma non vi hanno arrestato, vero?»

«No, no. Però sanno quasi tutto, mamma. Ci faranno il terzo grado e noi possiamo raccontar balle ed essere evasivi solo fino a un certo punto. Che cosa dobbiamo dire, mamma?»

«Che ore sono da te?» aveva chiesto Lucy.

«È mattino. Sono le otto appena passate».

«E a che ora dovete andare dall'ispettore?»

«Alle tre. Miller ha telefonato a un suo amico avvocato per farsi consigliare. Mamma, bisogna che trovi Henry e vi mettiate d'accordo su cosa dire. Sta per scoppiare un casino. Giuro. Non riusciremo a tirarla per le lunghe ancora per tanto».

Nel Regno Unito sono le tre del pomeriggio: Libby e Miller saranno alla polizia, ormai.

Lucy si sente impotente. Sta malissimo.

Si sente in colpa per aver messo Libby in quella situazione. Si detesta per essere piombata nella sua vita tranquilla e senza macchia e averla contaminata con sotterfugi e bugie. Si detesta perché non sa come aiutare la figlia maggiore, non può essere al suo fianco in questo momento difficile, tenerla per mano, proteggerla. E si detesta perché, ammesso e non concesso che lei e Henry riescano in qualche modo a superare anche questa prova e a sfangarla, su di lei incombe un'altra nube plumbea, frutto di ciò che era accaduto ad Antibes l'estate prima, una spada di Damocle di cui non si libererà mai.

Le viene da piangere. Marco le compare di fronte all'improvviso.

«Mi è venuta un'idea» dichiara sedendosi sul letto accanto a lei. «Chiediamo a Kris di telefonare a Henry. A lui risponderà di sicuro. Gli scrivo ora?»

Lucy ha troppi pensieri per la testa e lì per lì non riesce a capire. Si sforza di sorridere e risponde: «Va bene».

Marco digita un messaggio e poco dopo arriva il trillo della risposta.

Lucy si tira su a sedere e si frega gli occhi. «Cosa dice Kris?»

«Ha accettato. Vuole sapere cosa dirgli, però. Io ho consigliato di far finta di volerci uscire assieme».

«Che cosa?» Lucy scrolla la testa.

«Be', visto che Kris ha detto che Henry martedì notte gli aveva scritto ubriaco perso facendo delle avances...»

«Scusa, ma Kris è gay?»

Marco fa spallucce. «È irrilevante, no? Basta che a Henry interessi. Gli tendiamo un tranello in piena regola: Kris fa finta di volerci uscire assieme, gli dà appuntamento in un dato posto a una data ora e ci presentiamo pure noi. Fico, no?»

Lucy annuisce e un sorriso momentaneo attenua il malumore. «Geniale. E quando glielo tendiamo, questo *tranello in piena regola*?»

«Appena Henry risponde...» Marco si interrompe e

guarda lo smartphone. Gli è appena arrivato un messaggio. «Ecco qua. Aspetta...» Legge e volta il cellulare perché legga anche sua madre.

Ci vediamo per un brunch alle 11 al Blanche.

«Il Blanche?» chiede Lucy. «Il ristorante di fronte al palazzo dove forse sta Phin?»

Marco annuisce. Poi, raggiante, esclama: «Evviva! Stiamo per rivedere lo zio Henry!»

Lucy ha già chiamato Libby sei volte, da quando si è svegliata stamattina, ma le ha sempre risposto la segreteria. Ogni volta che prova, viene colta da un'ansia terribile al pensiero di cosa possano aver detto alla polizia lei e Miller all'altro capo del mondo. Adesso che si avvicina l'appuntamento al Blanche, però, si concentra esclusivamente su quello. Si è lavata i capelli, ha fatto la doccia a Stella e si è vestita con cura. Uscendo dalla camera, nota che anche Marco si è fatto bello per l'appuntamento: si è pettinato e si è perfino messo i mocassini invece delle solite scarpe da ginnastica.

Scendono nella hall dell'albergo ad aspettare che Kris si faccia vivo dal ristorante. Quando, alle 11:08, il telefono di Marco trilla, fanno un salto sulla sedia.

Siamo in fondo a sinistra, vicino al bar. Henry è in uno stato pietoso.

Mentre loro si alzano per uscire, due uomini vestiti di scuro entrano a passo svelto nell'albergo e si dirigono con fare severo alla reception. Lucy li nota e d'istinto si nasconde. Uno dei due uomini mostra alla receptionist un distintivo e le chiede con voce baritonale se in albergo è alloggiata una certa Marie Caron. Lucy spinge in strada i figli, identifica l'auto civetta dei due poliziotti, svolta in fretta l'angolo e sale sull'Uber in attesa.

Fa per chiudere la portiera, ma qualcuno la trattiene aperta e davanti al finestrino appare un volto maschile e subito dopo un distintivo della polizia.

56.

Samuel

Arrivo a Charing Cross verso le sei del pomeriggio. Un'ora fa Donal mi ha chiamato per dirmi che l'interrogatorio non stava portando da nessuna parte. Gli ho detto di continuare. Di insistere.

Entro nella saletta e vedo subito che Libby Jones è esausta. Anche Miller Roe è stanco. Donal è ancora abbastanza energico, ma dopo tre ore di inutili domande e risposte sta iniziando a dare segni di cedimento pure lui.

Io però ho una nuova carta da giocare. Mi siedo sulla sedia libera e guardo prima Libby e poi Miller. Tiro lentamente fuori dalla tasca della giacca lo smartphone e lo accendo.

«Ecco» dico, voltandolo verso di loro. «Guardate qua». Poso un dito sul display. «Questa è Lucy Lamb in un hotel di Chicago con i suoi figli tre giorni fa. Cosa è andata a fare a Chicago?»

Mi aspettavo che Libby lasciasse rispondere Miller, invece no. Prende in mano il mio telefono e osserva attentamente l'immagine. Vedo che ha le lacrime agli occhi e trattengo il fiato in attesa che dica qualcosa. Ma lei si ricompone e mi restituisce il telefono a testa alta.

«L'ho già detto: è in vacanza».

«Dunque si tratta di Lucy Lamb, sua sorella?»

La vedo annuire imbarazzata.

«Non di Marie Caron, sua amica?»

Libby Jones fa di no con la testa.

Mi rendo conto che Miller Roe è sulle spine. Grande, grosso, peloso e molto protettivo, è evidentemente più preoccupato per lei che per sé stesso.

«In vacanza? Con i figli?»

«Sì».

«Ma senza cellulare».

«Esatto».

«È partita per Chicago a scopo di vacanza facendo saltare la scuola ai figli e senza portarsi il cellulare?»

«Ripeto: voleva che fosse una vera vacanza, senza distrazioni».

Sospiro con tale foga che un foglio sul tavolo si sposta. Avrei tante cose da dire, ma mi trattengo perché sono irritato. Sono stufo e arcistufo di queste bugie assurde.

«La prego, Libby, mi dica la verità. Sappiamo in quale hotel alloggiano. I colleghi di Chicago li stanno andando a prendere in questo momento. So che appena uscirà di qui chiamerà sua sorella o suo fratello per avvertirli e mi creda: sarà già troppo tardi. Quindi consiglio di risparmiarci tutti quanti una bella dose di stress e piantarla con questa sceneggiata. Mi dica: che cosa è andata a fare sua sorella a Chicago? Da chi sta scappando?»

«Va bene, va bene. Glielo dico» risponde. «Non sta scappando da nessuno».

Miller si alza e le tende la mano invitandola a uscire, ma lei scuote la testa.

«Non serve più a niente, Miller» dice. «Sanno dov'è. È inutile». E, prima che lui la interrompa di nuovo, inizia a parlare.

«Lucy non è mia sorella. È mia madre».

Rimango male: quella possibilità non mi aveva neppure sfiorato.

«Mi ha messo al mondo quando aveva quattordici anni. Ed è andata a Chicago a cercare mio padre».

«E chi è suo padre?»

«Phineas Thomsen. Il vero Phineas Thomsen, non Henry. Non l'ho mai conosciuto e Lucy aveva diciott'anni l'ultima volta che si sono visti. Miller è riuscito a scoprire che lavorava in Botswana, ma prima che potessimo raggiungerlo là, lui è partito per Chicago. Henry è stato il primo ad andare negli States e mia madre l'ha seguito».

«Tutto questo per vedere Phineas Thomsen?»

«Sì».

«Ci sono riusciti? Si sono visti?»

«Che io sappia, non ancora».

Cambio posizione sulla sedia. Continuo a non trovare un filo logico. «Mi risulta che suo fratello Henry...»

«Non è mio fratello. È mio zio».

«Ah, già. Scusi» replico. «Suo zio. Mi risulta che fosse infatuato di Phineas. Da ragazzo. Una vera ossessione. Al punto che ha fatto di tutto per assomigliargli e adesso ha persino adottato il suo nome».

«Non lo so. Non c'ero».

«Certo. Quando li ha conosciuti? Sua madre e suo zio, intendo».

«L'anno scorso. Più o meno in questo periodo. Avevo compiuto gli anni da poco».

«E prima non era nemmeno al corrente della loro esistenza?»

«No. Cioè, sapevo quello che avevo letto sul giornale, quello che è scritto nell'articolo di Miller. Sapevo che erano esistiti, ma non avevo idea se fossero vivi o morti. Quando ho ereditato la casa, sono andata a vederla e ci ho trovato Henry. Dopo un po' è arrivata Lucy e da allora... siamo una famiglia. Sono parte di me».

«Le hanno mai parlato di quello che succedeva in quella casa? Degli abusi che avevano subito?»

«Non proprio».

«Che cosa intende con "non proprio"?»

«So che hanno fatto vita dura e che non hanno passato una bella infanzia. Ma non mi hanno mai raccontato i dettagli».

Sospiro. «Signorina Jones, prima di congedarla vorrei farle un'ultima domanda: perché fino a oggi mi aveva mentito? Da cosa voleva proteggere sua madre e suo zio?»

«Ma no, non li volevo proteggere. È che... Cioè, vivono nella paura da quando son nati, praticamente. Perennemente in fuga».

Libby Jones piange. Miller Roe le cinge le spalle con un braccio e la stringe a sé guardandomi in cagnesco.

«La nostra conversazione finisce qui» dichiara.

«Concordo. Potete andare. Mi spiace averla turbata, signorina Jones. Ma cerchiamo di non dimenticare che in quella casa fu uccisa una giovane donna. Il mio scopo è scoprire chi l'ha uccisa e perché, e se questo significa far piangere qualcuno, pazienza».

57.

Luglio 2018

Michael non era nel Regno Unito. Rachel lo accertò tappandosi metaforicamente il naso e telefonando a Ella.

«È ad Antibes» disse Ella.

«Dove?»

«A casa sua, presumo».

«Quando torna?»

«Starà là tutta l'estate. Sta scrivendo un libro, sai».

«Cosa...?»

«Sì, un romanzo. Ispirato liberamente alla sua vita».

A Rachel scappò da ridere, ma si trattenne. «Che razza di idea» commentò.

Qualche giorno dopo prese un aereo per Nizza e da lì un taxi fino ad Antibes. Era una mattina di giugno e faceva caldo, ma Rachel si mise lo zaino in spalla, inforcò gli occhiali da sole e si incamminò.

Non sapeva con precisione dove fosse la villa di Michael. Sapeva solo che era *a due passi dal mare* e *del colore delle rose appassite.* E che vicino c'era *il miglior ristorante di pesce di Antibes.* E che era in fondo a un vicolo, con un accesso privato con annesso posto macchina, *che ad Antibes è una rarità.*

Scoprì che ad Antibes non c'era un unico «miglior ristorante di pesce». Anzi, sembrava ce ne fossero un'infinità. Rachel decise di consultare Tripadvisor e visitarli tutti, a partire dal più quotato nella graduatoria del sito. Nel primo pomeriggio era solo al numero cinque e aveva già fatto quasi ventimila passi, ma andando verso il ristorante di pesce al sesto posto nella classifica di Tripadvisor vide uno sprazzo di mare e l'inizio di una scalinata che dalle mura portava verso un dedalo di vicoli e stradine lastricate. Finì l'acqua minerale, buttò la bottiglietta in un cestino e imboccò una salita sentendo di essere sulla strada giusta. Dietro una curva vide una casa del colore delle rose appassite, cui si accedeva tramite un vialetto privato.

Davanti alla villa c'era un'auto sportiva. Una Maserati. Una macchina da decine di migliaia di sterline. Rachel ebbe un piccolo travaso di bile, ma strinse i pugni e si fece forza. Superò quell'automobile odiosa e andò a bussare alla porta.

Le aprì un'asiatica di mezza età. «*Bonjour?*»

«*Bonjour.* Sono Rachel, la moglie di Michael. Posso entrare?»

La donna sorrise. «Rachel! La moglie di Michael! Prego, si accomodi. Venga, venga».

«È in casa?» chiese Rachel dando un'occhiata a quel luogo mitico con cui Michael l'aveva affascinata all'inizio della loro conoscenza e dove non l'aveva mai portata. Era una casa molto bella, accogliente e al tempo stesso chic, come l'appartamento di Michael a Londra. Dall'ingresso si accedeva a un'ampia zona giorno con cucina adiacente, dove eleganti porte finestre dagli infissi neri affacciavano su un giardino rigoglioso, con palme e banani.

«Sì. Sta facendo la siesta, credo. Vado a vedere?»

«No, grazie. Non lo disturbi. Lo aspetto qui. Va bene?»

«Certo, certo! Io chiedo sempre dove è la sua signora, come mai non viene. Signor Michael dice che lei è sempre occupata a Londra, che crea gioielli e non ha tempo per venire in Francia. Sono contenta che adesso è qui. Signor Michael sarà felice di vederla. Io mi chiamo Joy. Prego, si accomodi. Vado a prenderle dell'acqua fresca e qualcosa da mangiare».

«Posso andare un momento alla toilette? Dov'è?»

«Qui, signora Rimmer».

«Mi chiami Rachel, per favore».

Rachel si chiuse in bagno e si sedette sul coperchio del water con il cuore a mille e la pressione alle stelle. Si alzò, si lavò le mani e poi si lasciò scorrere il getto freddo sui polsi fino quasi a perdere la sensibilità. Si sciacquò la faccia e cercò di tenere a bada il panico. *Calma. Calma e sangue freddo.*

Si passò le dita umide fra i capelli e si aggiustò una ciocca dietro l'orecchio. Avrebbe voluto scappare, prendere la porta e correre via. Ma se pensava a quel macchinone da tamarro, pagato con i soldi di suo padre, si rendeva conto che la collera era più forte della paura. Si sentiva pervasa da un odio profondo e bruciante e dalla consapevolezza che niente di ciò che avrebbe potuto farle quell'uomo le avrebbe procurato più dolore di quanto le avesse già causato mettendo in mezzo suo padre.

Uscì dal bagno e sbirciò nel corridoio. C'erano due porte. Una era dello studio, la cui finestra dava direttamente sulla Maserati. Rachel entrò in punta di piedi e sfogliò le carte posate sulla scrivania. Prese lo smartphone e fotografò tutto il possibile, con mano tremante e il cuore a mille. Aprì i cassetti, controllò sotto la scrivania. Aprì un raccoglitore e fotografò lettere e documenti vari senza nemmeno sapere che cosa stava documentando. Forse quelle carte erano del tutto irrilevanti, ma Jonathan le aveva raccomandato di raccogliere più prove possibili e quindi stava badando più alla quantità che alla qualità.

L'ultimo cassetto della scrivania pareva bloccato e si aprì solo al terzo tentativo. Nel vedere che cosa c'era dentro, Rachel si portò tutte e due le mani al petto.

«Oddio» le sfuggì. «Oddio».

Una pistola.

Michael aveva una pistola nel cassetto.

Rachel la fotografò e richiuse il cassetto.

«Tutto bene, signora Rimmer?»

Rachel trasalì nel sentire la voce alle spalle.

Era Joy.

«Sì, sì. Scusi. Mi ha fatto prendere uno spavento... Stavo cercando una cosa».

«Nessun problema, signora Rimmer. Quando ha finito, venga di là».

«Grazie, Joy».

Tornò alle sue ricerche e mosse il mouse del computer sulla scrivania, che subito si accese. Sul desktop c'era una foto di Michael a bordo di un motoscafo, abbracciato a due ragazze molto giovani, con una bottiglia di champagne in primo piano, al fresco in un cestello d'argento. Rachel non sapeva chi fossero quelle due, o quando fosse stata scattata la foto, ma siccome Michael era sbarbato, diede per scontato che risalisse a prima di conoscere lei. Provò a digitare la data di nascita di Michael, ma la password non era quella. Provò la data alla rovescia, ma non funzionò. Alzò gli occhi, vide dalla finestra quello stupido macchinone e si accorse che la targa era personalizzata: MR74.

Contò sulle dita a quale numero corrispondessero la M e la R, sommò decine e unità e ottenne 4 e 9. Aggiunse il 7 e il 4 e premette invio. Lo schermo si sbloccò e a Rachel tornò il batticuore.

Aprì la casella di posta, scorse velocemente l'elenco dei messaggi in arrivo e lo trovò: PMX Wealth Management. Era di quattro giorni prima e aveva come oggetto: Aggiornamento mese di luglio. Rachel lo aprì e lo inoltrò al proprio indirizzo, poi cancellò l'email dalla posta inviata e svuotò il cestino. Tornò alla posta in arrivo. C'erano un sacco di messaggi di conferma per l'ordine ricevuto. Evidentemente Michael faceva molti acquisti online. Abbigliamento, vini, libri, gioielli.

Rachel si sentiva pulsare le vene del collo, da quanto era arrabbiata. Quel mostro faceva una vita a cinque stelle con i soldi di suo padre!

Avrebbe voluto aprire altre cartelle e sottocartelle, ma sentì una voce maschile e si affrettò a chiudere tutto.

Rimise in tasca il cellulare e corse in salotto appena in tempo per vedere Michael che scendeva le scale.

«Oh, Rachel! Ma che bella sorpresa! Che cosa ci fai qui?»

Era sbarbato, abbronzato e aveva l'aria riposata dopo il sonnellino pomeridiano.

«Ero a Nizza e ho pensato di venire finalmente a visitare la famosa villa di Antibes. Quest'anno non la affitti, vedo».

«No. Qualche prenotazione era arrivata, ma le ho annullate tutte. Avevo voglia di godermela un po' io. Ti puoi fermare o sei di fretta?»

«Mi posso fermare qualche minuto. Perché no?»

Joy aveva disposto sul tavolo patatine, salame, olive e cracker, una caraffa di acqua fresca e due bicchieri di cristallo.

«Grazie, Joy» disse Michael nella direzione di una stanza dietro la cucina.

«Prego, signor Rimmer» rispose una voce incorporea.

«Hai una domestica a tempo pieno? Sta qui?»

«No. Viene dal lunedì al sabato, dalle otto alle otto».

«Accipicchia!» Rachel lo disse con una certa acrimonia ma, come prevedeva, Michael non raccolse.

«Be', sai, qui si vive in maniera diversa, rispetto a Londra. C'è più...»

«Lusso?»

Michael rise. «Sì. Non mi sarei espresso così, ma sì. Il tenore di vita è più elevato».

«Quindi sei riuscito a rimediare alla tua crisi finanziaria. Voglio dire: l'anno scorso pagavo io tutte le spese perché tu eri senza un soldo e adesso... Ho visto la macchina, a proposito».

«Sì, per fortuna il problema si è risolto. La spedizione perduta è stata ritrovata. Quindi sì, sono di nuovo sulla cresta dell'onda». La occhieggiò con curiosità. «Sei venuta... per il divorzio?»

«No. Te l'ho detto: ero solo curiosa di vedere questa casa. Ella mi ha detto che eri qui, io avevo in programma questo viaggio e ho deciso di fare un salto a vedere la villa».

«Ma tu vuoi davvero divorziare?»

«Non lo so. Tu?»

«No. Cioè, sono ancora indeciso. Sarebbe la cosa più giusta, ma... vedi, Rachel, a me piaceva essere sposato con te».

La guardò con affetto, seducente e nostalgico, come se a dividerli ci fosse soltanto qualche incomprensione e non uno stupro, ricatti, violenze.

«Michael, tu mi hai stuprato».

«Ma per favore, Rachel. Non mi pare proprio».

«Dormivo. Mi hai tappato la bocca. Mi hai stretto il collo. Mi hai preso con la forza».

«E dai, Rachel. Sappiamo entrambi che volevi che pigliassi l'iniziativa. Ti piace farti legare, no? Me l'hai detto tu. Era quello che volevi».

Rachel inspirò per cercare di controllare l'ondata di collera che le stava montando nella gabbia toracica. «Non capisci che c'è una bella differenza fra BDSM e stupro? Il BDSM è un gioco fra due persone che concordano sulle regole. Tu, invece... tu non rispetti nessuna regola, e quindi non è stato un gioco. Mi hai usato violenza in modo maschilista, brutale e animalesco. Hai fatto tutto tu, Michael: mi hai usato come si usa un oggetto. E se ti è piaciuto, vuol dire che non sei soltanto violento, Michael. Vuol dire che sei un sadico bastardo».

Lui le sorrise con l'espressione da bravo ragazzo che usava per ammaliare il prossimo e ispirare fiducia. «Come vuoi, Rachel. Se te la vuoi raccontare, fa' pure. Ma sappiamo tutti e due cos'è successo veramente quella notte».

«Sai come si chiama questo? Gaslighting! È una classica forma di abuso e manipolazione psicologica».

Michael sbuffò. «Abuso? Manipolazione? Io ti ho sempre messo su un piedistallo, Rachel. Ti adoravo. Ti avrei dato tutto, se solo me lo avessi lasciato fare. Invece no, alla prima incomprensione, hai preso e te ne sei tornata a casa tua. Da brava principessa sul pisello».

«Ti è andata bene che non ti ho denunciato, Michael».

«Ecco, parliamone: com'è che non mi hai denunciato, visto che eri così convinta di aver subito un abuso?» Alla parola abuso fece il gesto delle virgolette.

«Uno stupro, Michael, non un abuso. Non ti ho denunciato perché per un po' non ci ho voluto credere nemmeno io, perché se avessi ammesso che mi era successa una cosa simile, non mi sarei più sentita me stessa. E invece avevo bisogno di sentirmi me stessa. Adesso però ho capito che le due cose possono coesistere: è vero che ho sposato uno che poi mi ha stuprato, ma è vero anche che sono una donna in gamba. La stessa cosa vale per Lucy».

«Lucy?» Fu con soddisfazione che Rachel lo vide finalmente preoccupato.

«Sì. Ci siamo conosciute qualche mese fa e mi ha detto che hai maltrattato anche lei. Eppure... che donna, eh? Bellissima. E bravissima, a crescersi da sola due bambini».

«Come due?»

«La sua vita non è finita con te, Michael. E neanche la mia. È stato un piacere, Michael. Avevo proprio voglia di vedere questa casa. Ho sempre pensato che saremmo venuti qui in vacanza, invece poi è venuto fuori che sei un farabutto, un bugiardo, un uomo di merda. Quindi... Pazienza».

Rachel si alzò e prese lo zaino per metterselo in spalla. «Ciao, Michael. Passa una buona estate. E in bocca al lupo per il romanzo. Non dimenticarti di metterci uno stupro o due, mi raccomando. I tuoi lettori rimarranno estasiati».

Allungò il collo verso il retrocucina e disse: «La saluto, Joy. Grazie di tutto». E se ne andò sbattendo la porta, a passi lunghi e ben distesi sull'acciottolato cotto dal sole.

58.

Giugno 2019

La polizia di Chicago sistema i bambini in un'altra stanza e offre loro una bevanda dal distributore. Nella saletta dove hanno portato Lucy c'è un computer e sullo schermo ci sono due poliziotti britannici. Uno è nero, capelli corti, camicia di lino con le mezze maniche; l'altro è bianco, folti capelli castani e polo aderente verde. Si presentano: sono gli ispettori Owusu e Muir e sono collegati dalla stazione di polizia di Charing Cross. Le spiegano che hanno appena parlato con Libby e Miller, e Owusu dice di aver avuto un colloquio anche con un certo Justin Ugley, alias Justin Redding, il quale gli ha raccontato che Lucy è cresciuta in un ambiente malsano, se non addirittura traumatizzante. Owusu le chiede di approfondire, con particolare riferimento alla nascita di Libby e al periodo prima della fuga insieme al fratello.

Lucy deglutisce, beve un sorso d'acqua. Non si aspettava che la polizia avesse raccolto tante informazioni. È stupita che siano andati a cercare Justin, che per lei è una mera comparsa in un incubo ormai lontano. Non riesce neppure a ricordarsi la sua faccia: era molto più affezionato a Henry che a lei. Non immaginava che la polizia scoprisse il suo vero nome, e che Libby è sua figlia.

«Che cosa vi ha detto Libby?» domanda.

«Poco o nulla. Perché all'epoca era appena nata e quindi non ricorda niente. Sa solo quello che le avete raccontato lei e suo fratello e quello che ha appreso dalle ricerche del fidanzato giornalista. Non ha mai conosciuto né Birdie, né Justin. Ha conosciuto lei, sua madre, soltanto l'anno scorso. Le informazioni in suo possesso sono limitate. È per questo che le dobbiamo parlare, signora Lamb».

«Non so cosa dire... È passato tanto tempo...»

«Ci parli di David Thomsen, tanto per cominciare. Che tipo di uomo era?»

Lucy si sente mancare l'aria, come se le venisse risucchiata dalle viscere.

David Thomsen.

Per un attimo, vede tutto nero. Si aggrappa alla sedia e prende fiato.

«Si sente poco bene, signora Lamb?»

«No, no. È che... Non sarebbe meglio che chiamassi un avvocato? Sono in arresto o...?»

«No, signora Lamb, non è in arresto. Stiamo soltanto cercando di gettare luce sulla presenza di Bridget Dunlop-Evers nella sua famiglia e sul motivo per cui trovò la morte nella casa in cui abitavate. A meno che lei non sia in grado di dircelo direttamente. In tal caso, sarebbe libera di andarsene e di godersi la vacanza a Chicago con i suoi figli».

«Io non so che cosa sia successo a Birdie».

Non è propriamente una bugia: Lucy era quasi certa che Henry le avesse dato una botta in testa con la zanna d'elefante, ma non l'aveva visto mentre la colpiva perché la bambina piangeva, lei era andata a prenderla in braccio, ed era successo tutto così in fretta... Non lo sapeva: è la verità.

«Era cattiva» aggiunge, come se le parole le fossero sfuggite dalla bocca. «Birdie. Era una donna cattiva».

Guarda la faccia dell'ispettore sullo schermo: è impassibile, ma inarca appena un sopracciglio.

«Che cosa faceva, di cattivo?»

«Mi aveva convinto ad andare a letto con il suo compagno quando avevo tredici anni, per esempio».

«Con il suo compagno?»

«David Thomsen. Aveva quarantasei anni se non di più. Birdie voleva che mi mettesse incinta perché lei non poteva avere figli. E così mi fece il lavaggio del cervello, me la presentò come una cosa romantica, mi convinse che si trattava di un gesto nobile e di straordinaria generosità e mi lasciò sola con lui. E lui...»

Le viene da piangere, ma si sforza di non versare una lacrima, perché ha bisogno di parlare, ha un bisogno disperato di gridare al mondo quali terribili abusi fu costretta a subire poco più che bambina, di sciogliere il segreto su orrori che non ha mai rivelato a nessuno, neppure a Libby.

«Appena la bambina fu svezzata, me la portarono via. Non me la lasciavano più neppure toccare. Se ne appropriarono loro due, Birdie e David, come se fosse figlia loro. La sentivo piangere e non potevo avvicinarmi. Era tutta opera di Birdie. Ti guardava in un modo, con quegli occhi così chiari che sembravano pezzi di ghiaccio... E aveva sempre le mani gelate. Era brusca, severa: quando ci insegnava a suonare il violino, ci stringeva i polsi fino a farci male». Mentre lo racconta, istintivamente si stringe un polso. «Aveva sempre quest'odore addosso... di sesso. Di capelli sporchi. Aveva i capelli lunghi e non se li lavava mai. Non sorrideva mai. Mi portò via Libby, la spacciava per figlia sua. Avrei dovuto ucciderla io. Se l'avessi uccisa io, ne andrei fiera».

Lucy è adrenalinica e cerca di calmarsi respirando profondamente.

L'ispettore la osserva e poi dice: «Quindi, anche se avrebbe voluto farlo, non l'ha uccisa lei. È questo che sta dicendo?»

«Esatto».

«Chi fu a ucciderla, dunque?»

«Non lo so». Lucy trasalisce nel dire quella bugia e spera che l'ispettore che la interroga da Londra non se ne accorga.

«La vide morire?»

Lucy deglutisce. Le tornano in mente Henry con la zanna di elefante in mano e Birdie lunga distesa per terra, ma quel che è intercorso fra una scena e l'altra è dimenticato, spazzato via dalla memoria. Guarda in faccia l'ispettore e risponde con fermezza: «No».

«Che cosa successe quella notte, signora Lamb? Quando la sua bambina venne abbandonata in quella casa, dopo la morte degli adulti».

«Non lo so. So solo che morirono tutti. Si suicidarono. Forse in cuor loro sapevano di essere cattivi».

«Birdie non si tolse la vita, però».

«No. Probabilmente la uccisero loro. David. La uccise e poi si tolse la vita. Portandosi appresso quei cretini dei miei genitori».

«Sarebbe la spiegazione più logica, signora Lamb: sono d'accordo con lei. Ma non è così semplice. Perché non più di un anno fa i resti di Birdie sono stati spostati dal tetto della casa di Cheyne Walk e gettati nel fiume. E non può essere stato David Thomsen, visto che è morto. Quindi è stato qualcun altro. Che non voleva che il cadavere venisse trovato».

Lucy trasalisce di nuovo. Quel coglione di Henry le aveva assicurato di essersene sbarazzato in maniera definitiva. Ma cosa gli è venuto in mente di buttare una prova così incriminante nel Tamigi? Cosa cazzo credeva? Era davvero convinto che nessuno li ritrovasse mai più? Ma Lucy non può cedere adesso. Perciò, a testa alta, dichiara: «Se i resti erano nel fiume, come fate a sapere che è morta a casa nostra?»

«Grazie alle scienze forensi, signora Lamb». L'ispettore sorride benevolo, mentre le risponde, e Lucy annuisce. *Be', certo.*

«Quindi la persona che ha spostato i resti dal tetto di Cheyne Walk aveva accesso alla casa. Sappiamo che Libby è entrata in possesso dell'immobile circa un anno fa e quindi la rosa dei sospettati comprende lei, suo fratello Henry, sua figlia Libby e Miller Roe e quelli dello studio notarile. Libby ha dichiarato che Phineas Thomsen attualmente si trova a Chicago, ma lavora in Botswana come guida nei safari e i suoi datori di lavoro, con cui ho parlato, confermano che non lasciava il Paese da due anni. Quindi, lei capisce che, a meno che non sia stata Libby a portare via i resti della vittima – e mi pare improbabile, visto che non sapeva neppure che esistessero – vuol dire che siete stati o lei, o suo fratello. Non ci fu soltanto il suicidio collettivo, in quella casa: venne commesso un omicidio. Pertanto, visto che afferma di non essere stata lei a commetterlo, può almeno dirci dove possiamo trovare suo fratello?»

Lucy guarda l'uomo che le parla dallo schermo aspettandosi di trovarlo impassibile e severo. Invece gli legge negli occhi una grande compassione. Non vuole arrestarla: vuole risolvere il mistero. Ma aiutarlo a risolvere questo mistero significherebbe esporsi eccessivamente, per Lucy. Chissà dove andrebbe a finire. Con un brivido di terrore, Lucy pensa che le indagini potrebbero condurre fino allo scantinato della villa di Michael ad Antibes. A quel punto, Lucy perderebbe tutto.

Guarda l'uomo sullo schermo e annuisce.

Quarta parte

59.

Mi allaccio i polsini della bella camicia Reiss che ho comprato a Heathrow prima di partire per venire qui. Mi sembra sia passato un secolo, ma in realtà è solo una settimana. Kris, seduto di fronte a me, è di una bellezza che toglie il fiato, ma è distratto, guarda continuamente il cellulare. Sto incominciando a sospettare che dietro il suo invito per il brunch ci sia un secondo fine.

«Tutto a posto?» gli chiedo, guardando il suo smartphone in maniera eloquente.

«Sì, scusami, Josh. È che... mi deve chiamare un cliente che ha prenotato per le due ma non ha ancora confermato il tour. Giusto per sapere quanto tempo abbiamo».

Guardo l'ora sul telefono: le 11:33. «Abbiamo comunque un sacco di tempo. Quasi quasi ordino un Bloody Mary. Tu cosa prendi?»

«No, io niente alcol. Se poi alle due ho il tour, non posso bere».

«Certo. Ti dispiace se invece io...»

«Ma no, figurati».

Ordino il Bloody Mary e mi volto di nuovo verso Kris, che mi fissa intensamente.

«Che cos'hai fatto di bello, dall'ultima volta che ci siamo visti?» mi chiede. Poi beve un sorso d'acqua.

«Niente di speciale» rispondo con nonchalance. «Mi sono riposato».

«Dove stai, adesso?» Di nuovo guarda il cellulare.

«Mi sono trasferito in un Airbnb. In questa zona. Avevo voglia di un posto più tranquillo, di farmi da mangiare... Hai presente?»

«Quando torni a Londra?»

«Fra non molto. Devo ancora comprare il biglietto, però».

«Non hai nessuno che ti aspetta a casa?»

Sorrido maliziosamente. «I miei due gatti».

«Vivi solo, quindi?»

«Sì. Abito tutto solo soletto in una casa bellissima».

«E la tua famiglia?»

«La mia "famiglia"...» Rido. Non so perché ho mimato le virgolette. Mi riprendo e, più serio, spiego: «I miei genitori non ci sono più. Ho solo una sorella e tre nipoti».

«E che cosa fa tua sorella?»

«In realtà, niente. Suona il violino, ma in questo periodo non lavora. Ha delle questioni di soldi da sistemare e sta per comprare casa. Una storia complicata».

Arriva il mio Bloody Mary e sollevo il bicchiere. «Alla tua. E grazie di far parte della mia esperienza americana. A questo proposito, ti devo delle scuse per martedì sera. Ti ho mandato un messaggio sconclusionato e inopportuno perché ero sbronzo. Talmente sbronzo che manco mi ricordo di avertelo mandato».

«Si capiva che non eri in te. Non ti preoccupare. Sono cose che capitano».

Guarda di nuovo il cellulare. Poi sposta lo sguardo verso l'ingresso e di colpo capisco: sta per arrivare qualcun altro. Chi? Per chi può aver organizzato questo incontro? Non certo mia sorella: non vedo come le loro strade si possano essere incrociate. Ho un'illuminazione. Marco. Marco ha consultato la mia cronologia. Nella mia cronologia c'era il sito di Kris. Dal sito Marco potrebbe aver ricavato il numero di telefono e avergli parlato. Di colpo ne ho la certezza: è un tranello. Mi hanno teso una trappola. Resisto alla tentazione di voltarmi a guardare verso la porta e chiedo: «L'hai poi trovato il tuo amico inglese, Finn?»

Kris fa di no con la testa e si tocca la nuca. È sulle spine. «No» replica. «Non risponde al telefono e nessuno sa dove stia. A dire il vero sono un po' preoccupato. Sai, l'altro giorno mi è venuta in mente una cosa. Ti ricordi che quando ci siamo seduti a guardare il tramonto mi hai detto che casa tua era sul Tamigi? Lì per lì non ci ho fatto caso, ma dopo un po' mi è tornato in mente che pure il mio amico Finn stava in riva al fiume. È una strana coincidenza, no? Mi ha fatto riflettere, caro il mio Joshua Harris». Lo dice in tono scherzoso, ma si sente che è nervoso.

Lo guardo e replico, con un analogo tono di finta allegria e un sorriso fasullo: «E che genere di riflessioni hai fatto, caro il mio Kris Doll?»

«Mah, ho pensato che magari eri tu. Il tipo di cui mi ha parlato Finn, intendo».

«E cioè?»

Kris ha una specie di tic. «Quello infatuato di lui. Che lo chiudeva a chiave in una stanza».

«C'era uno che lo chiudeva a chiave in una stanza?» ripeto. «Che roba. Poveraccio. No, ti assicuro che non ero io».

«Siamo sicuri?»

Assumo un'espressione dura. «Sì. Siamo sicuri. Senti, mi sono reso conto che ho tante cose da fare. Forse è meglio che vada». Poso sul tavolo abbastanza biglietti da dieci dollari per pagare le uova strapazzate e il Bloody Mary e prendo la giacca dallo schienale della sedia.

Kris si alza in piedi e tende un braccio verso di me. «No» mi dice con un'ombra di panico nella voce. «Scusa. Non te ne andare. Non volevo. È solo che... Non lo so, mi sembrava... Dai, almeno finisci il tuo drink» implora.

Occhieggia la porta, io seguo il suo sguardo e vedo una macchina che accosta in doppia fila e due portiere che si aprono contemporaneamente per far scendere due uomini vestiti di scuro.

Mi volto, vedo il corridoio che porta alle cucine e mi metto a correre.

60.

Samuel

Io e Donal torniamo in ufficio e ci sediamo alla scrivania senza parlare, basiti e ancora increduli.

Lucy Lamb ci ha servito il fratello su un piatto d'argento.

Due colleghi di Chicago stanno andando a prelevarlo in questo preciso momento nel ristorante dove la sorella ci ha detto che aveva appuntamento per il brunch con un amico. Presto sapremo se lo hanno trovato e avremo finalmente la possibilità di interrogarlo in relazione alla morte di Birdie Dunlop-Evers. Non vedo l'ora di archiviare file e documenti e chiudere questo caso che mi ronza continuamente nella testa dal giorno in cui è arrivata la segnalazione del ritrovamento di resti umani in un sacco di plastica da parte di Jason il *mudlark*, questo caso che riempie i miei momenti di silenzio, i miei sogni e i miei pensieri di personaggi privilegiati e perversi e di abusi su quattro poveri bambini vulnerabili e abbandonati a loro stessi.

Ma prima dobbiamo sentire cos'ha da dire Henry Lamb e fino ad allora io e Donal non possiamo fare altro che fissare il muro in silenzio e aspettare.

«Strafica, non trovi?» dice a un certo punto Donal.

«Come dici, scusa?»

«Lucy Lamb. Ha due occhi scuri... Un bel viso, un fisico da paura...»

Alzo gli occhi al cielo. Da quando la sua compagna lo ha lasciato, tre mesi fa, Donal si è trasformato e invece di parlare del gatto che ha dovuto portare dal veterinario e dei weekend passati a montare scaffali, parla solo ed esclusivamente di donne. Bisogna che si trovi un'altra al più presto. I commenti maschilisti non gli fanno onore.

Guardo le email per evitare ulteriori discorsi sull'avvenenza di Lucy Lamb. Vedo che mi ha scritto Philip Dunlop-Evers. Mi manda un'email al giorno.

Volevo sapere se ci sono novità. Mi scusi se la disturbo. Confido che mi avvertirà appena scopre qualcosa.

Rispondo:

Stiamo per interrogare uno dei ragazzi che vivevano in casa con Birdie all'epoca della sua morte. Abbiamo rintracciato e interrogato Justin Redding, che è stato molto collaborativo, ma in quel periodo viveva fuori Londra. Spero di avere novità entro stasera. La aggiorno per email, oppure mi chiami lei per telefono.

Philip Dunlop-Evers non mi chiamerà: è troppo discreto. Pensa che io sia occupatissimo e non abbia tempo per parlare con lui al telefono. È un brav'uomo, una persona corretta. Non come la sorella, a quanto pare, descritta come un'arpia sia da Lucy Lamb che da Justin Ugley. Penso a quelle ossa delicate, a quello scheletro talmente minuto che lì per lì avevamo pensato che si trattasse di un ragazzino. Altro che ragazzino: quella donna doveva essere un mostro.

Io e Donal sussultiamo nel sentir partire la suoneria del mio smartphone. Lo prendo e premo il tasto di risposta.

«Ispettore Owusu? Sono l'agente Jacobs. La chiamo da Chicago. Noi siamo pronti per dare inizio all'interrogatorio. Volete seguirci da remoto?»

«Sì, grazie. Ci date tre minuti per predisporre la videochiamata? Grazie mille».

Lancio un'occhiata a Donal e gli faccio un cenno. Lui annuisce e ci incamminiamo.

61.

Luglio 2018

Rachel prese una stanza in un hotel di Nizza e subito si spogliò e si infilò sotto la doccia. Rimase sotto il getto dieci minuti buoni, per levarsi di dosso il sudore della giornata e le emozioni negative scatenate da Michael. Non avrebbe voluto dire certe cose, la sua intenzione era di restare più calma, trattenersi più a lungo e farlo parlare della sua situazione finanziaria. Era riuscita comunque a raccogliere un bel po' di informazioni in quel quarto d'ora in cui era rimasta sola nello studio di Michael, più di quanto si aspettasse. E aver detto quello che pensava le dava un senso di grande soddisfazione. Anche se la storia non era certo finita lì. Tutt'altro. Michael aveva estorto a suo padre seicentomila sterline. Aveva una Maserati rossa parcheggiata davanti a casa. Rachel non poteva chiudere gli occhi senza rivedere quelle immagini oscene e ripensare all'imbarazzo del padre mentre lei scorreva le foto sul suo portatile.

Indossò una lunga gonna azzurra di seta e un top nero, prese la borsa e uscì nella sera calda e umida. Il centro di Nizza era completamente diverso, rispetto a febbraio: la musica che usciva dai ristoranti si mescolava ai suoni del luna park e alle canzoni di suonatori e artisti di strada in ogni angolo. I camerieri mostravano il menu ai passanti invitandoli a entrare e Rachel si lasciò convincere a sedere a un tavolo in uno dei ristoranti nella piazza principale da un uomo con i capelli grigi e la camicia bianca che gli tirava sulla pancia. Ordinò *entrecôte* e *frites* e vino bianco della casa. Diversi camerieri di mezz'età le ronzarono attorno fingendosi estremamente professionali, ma lanciandole occhiate lubriche. Rachel non ci badò. Si sentiva come un ciottolo liscio sul fondo di un lago pieno di pesci: solida, immobile, centrata. Sentì vibrare il telefono e guardò chi era: un'email di Jonathan. I suoi «contatti» stavano controllando le info che lei aveva mandato poco prima, ma non avevano scoperto ancora niente.

Rachel ordinò un altro bicchiere di vino e una fetta di torta al cioccolato e nella confusione della piazza riconobbe le prime note di *Titanium*, suonata da un violino. Spinse da una parte il piatto con il dessert, finì il vino e pagò il conto.

Lucy non stava per niente bene. Era magrissima, aveva i capelli sporchi e le labbra screpolate, e anche i figli sembravano piuttosto malmessi. Rachel si avvicinò, con le braccia conserte, e vide che si stava raccogliendo una piccola folla e che la bombetta per terra era piena di monetine. Passò davanti a Lucy senza guardarla e lasciò cadere nel cappello una banconota da venti euro. Sentì che Lucy la ringraziava e si allontanò. Rimase a guardarla dall'altro lato della piazza fino alle dieci, quando Lucy chiuse il violino nella custodia, prese i soldi dalla bombetta e li infilò in un borsellino, svegliò la figlia, che nel frattempo si era addormentata, porse al figlio strumento, tappetino da yoga e guinzaglio del cane e si incamminò verso la casetta celeste sulla collina del Castello. Rachel la seguì e la vide bussare alla porta. Il portiere si affacciò alla finestra e, nel vederli, si illuminò. Rachel sentì che diceva: «Oh, mia bella signora. Oh, miei cari ragazzi. Ciao, cagnolino! Venite. Entrate».

Siccome Rachel aveva il volo la domenica sera, dopo aver fatto colazione con calma, lasciò il bagaglio alla reception e prese un taxi per tornare ad Antibes. Jonathan le aveva telefonato un'ora prima per confermarle che l'intestatario del conto della PMX era affiliato alla MCR International, la società di Michael.

«Quindi è sicuro? È stato lui?» gli aveva chiesto Rachel.

«Sì. Al cento per cento. Chiamiamo la polizia?»

Rachel ci aveva pensato su un momento, poi aveva risposto: «No, non ancora. Ho bisogno di rifletterci. Non ho ancora deciso bene come muovermi».

A quel punto, però, si era chiarita le idee. Aveva deciso di andare da Michael, prendere la pistola dal cassetto, puntargliela alla testa e fargli scucire tutti i soldi che aveva estorto a suo padre fino all'ultimo centesimo. Non un penny di meno.

Michael le aveva detto che la domestica la domenica non lavorava.

In casa non ci sarebbe stato nessun altro.

Si fece lasciare dal taxi sulla strada principale e imboccò la stradina che portava alla villa di Michael. La Maserati rossa era parcheggiata sul vialetto, le persiane erano aperte, si sentiva odore di barbecue. Rachel sbirciò dalle finestre ai lati della porta d'ingresso e, nel cogliere un movimento, si chinò per non farsi vedere.

Incerta se annunciarsi o meno, decise di aspettare ancora qualche minuto. Poco più in là c'era un cancelletto che portava direttamente nel giardino. Rachel lo aprì ed entrò, vide l'azzurro luccicante della piscina, uccellini coloratissimi fra i banani e strani insetti con una lunga proboscide che volavano a punto fisso come colibrì vicino ai ciuffi di lavanda. Un'oasi di bellezza appena fuori dalla città, su cui incombeva però un'opprimente cappa di turpitudine e perfidia.

Guardò dalla portafinestra della cucina e vide una donna che puliva con grande energia. Per un attimo pensò che fosse Joy. Era una donna con i capelli scuri e i guanti di gomma, che spruzzava candeggina e fregava ogni superficie. A un certo punto la vide raccogliere da terra uno straccio rosso, che a uno sguardo più attento però si rivelò non fatto di un materiale rosso, ma intriso di qualcosa di rosso. Seguì la striscia rossa sul pavimento e i suoi occhi si posarono su un piede. Un piede nudo, abbronzato, peloso.

Rachel lo riconobbe subito. L'avrebbe riconosciuto ovunque. Michael aveva piedi bellissimi. La donna si voltò e Rachel si accorse che non era Joy. Le balzò il cuore in gola: era Lucy. Osservò rapita tutta la scena, nauseata e al tempo stesso euforica: Lucy che avvolgeva il corpo senza vita di Michael in un lenzuolo e lo faceva rotolare su due sacchi neri della spazzatura stesi uno accanto all'altro, per trascinarlo sul pavimento di granito bianco in una stanza dietro la cucina, quella in cui era andata Joy il giorno prima mentre lei parlava con Michael. Dopo un po' Lucy tornò e riprese a pulire, spruzzando detersivi e candeggina ovunque e sfregando con pezzi di carta da cucina che si coloravano di rosso e finivano uno dopo l'altro in un sacco della spazzatura. Dopo una buona mezz'ora, Lucy si tolse i guanti di gomma, li cacciò nel sacco e lo chiuse con un nodo.

Un momento dopo Rachel sentì sbattere la porta di casa. Rimase ferma immobile, in silenzio, con il fiato sospeso. Che cosa aveva appena visto? Com'era stato possibile? Lucy aveva ammazzato Michael? No, no. Impossibile.

Restò lì a lungo, poi si riscosse e si avvicinò alla portafinestra. Prese un fazzoletto di carta per non lasciare impronte e provò ad aprire. La maniglia girò senza difficoltà. Per terra c'erano un paio di ciabatte infradito di Michael. Rachel lasciò le scarpe in giardino e mise quelle.

Fece un giro della casa con estrema cautela, in silenzio, per tentare di ricostruire cosa potesse essere successo. Era tutto in perfetto ordine, immacolato. La cucina brillava, la lavastoviglie ronzava, non c'erano segni di lotta o di colluttazione. Rachel aveva il battito a mille, in preda a un'emozione strana. Era una tragedia. Ma anche un evento straordinario. Lucy era stata straordinaria. Lo aveva ucciso. Aveva aspettato il momento giusto e lo aveva ammazzato. Così almeno non avrebbe più fatto male a nessuna. Rachel era piena di adrenalina, di sollievo, di nausea, di ammirazione.

E mentre era immersa in queste riflessioni, le venne in mente che il movente di Lucy era lo stesso che avrebbe potuto avere lei: doveva togliersi di lì al più presto. Ma non poteva andare via senza vederlo. Doveva accertarsi in maniera inequivocabile che era morto. E così andò nel retrocucina, vide che c'era una scala, accese la luce e scese velocemente nella cantina. Era grande, con un mobile bar e due sgabelli di legno, bicchieri e bottiglie, uno specchio vintage con un disegno art nouveau, quadri e stampe a tema vinicolo alle pareti. E poi c'era Michael, chiuso in un bozzolo di plastica nera. Rachel si chinò e, proteggendosi con il fazzoletto di carta, scostò i lembi dei sacchi neri e scoprì l'ombelico di Michael, i peli impiastricciati di sangue. Vide la punta delle sue dita livide, la maglietta sollevata sul petto, il pomo d'Adamo e la bocca aperta, storta, gli occhi che la fissavano vacui.

Lo ricoprì e lo lasciò dov'era. In cima alle scale si voltò un istante per lanciargli un ultimo sguardo. Patetico, pensò.

In cucina si tolse le ciabatte di Michael, si rimise le scarpe, richiuse la portafinestra scorrevole con la mano protetta dal fazzoletto di carta e si incamminò lungo la stradina per tornare nelle strade affollate di Antibes, prendere un taxi, tornare in hotel a ritirare la valigia e farsi portare in aeroporto.

62.

Giugno 2019

Guardo lo schermo dove sono inquadrati i due ispettori di Londra. Uno è nero e si chiama Samuel, l'altro è bianco. Il nero dev'essere più alto in grado. Appoggia i gomiti sul tavolo da cui mi parla e mi fa un sorriso cordiale.

«Henry Lamb» dice. «Finalmente».

«Non sapevo mi steste cercando» replico.

«Già. Si era dato – per così dire – alla latitanza».

«Sono reduce da un periodo di stress sul lavoro. Avevo bisogno di prendermi una pausa».

«E poi è appena entrato in possesso di una cospicua somma di denaro, giusto?»

«Sì, ma non c'entra. Disponevo di cospicue somme di denaro anche prima. Avevo bisogno di staccare da tutto e da tutti, di stare un po' per conto mio. Un anno fa mia sorella è venuta a stare da me con due figli e un cane. Non ne potevo più».

«È per questo che non rispondeva né alle telefonate né ai messaggi?»

«Esatto».

Guardo il bianco e percepisco il suo disprezzo. Rappresento una realtà per la quale prova un odio profondo. Gli lancio un'occhiata leggermente maliziosa per il gusto di vederlo rabbrividire. E infatti rabbrividisce, schifato.

Samuel, il nero, mi espone brevemente i risultati delle

sue indagini. È fiero di sé, si vede benissimo. E ha ragione di esserlo, anche se io per la verità gli ho spianato la strada.

Continuo a ripensare a quella sera di giugno dell'anno scorso, poco dopo che Libby aveva preso possesso della casa di Cheyne Walk. Ero salito sul tetto, avevo tolto la cerata dietro il comignolo, avevo spostato le foglie e i rami che nel corso degli anni il vento aveva accumulato su quella specie di sarcofago e avevo fissato per un momento il corpo avvolto in vecchi asciugamani e lenzuoli. Poi mi ero chinato e avevo sollevato i vari strati di spugna e tessuto fino ad arrivare allo scheletro. Vincendo il ribrezzo, avevo preso le ossa e le avevo buttate a una a una dentro un sacco di plastica nero, di quelli che si usano per la spazzatura. Alla fine ero sceso in casa e mi ero seduto al sole a bere una birra fresca in giardino, con le ossa di Birdie ai miei piedi. Finita la birra, avevo bruciato asciugamani e lenzuoli.

Al tramonto avevo preso le due bottiglie vuote e il sacco nero ed ero rimasto un bel po' a guardare il sole che calava sul Tamigi e i suoi riflessi colorati sull'acqua. L'idea era di aspettare un momento in cui non ci fosse nessuno in giro e aprire il sacco per lasciar cadere le ossa nel fiume, ma mentre stavo per farlo la sirena di una chiatta mi aveva fatto fare un salto, avevo perso l'equilibrio e il sacco mi era scivolato di mano. Mi ero sporto per cercare di riprenderlo, ma non c'ero riuscito ed ero rimasto lì a seguirlo con lo sguardo mentre si allontanava sul pelo dell'acqua portandosi via Birdie, le sue ossa e chissà quante prove e indizi. Via, fuori dal mio controllo. L'avrebbero trovata? Non potevo saperlo. Speravo solo che, nel caso, la trovassero i pesci o gli uccelli e ne facessero banchetto, subito o dopo dieci anni, o cento, o mille. L'importante era non sentirla mai più nemmeno nominare.

Invece purtroppo l'arpia è riemersa dopo un anno soltanto. E la colpa è mia, e solo mia.

«Allora, signor Lamb...»

Penso sia la prima volta in vita mia che mi sento chiamare «signor Lamb» e mi viene istintivo voltare la testa per vedere se è miracolosamente apparso mio padre. Ma no, il signor Lamb sono io. Mi sono fatto chiamare in talmente tanti modi diversi che me n'ero dimenticato.

Samuel continua: «La scorsa estate qualcuno è andato al civico 16 di Cheyne Walk per recuperare dal tetto della casa i resti della signorina Dunlop-Evers e lanciarli nel Tamigi. Lei sa chi può essere stato? Sempre che non sia stato lei...»

Mi guarda e, nonostante sia a migliaia di chilometri di distanza e su uno schermo, colgo il suo acume, la sua sensibilità e capisco che è in grado di leggere gli altri come un libro aperto. Devo stare attentissimo. Ma ce la farò, perché ho imparato a dissimulare molto bene, e a nascondere la verità su me stesso e su chi sono. Non caverà nulla da me. Assolutamente nulla.

«No, non sono stato io. E nemmeno Lucy. Avete preso in considerazione la possibilità che sia stato qualcun altro che si trovava in zona in quel periodo?»

«Sì, naturalmente. Allude ai due Thomsen junior? Abbiamo ricostruito i loro movimenti e accertato che nessuno dei due si trovava a Londra l'anno scorso. E comunque non hanno le chiavi. A quanto ci risulta, le avete solo voi tre: lei, sua sorella e Libby».

«Sbaglia» dichiaro trionfante.

«Cosa ho detto di sbagliato?»

«Sbaglia a pensare che al giardino si acceda esclusivamente dalla casa. Esiste un cancello».

Vedo che i due ispettori hanno un attimo di smarrimento nel constatare che nella loro bella teoria si stanno aprendo le prime crepe.

«Un cancello?»

«Sì, nel muro retrostante. Porta al giardino della casa accanto. È coperto quasi del tutto dal glicine, quindi forse non l'avete notato».

«Dunque lei sta dicendo che uno dei residenti della casa accanto potrebbe essere entrato nel vostro giardino per salire sul tetto e portare via i resti di Bridget Dunlop-Evers?»

«No, non sto dicendo questo. La casa è divisa in appartamenti e l'ex giardino adesso è un parcheggio a cui si accede tranquillamente dalla strada. Può essere entrato chiunque».

Mi godo il silenzio che segue questa mia rivelazione.

«Posso tornare alle mie vacanze, adesso, ispettore?»

«No. Scusi, ma avrei ancora qualche domanda».

«Non vedo cos'altro ci sia da aggiungere. Ormai sapete tutto. Birdie Dunlop-Evers era una pazza furiosa che ci terrorizzò per oltre cinque anni, convinse mia sorella a tredici anni ad andare a letto con un uomo adulto, le fece portare a termine la gravidanza e poi si appropriò della bambina. Si sarebbe dovuta suicidare insieme ai miei e a David Thomsen, ma morì prima perché si beccò una botta in testa che, con ogni probabilità, si meritava. E a darle quella botta in testa potrebbero essere state diverse persone, perché quella donna era odiata da tutti, e pericolosa. Adesso abbiamo acclarato che anche a portare via i suoi resti e buttarli nel fiume potrebbe essere stato chiunque. Quindi, con tutto il rispetto, non vedo elementi a sostegno della sua ipotesi, ispettore. Se penso che avete coinvolto persino l'Interpol... Che figuraccia!»

Samuel mi squadra per qualche secondo, poi cambia posizione e consulta un documento. «Ancora qualche domanda. Se non le dispiace».

Gli lancio un'occhiataccia. Cos'altro ha in mano?

«Lei fu l'ultimo a scappare di casa lasciando nella culla Libby Jones, che all'epoca si chiamava ancora Serenity Lamb, ma la polizia stabilì che il decesso dei suoi genitori e di Thomsen risaliva a tre o quattro giorni prima. Che cosa successe nel frattempo? Qualcuno rimase nella casa? Chi? A fare cosa?»

Sospiro. «Non rimase nessuno. Erano scappati tutti e mi avevano lasciato lì con la bambina. Era tutto sulle mie spalle, Lucy se n'era andata. Mi trattenni finché potei, ma poi...» Faccio la faccia da martire e sospiro.

«C'è una cosa che mi sfugge, signor Lamb. Capisco che era molto giovane, ma... perché non chiamò la polizia? Voglio dire: quattro ragazzini prigionieri in una casa in balia di adulti abusanti, sottoposti a vessazioni e violenze di ogni tipo, che finalmente si ritrovano liberi perché i loro aguzzini sono morti... Perché non chiamaste la polizia? Vi avrebbero soccorso».

Bella domanda. Accavallo le gambe e guardo lo schermo. «Eravamo traumatizzati e sotto shock» rispondo. «Non eravamo ragazzi normali. Non so quale altra spiegazione darvi. Se penso a me stesso a sedici anni, mi vedo come un alieno. Se tornassi indietro, chiamerei la polizia, certo. Allora però non lo feci».

Samuel sospira. Capisco di averlo battuto.

«La ringrazio, signor Lamb. Le devo chiedere però di rimanere in contatto con noi, perché le indagini sono ancora in corso. Se lei e sua sorella tornaste subito a Londra ed evitaste di scomparire di nuovo, vi sarei molto grato».

Lo schermo un momento dopo si spegne e io mi volto verso l'agente che ha presenziato al colloquio. «Posso andare, ora?»

«Sì».

Appena esco in strada, accendo il telefono, ma poi mi blocco. Ho un groppo alla gola. Sono in preda a una strana inquietudine, a un impellente bisogno di non dimenticare. Anzi, il contrario. Ho bisogno di abbracciare mia sorella. Ho bisogno della mia famiglia. Di sentirmi al sicuro. Di rivedere i miei gatti e i miei colleghi. Di andare a correre a Regent's Park. Voglio tornare a casa.

Sblocco il numero di Lucy e vengo inondato da una raffica di notifiche. Leggo l'ultimo messaggio che mi ha mandato: *Scusa. Volevo che questa storia finisse. Spero di non aver sbagliato. Chiamami, per favore.*

La chiamo. «Ciao».

«Oddio, Henry. Stai bene? Com'è andata con la polizia? Dove sei?»

Le dico che sto bene, che mi hanno lasciato andare.

Le spiego dove sono e lei mi dice che ha preso una stanza nell'albergo dov'ero io fino a pochi giorni fa.

Mi aspetta nella hall con Marco e Stella. Con mia grande sorpresa, mi corrono incontro tutti e tre per gettarmi le braccia al collo e per un attimo mi perdo nel loro profumo familiare, che inaspettatamente mi consola. Restituisco i loro abbracci.

Ordiniamo da mangiare e provo un senso di sollievo, di leggerezza. So benissimo che non è finita qui, che l'ispettore Owusu a Londra continuerà a indagare e non è affatto detta l'ultima parola. Ma per la prima volta da quella mattina di aprile del 1994 in cui abbandonai Libby che dormiva nella culla e i miei genitori morti in cucina e mi incamminai verso il centro di Londra con mille sterline nella tasca di una giacca che mio padre si era fatto fare su misura in Savile Row, il futuro non mi riempie di paura. Anzi, mi piace. Ho voglia di viverlo. Mi sento come guarito. Se non fosse un cliché, direi che sono rinato.

Mi ha guarito Chicago. Mi hanno guarito Lucy e i bambini. Mi sta facendo bene anche la pasta aglio e olio che stiamo mangiando, succulenta e ben condita. Tornerò a Londra e mi riprenderò la mia identità. Riprenderò a essere Henry Lamb. Mi riprenderò il bambino che tanti anni fa mi guardava dallo specchio di Cheyne Walk. Non c'è più ragione di fingermi un altro.

Lucy interrompe le mie meditazioni. «A proposito» dice. «Phin? L'hai trovato?»

Mi vanno di traverso gli spaghetti. Mi pulisco le labbra con il tovagliolo.

«No» rispondo. «Purtroppo no. Nonostante ci abbia provato in tutti i modi».

Colgo il suo cambio di espressione. Che cosa vorrà dire? Non mi crede? Senza darmi il tempo di rifletterci oltre, Lucy mi sorride.

«Vuol dire che non era destino» dice.

«Già» rispondo.

Quinta parte

63.

Samuel

Lo schermo si spegne e Henry Lamb sparisce. Mi passo le mani sulla faccia.

Donal mi lancia un'occhiata.

«Pub?»

La mia testa dice *No, Samuel. Vai a casa e fatti una bella dormita.* Il cuore però mi fa rispondere: «Okay, pub».

Il locale è pieno di bevitori del venerdì sera, la temperatura è gradevolmente tiepida e c'è ancora luce. Donal affronta la lunga coda al bar e io mi siedo su uno sgabello a un tavolino che si è appena liberato e cerco di buttare fuori lo stress della giornata con il respiro, alla maniera zen. È stata una giornata troppo faticosa, però. Sono andato in macchina fino in Galles e ritorno e ho condotto tre interrogatori. I miei muscoli contratti si rifiutano cocciutamente di rilassarsi e so che solo l'alcol può aiutarmi ad allentare la tensione.

Mentre aspetto Donal, guardo il telefono e vedo che Cath Manwaring mi ha scritto un messaggio per sapere com'è andata con Justin. Lì per lì penso sia curiosa, oppure voglia rimarcare l'importanza del suo contributo di brava cittadina, ma dice di essere preoccupata per Justin. Dice che stasera non si è fatto vedere al pub, dove va tutti i venerdì. Io per caso ne so qualcosa? domanda.

Lo avete arrestato? scrive.

Rispondo subito. *No, nessun arresto. L'ho lasciato verso le 14 al suo camper.*

Era agitato?

No, sembrava tranquillo.

Mando mio marito a vedere. Mi sento in colpa.

Non deve sentirsi in colpa, signora Manwaring. Ha fatto la cosa più giusta. Justin è stato molto utile alle indagini.

Speriamo bene...

Arriva Donal con le birre e le posa sul tavolo. Guardo il bicchiere con una gioia che non credevo avrei provato dopo questa giornata così faticosa e inutile. Non ho combinato niente: Henry Lamb mi ha fatto capire che è un caso impossibile da risolvere. Non ci sono prove, solo testimonianze non corroborate da fatti. Dopo tanti anni, sul mistero si è depositato uno spesso strato di polvere praticamente impossibile da togliere. Bevo un meritato sorso di birra ghiacciata e mi rendo conto che sto perdendo la determinazione. Quanto denaro pubblico posso ancora investire in questa indagine? Una donna gelida e perversa, a cui nessuno voleva bene e di cui nessuno sente la mancanza, indimostrabili abusi su minori perpetrati in una casa dove abitavano più persone, delle quali per oltre sei anni non c'è traccia in alcun pubblico registro, e dove a un certo punto si trasferì una famiglia senza fissa dimora, che senza farsene accorgere si impossessò di tutto. È un caso impossibile. Terribile. Se lascio che continui a ossessionarmi, finirà per uccidermi. Forse dovrei cercare di togliermelo dalla testa. Non so. Per ora, voglio godermi questa pinta con Donal, parlare del più e del meno e poi tornarmene a casa e dormire. Deciderò domani se proseguire le indagini oppure no.

Perché c'è qualcosa che mi rode. Qualcosa che non mi quadra a proposito di Henry Lamb. Ha avuto un'infanzia tremenda, è vero, ma ha qualcosa di perverso. Una vena maligna. Non ho segnalato alle autorità statunitensi l'utilizzo di passaporti falsi da parte dei Lamb per entrare nel Paese perché voglio che tornino a Londra. Li voglio qui, a portata di mano, perché ho la netta sensazione che nascondano qualcosa.

Mi arriva un messaggio a metà della seconda birra. Di nuovo Cath Manwaring. Leggo e mi si ferma il cuore.

Per favore, mi chiami appena può. È per Justin. È successa una cosa terribile.

64.

Luglio 2018

Rachel tornò in Francia qualche giorno dopo. Il corpo di Michael era stato ritrovato da Joy, la domestica, e la polizia ovviamente voleva parlare con lei. Disse che sì, era andata a trovarlo la settimana prima. Sì, si erano lasciati malamente. Sì, erano separati. E sì, avevano alcune questioni finanziarie da risolvere ma no, non lo aveva ucciso lei. Non ne aveva motivo. «Sono andata via da casa sua decisa a non vederlo mai più» spiegò.

Michael era un uomo violento, disse, un criminale che vendeva apparecchiature ai narcotrafficanti, si muoveva in un sottobosco di illegalità e loschi affari e teneva una pistola nel cassetto della scrivania. Era un individuo spregevole ed era contenta che fosse morto, ma non era stata lei a ucciderlo e non aveva la minima idea di chi potesse essere stato. Michael doveva un sacco di soldi a un sacco di gente, spiegò. E frequentava personaggi equivoci, ambienti nei quali è facile finire ammazzati. Chissà quanta gente lo voleva morto.

«Della ex moglie, Lucy Smith, che cosa sa?» le chiesero.

«Niente» rispose. «Michael non parlava mai di lei. So solo che si erano lasciati malamente tanti anni fa e che lui non l'aveva più rivista».

«Interessante» replicarono quelli della polizia. «Secondo la domestica di Rimmer, invece, lui e la ex moglie si erano visti di recente. Molto di recente».

Rachel rabbrividì dentro di sé. Come faceva Joy a sapere che Lucy era stata alla villa? La domenica non lavorava, no?

«Cinque giorni prima della morte di Rimmer, per la precisione. Lo stesso giorno in cui andò alla villa anche lei, sempre secondo la domestica. Si presentò con i figli e il cane e si trattenne con lui in giardino per una quindicina di minuti. Secondo la domestica, si comportarono molto amichevolmente».

Rachel cercò di nascondere la propria confusione e annuì con aria pensosa. «Sarà stata un'altra delle sue bugie. Michael mi mentiva su tutto, mi avrà mentito anche su questo».

Non avendo gli estremi per trattenerla, la polizia la lasciò andare dopo qualche ora. Rachel inforcò gli occhiali da sole e andò a piedi fino alla spiaggia, per strade che ormai conosceva. Resistette alla tentazione di andare a cercare Lucy nell'ostello celeste sulla collina del Castello e dirle che la ammirava e che l'avrebbe protetta e difesa fino alla morte. Non poteva andare da lei dopo aver detto alla polizia che non la conosceva. E quindi si sedette a un tavolino fronte mare e ordinò un Aperol Spritz a un cameriere che sembrava il protagonista di uno spot pubblicitario di un dopobarba. Brindò silenziosamente a Lucy e pregò per entrambe.

Da quel giorno l'ispettrice francese Avril contattò regolarmente Rachel per molti mesi e per molti mesi Rachel visse nella consapevolezza di essere nella rosa dei sospettati, insieme con Lucy. Tramite le scuole dei figli, la polizia era risalita all'ultimo indirizzo di Lucy, ma il portiere dello stabile aveva dichiarato che lei e i due bambini erano in vacanza a Malta. A Malta non c'era traccia di loro, però. Lucy sembrava sparita nel nulla.

Per molti e molti mesi Rachel dormì malissimo, con l'ansia che il telefono squillasse e la polizia le dicesse di aver in qualche modo scoperto che era entrata nella villa di Antibes dopo che Michael era stato assassinato.

Le veniva la pelle d'oca anche al pensiero che trovassero Lucy. Pensava al ragazzino dall'aria seriosa e alla bambina che sembrava un angioletto, ai loro visi assonnati mentre la mamma suonava il violino in piazza. Era preoccupata persino per il cane. Che ne sarebbe stato di loro, se Lucy fosse finita in carcere?

Una mattina di inizio giugno, quasi un anno dopo il ritrovamento del cadavere di Michael in cantina, le squillò il telefono.

Era Avril, l'ispettrice francese.

«Ci sono novità, signora Rimmer» esordì. «Può parlare?»

65.

Giugno 2019

Lucy, i bambini e Henry arrivano a Londra alle sette di sabato sera. I funzionari al controllo passaporti li hanno fatti distrattamente passare sia alla partenza sia all'arrivo, come previsto da Henry. «Vedrai che l'ispettore di Londra non ha avvisato nessuno» aveva detto Henry a Lucy mentre andavano all'aeroporto O'Hare con un Uber. «Non vuole che ci trattengano qua a tempo indeterminato. Ci vuole a Londra».

Alle nove scendono dal taxi nero che hanno preso a Paddington Station ed entrano nel palazzo di Henry. Oscar, il portinaio, non c'è: il sabato smonta prima. Si infilano nell'ascensore con i bagagli e salgono al terzo piano.

Lucy molla lo zaino sul pavimento dell'ingresso e si guarda intorno. Possibile che siano passati solo quattro giorni da quando è partita? Otto da quando ha preparato i cupcake per la scuola di Stella? Non riesce a capacitarsi: le sembra di aver vissuto mille vite, da allora.

Nel sentire voci umane, i gatti si palesano, timide ombre rasenti la parete. Henry li prende in braccio tutti e due. Quello buono gli struscia il muso sul collo, l'altro lo graffia e soffia finché Henry non lo rimette per terra. La domestica è andata a pulire ed è tutto in ordine.

Si fanno portare pollo fritto a domicilio da Deliveroo e guardano la tv seduti tutti insieme sul divano. Henry si sente diverso, più morbido, con il gatto buono in grembo e Lucy e i ragazzini che ridono e scherzano mangiando il pollo. Stella a un certo punto prende i cuscini del divano e li posa per terra per sedervisi sopra e lui non ci fa neppure caso.

Vanno a letto alle due per via del jetlag. Lucy non riesce a prendere sonno e ascolta i rumori del traffico fuori dalla finestra sentendo salire il panico che la tormenta da oltre un anno, il cerchio alla testa, il senso di tragedia incombente che le rosicchia via ogni sicurezza. Se a ventisei anni di distanza la polizia sarà in grado di dimostrare che a spaccare il cranio a Birdie è stato Henry, sarà in grado di dimostrare anche molto altro. Eccomi qui, in un bel letto morbido, in un lussuoso appartamento nel centro di Londra, ma non riesco a stare tranquilla, pensa. Finché non saprò che la polizia francese ha smesso di cercarmi, non avrò pace.

66.

«Bentornato a Londra, Henry».

Con una certa petulanza, tengo la porta socchiusa per un po', prima di far entrare l'ispettore Owusu. Quando poco fa è suonato il citofono, nel vedere la sua faccia sul display mi è venuto un colpo. Owusu è il poliziotto che mi ha interrogato da remoto mentre ero a Chicago e di cui speravo di essermi liberato definitivamente venerdì scorso. Non capisco perché si intestardisca. Se si dedicasse a un caso nuovo e più avvincente, magari avrebbe qualche speranza di successo. Invece no, eccolo qui che mi piomba in casa di domenica mattina.

«Grazie» rispondo scusandomi per il disordine e rimettendo i cuscini sul divano. «A cosa devo la sua visita, ispettore?»

«Purtroppo ho una brutta notizia da darle, signor Lamb. Volevo dirglielo di persona, prima che lo leggesse sui giornali. Perché sicuramente i media ne parleranno diffusamente. È meglio che si sieda».

Sbatto le palpebre. Non ho la più pallida idea di cosa stia per dirmi. Mi vengono in mente tutte le persone a cui voglio bene: Lucy, i bambini, Libby. Persino Miller Roe. Mi siedo lentamente e guardo l'ispettore. «Mi dica».

«Venerdì sono andato in Galles a parlare con Justin Ugley, che lei ha conosciuto come Redding».

Annuisco. Prendo fiato.

«Mi duole comunicarle che si è tolto la vita. È stato trovato da un vicino venerdì sera».

«Oh, mio Dio». Mi tappo la bocca con tutte e due le mani. Mi sento come se avessi preso un pugno in pancia.

«Ha lasciato uno scritto che ritengo lei debba vedere, in quanto la riguarda. Vuole che glielo mostri?»

«Ah. Sì, sì. Certo».

L'ispettore mi porge una fotocopia piegata a metà. La apro e riconosco subito la grafia. Mi commuovo. È la grafia ordinata dei quaderni su cui erano appuntati i nomi latini di tutte le piante, erbe e frutti che coltivavamo in giardino e le scadenze da rispettare. È la bellissima grafia di Justin.

Leggo:

Prima di tutto chiedo scusa a chi mi troverà. Il mio è un atto di egoismo che causerà dolore a chi mi vedrà così. Vi prego però di ricordare che me ne vado serenamente e non sono mosso da una violenta disperazione, ma da un desiderio di liberazione spirituale. Sono stato molto infelice, per molto tempo. Ho preso decisioni sbagliate e compiuto scelte scellerate. Ho fatto soffrire molte persone, le ho abbandonate nel momento del bisogno. Ho vissuto una vita inutile e vuota, ed è come se fossi già morto da vent'anni. A tormentarmi sono i ricordi di ciò che vidi alla fine degli anni Ottanta e inizio anni Novanta in quella casa di Chelsea, i terribili abusi perpetrati su minori innocenti da David Thomsen e Birdie Dunlop-Evers, i quali si impossessarono di tutti gli averi e i denari dei Lamb con la scusa di «salvare le loro anime». In quella casa accadevano cose terribili. E io, vigliacco, me ne andai. Abbandonando quei poveri ragazzini al loro destino.

I sensi di colpa non mi hanno dato pace. Non sono mai riuscito a togliermeli dalla testa, soprattutto Henry. Henry era considerato la pecora nera della famiglia. Le femmine venivano trattate con maggior riguardo e Phin era il piccolo maschio alfa, figlio del maschio alfa. Henry invece era l'ultima ruota del carro, disperatamente bisognoso di affetto. Era un ragazzino in gamba, che imparava velocemente e aveva uno spiccato senso morale. Era quello che aveva i princìpi più saldi, in quella casa, e cercava di convincere gli adulti a comportarsi bene. Ma nessuno gli dava retta.

Nel 1994 un giorno andai a Londra. Avevo scritto molte volte a Henry senza avere risposta e volevo accertarmi che stesse bene. Suonai alla porta, ma nessuno mi aprì e così passai per il giardino della casa accanto e dalla finestra della cucina vidi Henry. Era magro, provato. David e Birdie ridevano. Henry mi vide, gli feci segno di raggiungermi in giardino e lì mi riferì cose tremende. Dissi che avrei chiamato la polizia, che li avrei liberati da quella galera, li avrei salvati. Mentre gli dicevo queste cose, Henry mi abbracciava in singhiozzi. A un certo punto Birdie uscì e ci sorprese. Scoppiò un litigio furioso, nel corso del quale purtroppo lei perse la vita.

Io e Henry nascondemmo il cadavere. Non avremmo dovuto, lo so. Me ne sono pentito. Avrei dovuto chiamare la polizia e confessare: i bambini sarebbero stati salvi e avrebbero avuto una vita migliore. Perciò, se è stato Henry a portare via i resti di Birdie dalla casa di Cheyne Walk, immagino che lo abbia fatto per me. Per proteggermi. Se lo trovate, per piacere ditegli che non ha fatto niente di male, che è un ragazzo d'oro e lo è sempre stato. Ditegli che mi dispiace di averlo abbandonato a sé stesso. Non me lo perdonerò mai. Spero che lui, però, possa perdonarmi.

In fede,

Justin L. Ugley

PS Per favore, avvertite mia madre a questo numero. È anziana e forse non si ricorda più di me, ma mi sembra giusto che sappia.

Rileggo gli ultimi due paragrafi per essere sicuro di aver capito bene. Non è vero niente. Io lo so, ma l'ispettore no, e non devo lasciarglielo scoprire. Bisogna che Owusu si convinca che la storia che Justin racconta sia vera e così lo guardo con gli occhi pieni di lacrime. Lacrime vere, peraltro. Justin era un brav'uomo e in quegli anni bui fu la mia unica fiammella di luce. Mi dispiace che si sia tolto la vita. Mi dispiace che desse così poco valore alla sua esistenza da sacrificarla per salvare me. «Non ci posso credere. Non posso credere che non ci sia più. Era il mio migliore amico. L'unico che avevo. Ha provato a salvarci. Ci ha provato in tutti i modi. Povero Justin».

L'idea che Justin abbia dato la vita per salvare me mi provoca uno strano senso di nausea. Justin è morto per me. Me, Henry Lamb. Uno sfigato. Un individuo patetico.

Evidentemente lui, però, pensava che ne valesse la pena. Il pensiero mi scatena un pianto sincero. Le mie sono lacrime di gratitudine, di stupore, ma anche di sollievo perché le cose che dice nella lettera non sono vere, ma potrebbero benissimo esserlo e così, come ho ricalibrato la mia narrazione personale omettendo l'*Atropa belladonna* che coltivai nel giardino di Cheyne Walk e che usai per avvelenare i miei genitori e David Thomsen fino quasi a persuadermi che si fossero davvero suicidati, posso autoconvincermi che in un mondo parallelo Justin effettivamente mi abbia scritto lettere che non mi arrivarono mai, sia venuto a Londra per portarci via da Cheyne Walk e che sia stato lui, e non io, a colpire Birdie alla testa con quella zanna di elefante, uccidendola. Perché no? Potrebbe benissimo essere andata così. Di colpo la storia si smonta e si rimonta in una configurazione diversa e nella mia mente ricalibro tutti gli elementi di quel cazzo di disastro. Non sono stato io a uccidere Birdie, ma sì, posso ammettere di aver spostato io i suoi resti. È un reato così grave, tenuto conto che l'ho fatto per proteggere il buon Justin?

«Corrisponde a quanto ricorda lei?»

Annuisco e mi passo il dorso della mano sotto il naso che mi cola.

«Sì» rispondo con un filo di voce. «Corrisponde».

L'ispettore Owusu sospira, si appoggia allo schienale e mi guarda. «Siamo andati a Cheyne Walk e abbiamo trovato il cancello nel muro dietro il giardino» dice. «È effettivamente coperto dal glicine. I rami sono intatti.

Da quel cancello non passa nessuno da anni. È impossibile accedere da lì al giardino del 16. Perciò glielo chiedo di nuovo, signor Lamb: è stato lei a portare via il cadavere?»

Annuisco mestamente. Alzo gli occhi per guardare l'ispettore e domando: «Mi arresterete? Per occultamento di cadavere?»

«Non lo so, signor Lamb. Lei pensa che dovremmo arrestarla?»

Scuoto la testa. «No».

L'ispettore Owusu mi guarda lungamente. Gli leggo negli occhi che ha capito tutto. Sa che Justin ha scritto un cumulo di falsità e che le mie lacrime sono fasulle. Sa che sono io l'assassino di Birdie. E sa anche che io so che lo sa. Stiamo zitti e immobili, cristallizzati in una lucida consapevolezza. Aspetto che mi lanci un altro amo, che faccia un ultimo tentativo di estorcermi la verità, ma l'ispettore Owusu sorride.

«Bene» dichiara, alzandosi in piedi. «Per ora abbiamo finito, credo. Vedremo. Ah, un'ultima cosa. Collegata solo tangenzialmente alla vicenda. Nel corso delle indagini è emerso che lei stava cercando di rintracciare Phineas Thomsen. Il vero Phineas Thomsen. Lo ha poi trovato?»

Mi sento travolgere da uno tsunami rovente che cerco di contenere prima che mi arrivi alle guance. «No» rispondo. «Purtroppo no. Credo non voglia farsi trovare mai più».

«È molto legato a Phineas Thomsen, signor Lamb?»

«Sì, moltissimo. È stato un modello per me: volevo essere come lui. Tant'è che usavo il suo nome. Ma Phin è anche il padre di Libby. Lo sapeva?»

«Sì» risponde Samuel Owusu. «Lo sapevo».

«Era per quello che lo cercavo. Volevo organizzare una riunione di famiglia. Mi sarebbe piaciuto che conoscesse la figlia che aveva lasciato bambina. Peccato. Peggio per lui. Forse non era portato per la paternità».

Sto parlando a ruota libera. Mi accorgo che Owusu è concentrato sul mio linguaggio non verbale e mi fermo.

Prendo fiato e aggiungo: «È un vero peccato che perda un'occasione così. Potrebbe instaurare con lei un bel rapporto, perché è una ragazza meravigliosa. Mi dispiace molto».

Owusu se ne va poco dopo. Appena chiudo la porta mi ci appoggio contro e mi lascio scivolare a terra. Rimango lì un momento, tremando come una foglia.

67.

Luglio 2019

Lucy osserva la strana costruzione che sembra un frigorifero sdraiato su un fianco. Si ferma davanti al portone e legge i numeri sul citofono cercando di ricordare quale le ha detto Rachel. Trentuno, le sembra. Schiaccia il pulsante.

«Ciao, sono Lucy» dice. «Posso salire?»

C'è un attimo di silenzio prima del *clic*, poi Lucy apre il portone ed entra nell'androne. Rachel la aspetta sulla porta, in pigiama e con i capelli raccolti sopra la testa. È un pigiama corto, che lascia scoperte le gambe lunghe e lisce, e lì per lì Lucy prova un senso di ammirazione per quella donna così perfetta e pensa che no, Michael non può averle fatto del male, nessuno farebbe mai del male a una donna come quella, perché è una dea. Si volta come per scappare, ma Rachel le sorride e dice: «Grazie. Grazie, di essere venuta. Vieni, accomodati».

Due giorni prima Rachel aveva infilato un biglietto sotto la porta di casa di Henry: «Lucy, ho novità importanti sulle indagini in Francia. Per favore, chiamami». Aveva letto sui giornali della violinista uccisa a Chelsea, aveva visto una foto di Lucy che usciva con il cane dal palazzo dove abitava con suo fratello ed era riuscita a localizzarlo.

Lucy entra in casa. È moderna, disordinata, con un bancone di teak sospeso in cucina e vista sul canale dalle finestre del soggiorno, che lasciano entrare un sacco di luce. Lucy pensa che, se fosse una single senza figli a carico, le piacerebbe abitare in una casa così.

«Sai» comincia Rachel riempiendo il bollitore. «In realtà ci siamo già incontrate».

«Davvero?» Lucy la squadra per cercare di farsi venire in mente dove. Ha un'illuminazione. «Ah, sì!» esclama. «A Nizza? Lo scorso anno?»

«Sì. Febbraio 2018. Hai suonato per me *Firework* di Katy Perry».

Lucy annuisce. «Sì, me lo ricordo» replica. «Adesso mi è venuto in mente. Sei stata molto gentile e generosa. Ma perché...?» Si interrompe. «Perché non mi hai detto niente?»

«Mah» risponde Rachel prendendo le bustine di tè. «Non lo so. Ero venuta per capire certe cose, grazie a te le ho capite e non mi sembrava il caso di insistere ulteriormente. Non volevo creare casini».

«Cos'è che hai capito grazie a me?»

Lucy si accorge che Rachel ha le lacrime agli occhi.

«Che Michael non aveva trattato in quel modo solo me, prima di tutto. Che non ero stata io a farlo diventare così: lo era già». Scoppia in una risatina nervosa e mette le bustine in due tazze gigantesche. Poi torna seria e sospira, chiudendo gli occhi. «Lucy» incomincia guardandola negli occhi. «Io quel giorno... quando è morto Michael... Ero lì. Ti ho visto».

Lucy scuote la testa facendo una risatina isterica. «Che cosa?»

«Ti ho visto. A casa di Michael. Mentre pulivi la cucina. Quando lo hai portato in cantina. Ho visto tutto e sin dal primo momento avrei voluto dirti che avrei fatto di tutto per proteggerti, per non farti passare dei guai. Ogni volta che parlo con la polizia, sottolineo che Michael era un criminale e non una vittima. È stato vittima solo di sé stesso. Sapevo che sospettavano anche di te, che continuavano a cercarti. Ma qualche settimana fa mi ha chiamato l'ispettrice francese che dirigeva le indagini per comunicarmi ufficialmente che il caso è stato chiuso. Regolamento di conti a opera della criminalità organizzata. Non sei più sotto inchiesta, Lucy. È finita».

Lucy sente montare un'euforia un po' isterica. Scuote la testa: «Sei sicura?»

«Sicurissima. Volevo dirti solo questo, Lucy. Volevo che lo sapessi. Alla fine, dopo tanto penare, è finita».

Lucy continua a scuotere la testa incredula. «Ma se... voglio dire... se venisse fuori il video di qualche telecamera, se a qualcuno tornasse in mente di avermi visto entrare nella villa...? Potrei ancora...»

Rachel la interrompe. «No, Lucy. Non succederà niente di tutto questo. Le indagini sono state lunghe e accurate, credimi. Hanno fatto le loro valutazioni e hanno deciso che è andata così. Il caso è chiuso: nessuno ti verrà più a cercare». Sorride a Lucy, che ricambia.

«Oh, Signore!» esclama. «Non riesco a crederci. Sono stata perennemente in ansia tutto questo tempo. La paura non mi ha lasciato un minuto. Ero sempre pronta a scappare, sai? Per andarmi a nascondere in capo al mondo. E adesso tu dici che...»

«Sì, Lucy. È finita». Rachel le fa un altro sorriso. «Però c'è una cosa che ti vorrei chiedere. Cos'è successo? Cosa ti ha fatto perché tu lo ammazzassi?»

Lucy abbassa gli occhi, poi guarda Rachel. Le viene da piangere. «Quella domenica ero andata da lui per farmi dare i passaporti. Sapevo che cosa mi avrebbe chiesto in cambio e avevo deciso che ne valeva la pena. Volevo tornare in Inghilterra per vedere mia figlia. Insomma, sono andata preparata, elegante, con la biancheria di pizzo. A Michael però non bastava fare sesso: mi ha preso con la violenza sul piano della cucina, sopra ai cocci di un bicchiere. Guarda». Si tira su la maglietta e le fa vedere la cicatrice che ha ancora dopo un anno. «Mi faceva malissimo, mi usciva il sangue, lui non la smetteva e così... Avevo affettato i pomodori, il coltello era ancora lì... Be', il resto lo sai».

Rachel le prende una mano. Anche lei è commossa. «Sì, lo so. Non c'è bisogno di dire altro. Lo so».

«Ma tu? Come mai eri là proprio quel giorno? Perché non mi hai denunciato?»

«Perché ero andata lì anch'io per fargli la pelle».

Lucy è senza fiato. «Ma come? Davvero?»

Rachel sorride. «No, scherzavo. Ma forse prima o poi l'avrei fatto».

«Ti maltrattava?»

«Sì, mi maltrattava. Ha stuprato anche me, sai? Mentre dormivo. Mi ha preso mentre dormivo, capisci?» Rachel si copre la bocca con le mani e scoppia in un singhiozzo. «E poi...» Fa un sorriso come per scusarsi, prende fiato e riprende: «Qualche mese dopo ho scoperto che ricattava mio padre minacciando di rendere pubblici foto e video di me nuda che mi aveva rubato dal telefono. Mio padre gli aveva dato tutti i soldi che aveva e io quel giorno ero andata da Michael per farmeli restituire. E per fare questo avevo deciso di prendere la sua pistola. Tu sapevi che Michael aveva una pistola? Volevo prendergliela, puntargliela contro e fargli scucire tutti i soldi che aveva estorto a mio padre».

«E se si fosse rifiutato?»

Rachel guarda Lucy negli occhi e, dopo un momento di silenzio, risponde: «Gli avrei sparato».

«Ma io sono arrivata prima».

«Esatto. Sei un mito per me, Lucy».

Rachel la abbraccia. «Grazie» le sussurra fra i capelli. «Grazie per quello che hai fatto».

«E i soldi di tuo padre?» chiede Lucy. «Sei riuscita ad averli indietro?»

Rachel annuisce e sorride. «La finanziaria presso cui erano stati versati non ha voluto grane e cattiva pubblicità e glieli ha restituiti. Insomma, tutto è bene quel che finisce bene». Sorride e si batte una mano sulla coscia nuda. «Dici che alle dieci e mezzo del mattino è troppo presto per bere champagne?»

Lucy sbatte le ciglia sorpresa, poi sorride. «Io dico di no».

Portano la bottiglia sul terrazzo e brindano alla loro

salute, alla loro tranquillità, alla brutta fine che fa la brutta gente e al lieto fine di chi è bravo e buono, poi Lucy racconta a Rachel della ex canonica di St Albans e Rachel dice che le piacerebbe un sacco visitarla e Lucy promette di invitarla appena sarà pronta. Rachel le racconta del suo lavoro e le mostra alcuni gioielli della sua collezione sul sito.

«Vorrei regalartene uno, Lucy» dice Rachel. «Scegli quello che vuoi». Lucy però scuote la testa e replica: «Ti ringrazio, ma non ho bisogno di niente».

«Per Libby, allora. Posso regalare una mia creazione a tua figlia?» A quel punto Lucy sorride e dice: «Oh, sì. Grazie!» Non parlano più di Michael, perché Michael è morto e loro sono vive e ormai possono vivere tranquille, il sole splende e sul canale passano le chiatte.

68.

Agosto 2019

Max Blackwood, l'agente immobiliare, è in piedi davanti alla canonica di St Albans e, siccome fa freschetto, indossa un maglioncino sopra camicia e cravatta. Accoglie Lucy con un gioioso: «Buongiorno! Buongiorno! Finalmente è il grande giorno!»

Lucy aspetta che Stella scenda dalla macchina e viene raggiunta da Henry e Marco. Tutti e quattro osservano la casa.

«Cazzo» sussurra Henry nell'orecchio di Marco. «Ora capisco che cosa intendevi».

«E avevo ragione, no?» replica Marco, che detesta quella casa. «Non so come farò ad abituarmi a questo cesso di posto».

Stella prende la mano della mamma e la stringe, eccitata. Non vedeva l'ora di arrivare perché, come ha avuto modo di ripetere un certo numero di volte durante il viaggio, vuole andare nella sua cameretta. Lucy ha portato lì i figli una volta soltanto, alla firma del compromesso. Oggi completeranno la transazione. Lucy va incontro a Blackwood e prende le chiavi che lui le porge.

«Grazie» gli dice. «Sono emozionatissima. Ho quarant'anni e questa è la mia prima casa. Ci crede?»

Blackwood le sorride raggiante e sentenzia: «Meglio tardi che mai. E valeva la pena di aspettare: è una casa stupenda».

Poco dopo se ne va e arrivano Libby e Miller. Libby ha in mano un grande mazzo di fiori e Miller una bottiglia di champagne. «Auguri per la casa nuova!» esclama Libby, correndo incontro a Lucy per abbracciarla.

Libby ha già visitato la casa, ma Miller no e, osservandola dal parcheggio, dice: «È bellissima, anche se avrai il tuo daffare a metterla a posto».

«Lo so, l'ho messo in conto. A progettare la cucina sarà la più brava designer dell'Hertfordshire. Mi ha già proposto una soluzione fantastica».

Sarà Dido a seguire i lavori di ristrutturazione. Ha già messo insieme una squadra di operai e un architetto. Lucy non vede l'ora di entrare. La sua prima vera casa, per sé e per i suoi figli. Finalmente! Apre la porta con un brivido di soddisfazione: fino a quel momento aveva sempre aperto l'agente immobiliare, aveva lui le chiavi, era lui che spingeva la porta. La casa è malconcia, maltenuta e va completamente ristrutturata. Ma le dà una gioia che non crede di aver mai provato in vita sua.

Fitz li supera scodinzolando e va a fiutare la porta sul retro, che ha già capito essere quella che dà sul giardino, che sarà tutto per lui. Stella sale le scale per andare nella sua cameretta con Libby. Lucy sente che le spiega dove andrà il suo letto, che per arrivarci ci vuole la scala e sotto si può prendere il tè con le amichette come Freya G. e Freya T., che verranno a trovarla spessissimo. Lucy accompagna Miller e Henry a fare il giro della casa e spiega dove intende intervenire Dido e come. Poi si volta e vede che Marco se ne sta in un angolo, zitto e immusonito, e prende a calci lo zoccolo con la punta della scarpa.

«È troppo tardi per cambiare idea?» le chiede.

«Sì» risponde Lucy. Sono due mesi che combatte con il figlio, che vorrebbe continuare a stare a Londra con lo zio, invece di andare con loro a vivere in campagna. Pochi minuti dopo, però, lo vede giocare in giardino con il cane. Ha trovato una pallina da tennis, che lancia lontano per vedere Fitz che corre a prenderla e gliela riporta. Lucy nota il colorito sulle guance del figlio e capisce che prima o poi si innamorerà anche lui di quella casa. Prima o poi.

Libby ordina pizze giganti e mangiano in giardino, bevendo champagne. Stella salta sul tappeto elastico con Fitz. Sono stati mesi difficili. La notizia del suicidio di Justin, della pop star assassinata e dei bambini tenuti prigionieri in una casa di Chelsea è diventata virale, come prevedibile. Per giorni i quotidiani non avevano parlato d'altro e naturalmente insieme ai resoconti della vicenda avevano pubblicato foto di Birdie, del 16 di Cheyne Walk, di Lucy che usciva dal palazzo di Henry con il cane, di Libby e Miller che uscivano da casa di lei a St Albans, di Martina e Henry Senior il giorno delle nozze, della culla con le roselline azzurre in cui era stata trovata Libby a pochi mesi, del camper in cui abitava Justin, del pub che frequentava.

Avevano pubblicato persino la foto di Jason Mott, il *mudlark* che aveva trovato le ossa di Birdie in riva al Tamigi. Era giovane, biondo, con un gilet color kaki pieno di tasche. Dichiarava: «Da quando vado in cerca di reperti storici sulle rive del Tamigi, nella sabbia e fra i sassi ho trovato di tutto un po': dentiere, palline da golf, monete di epoca romana e gioielli, ma non mi era mai capitato niente di più scioccante. Se avessi saputo che per colpa di quel sacco di ossa sarebbe morto un uomo, lo avrei ributtato nell'acqua. Tornassi indietro, è quello che farei».

Ma più passa il tempo, meno se ne parla: i giornali seguono altre vicende, l'opinione pubblica segue altre storie. Lucy ha finalmente una casa. Henry ha finalmente ripreso pieno possesso del suo appartamento. Hanno ricevuto i rispettivi certificati di nascita con il loro vero nome – l'atto di compravendita della casa è intestato a Lucy Amanda Lamb – e si sono spogliati delle ombre del loro passato. Non devono più nascondersi. Si sono liberati dall'incubo di Cheyne Walk. Hanno ripreso a vivere.

C'è solo un pezzo mancante e, mentre il giorno trascorre e il pomeriggio avanza, Lucy controlla il cellulare e sbircia fuori dalla finestra della cucina, sempre più distratta e meno partecipe alle conversazioni.

Finalmente, verso le cinque, si sente rumore di ruote sulla ghiaia. Poco dopo suona il campanello.

«Puoi andare tu, Libby?» chiede.

Dal fondo del corridoio guarda la figlia maggiore che apre la porta e si trova davanti un uomo alto, biondo, con la barba e un sorriso timido.

A Lucy si allarga il cuore. Muove qualche passo verso la porta senza farsi vedere. Henry la raggiunge e le si piazza alle spalle. Lucy gli fa segno di tacere e lui annuisce.

«Buonasera?» dice Libby, come se fosse una domanda.

«Ciao» risponde l'uomo. «Sei Libby?»

«Sì. E lei è...?»

«Io sono Phin».

«Oh». Libby prende fiato. «Wow».

Lucy e Henry si scambiano un'occhiata. Henry le posa una mano sulla spalla e lei gliela accarezza.

«Forse non ti hanno avvertito che...» comincia Phin.

«No, nessuno mi ha detto niente» dichiara Libby scuotendo la testa.

«Sei scioccata?»

«Un pochino». Libby ride. «Vuole... Vuoi entrare?»

«Grazie» risponde Phin. «Volentieri».

Lucy e Henry si fanno da parte quando Libby accompagna Phin in cucina. «Sono in ritardo» dice Phin. «Sarei dovuto arrivare due ore fa, ma c'era molto traffico. Ero in Cornovaglia a trovare mia madre e mia sorella. Spero di non aver rovinato niente».

«Ma figurati!» risponde Libby contenta. «Abbiamo passato una bellissima giornata, e adesso...»

Lucy trattiene il respiro.

«Questa è la ciliegina sulla torta». Breve silenzio. «Cosa ti offro? Vino? Birra? Avanzi di pizza?»

Lucy li sente ridere. La risata di sua figlia che si mescola a quella del padre un venerdì pomeriggio a casa sua.

Si volta verso Henry e sorride. Gli sussurra: *Grazie.*

Lo prende per mano e si dirige verso la cucina. La famiglia è finalmente al completo.

69.

Due mesi prima

Phin va ad aprire la porta. È tardi e non ha nessuna voglia di chiacchierare con questo Jeff. Peraltro, l'appartamento è in disordine e gli scoccia che il suo vicino lo veda in quello stato. Sospira e dice: «Un attimo».

Appena socchiude la porta, l'uomo sul pianerottolo la blocca con un piede. È alto, biondo tinto e con gli occhi chiari e spiritati. Ha l'alito pesante, puzza di vino. Spinge Phin nel corridoio. Sembra uno squilibrato.

«Ehi, tu» dice Phin. «Cosa cazzo fai?»

L'uomo si volta a chiudere la porta e Phin tenta di aggirarlo per riaprirla. «Sul serio. Vattene».

Ha il cuore in gola. Quando ha trovato il biglietto di «Jeff» sotto il batacchio, ha avuto uno strano presentimento. E l'ansia che sta provando da allora si sta dimostrando giustificata. Quell'uomo è lì per ucciderlo.

L'intruso spinge Phin fino in salotto e lo costringe a sedersi sul divano. Poi si scosta i capelli dagli occhi e gli alita in faccia: «Ciao, vecchio amico mio».

Phin guarda il suo potenziale assassino e dopo un po' lo riconosce.

«Henry» dice. «Cazzo. Cazzo».

«Sei completamente cambiato, Phin».

«Henry, tu sembri...»

«Sì, lo so. Sembro te. Assurdo, eh? Da non credere. Devi proprio essere sfigato per passare l'età adulta a cercare di assomigliare al tuo primo grande amore, eh? Pensa che mi faccio persino chiamare Phin, a volte. Sono patetico, eh?»

Phin annuisce, poi fa di no con la testa e dice: «Sì, è da squilibrati. Cosa ci fai qui? Cosa vuoi da me?»

«Bella domanda, Phin. Sul serio. Temo di non essere in grado di rispondere, sai? Sentivo di doverlo fare. Voglio dire... Tu a un certo punto sei scomparso. Mi hai abbandonato. E io da allora mi sento... solo».

«Solo?»

«Sì. Cercare di assomigliarti era un modo per sentirti vicino. Per sentirmi meno solo».

Smette finalmente di tenergli le mani sulle spalle e si lascia cadere sul divano a fianco a lui. Sospira, si volta e dice: «Scusa. Mi dispiace».

«Che cosa ti dispiace?»

«Tutto. Essere quello che sono».

«Perché? Sei scontento di come sei?»

«Non lo so. Mi dispiace averti reso la vita ancora più difficile di quanto già non fosse, in quella casa. Mi dispiace essere un peso. Una zavorra. Perché so di esserlo».

«Non ti vedo da più di vent'anni, Henry. Non posso definirti una zavorra».

«Mi offri qualcosa da bere, per favore? Ho bisogno di bere qualcosa».

«Non ho niente, mi spiace».

«Ah, già. Tu non hai mai avuto bisogno di stampelle, vero? Sei sempre bastato a te stesso».

«Questa è una stronzata colossale».

Henry lo guarda perplesso.

«Credi davvero che io sia così autonomo e indipendente?» chiede Phin.

«Non è che lo credo. Lo so».

«Ti sbagli. È tutta la vita che cerco di dare un senso alla mia esistenza e ancora non ho capito cosa cazzo ci sto a fare al mondo».

«Sì, certo...»

«Sì. È proprio così. Sai cosa vuol dire avere un padre

come il mio, Henry? Tu ci hai avuto a che fare solo qualche anno. Io per ben diciotto. Lottavo per la mia identità, e per la sopravvivenza, già prima di conoscere te».

«Mi facevi sentire tanto...»

«Tanto cosa, Henry? Come ti facevo sentire?»

«Inferiore».

«Stronzate. Non è vero. Eri tu quello con la casa grande, che andava alla scuola privata e aveva un sacco di cose belle. Io arrivai a mani vuote, se ben ricordi. Con una borsa piena di vestiti e basta. Tu eri una specie di piccolo Lord Fauntleroy: avevi tutto quello che un ragazzino potesse desiderare, ma proprio tutto. Come credi che mi sentissi?»

«Non lo so. Non ho idea di come ti sentissi».

«Sulle difensive, Henry. Mi chiusi in me stesso. Volevo perdermi nei miei libri, sognare e pensare ai mondi che esistevano al di là della mia tragica vita e tu invece... Chiedevi, chiedevi, non facevi altro che chiedere... Mi guardavi come se io avessi sempre la risposta. Ma io non avevo un cazzo, Henry. Come facevi a non rendertene conto? Non avevo un cazzo di niente. E più tu ti aspettavi da me delle cose, più io sentivo che non avevo niente da dare. Eri tu che comandavi, Henry. Tu. Sei stato tu a tirarci fuori, infatti».

«A momenti ti ammazzavo, Phin. Te lo ricordi? Ci sono arrivato vicino. Sono stato io a farti ammalare. Ti somministravo una pozione d'amore. Avrebbe dovuto farti innamorare di me, invece a momenti ci lasciavi la pelle».

«Non è stata la tua pozione a farmi ammalare, Henry. Ero denutrito e disidratato. Stavo male per colpa loro. Non per colpa tua». Phin sospira e si volta a guardare Henry negli occhi. «Va tutto bene, Henry. Hai capito? Non c'è nessun rancore fra di noi».

Dopo un momento di riflessione, Henry annuisce. Poi però si agita di nuovo. «Se fra noi va tutto bene, perché sei scappato dal Botswana appena hai saputo che stavo per venire a trovarti?»

Phin lo guarda stupito. «Non stavo mica scappando da

te, Henry!» risponde. «Cosa te lo ha fatto pensare? Erano gli altri che non avevo voglia di vedere. Lucy e... Lucy e sua figlia. Non ero...» Phil si interrompe. «Non ero pronto al ricongiungimento famigliare. Non ce l'ho fatta. Ho avuto paura di rivedere mia figlia. Sono scappato per vigliaccheria».

Si stringe nelle spalle. Henry sospira e dice: «Cazzo, Phin. Cazzo». Prende lo smartphone, apre la galleria e scorre le foto di una tavolata al ristorante e poi apre la foto di una bella ragazza bionda. «Guardala, Phin. Tua figlia. Libby».

Phin guarda la foto in silenzio. Libby ha un bel viso, sorride e ha una fossetta sulla guancia. Gli assomiglia. Gli assomiglia moltissimo.

«È una persona meravigliosa, Phin. E lo so che i bambini sono una scocciatura e non ti sono mai piaciuti. È vero, i bambini sono tremendi. Ma guardala, non è più una bambina. È una donna, con una casa, un lavoro e un compagno. Non ha bisogno di un padre. Non ha bisogno di te. Però, cazzo, Phin». Henry si interrompe, mette via il telefono e guarda Phin negli occhi. «Non ti è mai venuto in mente che forse sei tu ad avere bisogno di lei? Torna a casa, Phin. Vieni a conoscerla».

Phin chiude gli occhi. Dopo un po' li riapre, guarda Henry e sente montare dentro un senso di certezza, un afflato di amore. Stringe Henry in un lungo abbraccio.

Quando alla fine si staccano, Phin dice: «Okay, vengo. Te lo prometto. Entro fine anno. Magari in agosto. Tu però giurami che non dirai a nessuno che ci siamo visti».

Henry guarda Phin, sorride e risponde: «Te lo giuro sulla mia vita. Non lo dirò a nessuno».

Epilogo

Otto mesi dopo

«Buongiorno. Posso esserle utile?»

Henry si guarda velocemente nella vetrina dello showroom, si passa le dita fra i riccioli scuri e si accarezza la barbetta corta. Poi si volta verso il concessionario che incombe sollecito e gli sorride.

«Buongiorno» risponde. «Sì, grazie. Sto cercando una Gold Wing. Ho visto sul sito che ne avete, ma qui non ne vedo esposte».

«Che meraviglia!» Il concessionario si illumina e fa schioccare le dita. «Venga, mi segua».

Il giovane accompagna Henry dalla parte opposta dello showroom, dove c'è un'altra sala in cui sono allineate in diagonale quattro moto gigantesche su altrettanti piedistalli, sotto una serie di faretti alogeni. Henry è emozionato.

«Wow».

«Già» concorda il concessionario. «Wow. Aveva in mente un modello in particolare?»

«Sì. La GL1500».

Il ragazzo sorride e indica la moto rossa e nera.

È lei.

Identica precisa.

Henry ha il batticuore.

«È un modello del 1998, praticamente perfetta» spiega il concessionario. «Ha meno di duemilacinquecento chilometri. È stata quasi tutto il tempo ferma sotto un telone e adesso non vede l'ora di tornare in strada. Vuole provarla?»

Henry annuisce. «Sì, grazie».

Il ragazzo preme un bottone sulla parete e il piedistallo scende lentamente fino a terra.

Henry monta in sella e si sente di nuovo a Chicago. Accarezza i comandi e il manubrio.

«Bella, eh?» dice il concessionario.

Henry annuisce, ma non risponde. Dopo Chicago, dopo la rappacificazione con Phin e l'incontro di tutta la famiglia riunita nella nuova casa di Lucy, Henry è stato bene per un lungo periodo. Adesso però la pace interiore incomincia a presentare le prime crepe. Ha vissuto da Henry Lamb per mesi. Sapere che Justin si era sacrificato per l'Henry Lamb ragazzetto sfigato e non per la sua versione glamour, riveduta e corretta, lo aveva reso consapevole del proprio valore. Aveva pensato di poter essere semplicemente Henry Lamb, senza cercare di diventare come qualcun altro. Ultimamente, però, ha ricominciato a sentirsi solo nella casa vuota, e quindi solo al mondo, diverso, emarginato. Una volta smesso di tingersi i capelli e di ritoccarsi le labbra e le guance, una volta rivisto il vecchio Henry nello specchio, si era lasciato prendere dal panico. Non voleva più assomigliare a Phin, ma era altrettanto sicuro di non voler essere nemmeno il noioso zio Henry. E per settimane, per mesi, aveva pensato all'ultima volta che il torpore esistenziale era temporaneamente cessato, all'ultima volta che aveva provato qualcosa. All'ultimo essere umano degno di essere preso a modello che aveva incontrato.

«A proposito» dice il concessionario. «Io sono Theo».

«Piacere, Theo» risponde Henry stringendogli la mano. Si scosta i capelli scuri dagli occhi scuri e aggiunge: «Io sono Kris. Kris Doll».

«Piacere, Kris» replica Theo. «Vedo che in fatto di moto hai buon gusto».

Ringraziamenti

Desidero ringraziare prima di tutto i tanti lettori della *Famiglia del piano di sopra* che in questi quattro anni mi hanno contattato per pregarmi di scrivere il sequel, perché volevano sapere come andava avanti la storia. Non amo i sequel: l'unica volta che ne avevo scritto uno non mi ero per niente divertita, sicché per diverso tempo non presi nemmeno in considerazione di riprovarci. A un certo punto, però, mi resi conto che in realtà non vedevo l'ora di passare un altro anno nella testa di Henry Lamb. Un grazie dunque ai lettori che mi hanno spinto a fare una cosa che inconsciamente già desideravo fare!

Come sempre, ringrazio i miei editori nel Regno Unito e negli Usa e, in particolare, Selina Walker, Najma Finlay, Claire Bush, Sarah Ridley, Laura Richetti e Claire Simmonds di Cornerstone e Lindsay Sagnette, Ariele Fredman, Milena Brown, Jade Hui e Zoe Harris di Atria.

Grazie a tutta la mia squadra alla Curtis Brown, la mia agenzia londinese. Un ringraziamento speciale a Jonny Geller, Viola Hayden e Ciara Finan, e a Kate, Nadia e Sophia dell'Ufficio diritti esteri. Grazie alla mia incredibile agente negli Usa, Deborah Schneider della Gelfman Schneider, e a Luke Speed e Josie Freedman che si occupano di diritti cinema e tv nel Regno Unito e negli Stati Uniti.

Ringrazio tutti i miei editori stranieri. È stato un grande anno per le traduzioni dei miei romanzi e vi sono grata per tutto ciò che fate per offrire ai vostri straordinari lettori la possibilità di conoscere anche le mie opere.

Ringrazio i librai, i bibliotecari e tutte le persone che hanno preso parte dal vivo e da remoto agli eventi organizzati per promuovere i miei romanzi.

Come sempre, ringrazio Richenda Todd, la redattrice più brava del mondo. Grazie per l'attenzione e la cura che dedichi ai miei lavori.

Grazie a Will Brooker, che è stato la mia ombra mentre scrivevo questo romanzo e intanto ha scritto lui stesso un libro: *The Truth About Lisa Jewell: A Year in the Life of a Bestselling Novelist.* Non sei stato solo «un'ombra»: mi hai anche incoraggiato e rassicurato ogni volta che ti facevo leggere il manoscritto e hai reso questa esperienza piacevolmente memorabile. Grazie anche di avermi suggerito una soluzione geniale per il gigantesco groviglio in cui mi ero andata a cacciare a dicembre.

E per finire voglio ringraziare i miei amici, la mia famiglia, i miei colleghi scrittori e il mio cane per essere i migliori amici, la migliore famiglia, i migliori amici scrittori e il miglior cane del mondo.

Nota sul nome del personaggio Oliver Wolfensberger

L'anno scorso Spear Camden organizzò un'asta a scopo benefico, in cui uno degli «oggetti» messi all'asta era il nome di un personaggio in un mio romanzo. Ad aggiudicarselo fu Oliver Wolfensberger, che dà infatti il nome al nuovo proprietario della casa al 16 di Cheyne Walk.

Spear Camden è una delle associazioni a scopo benefico sostenute dalla Lighthouse London Community Trust e offre corsi di formazione per giovani vulnerabili dai sedici ai ventiquattro anni che non riescono a entrare nel mondo del lavoro e, dopo le sei settimane di programma intensivo, li segue per un anno nel loro percorso. Nonostante abbiano alle spalle storie di abbandono, carcere, appartenenza a gang violente, problemi psichici e pochissima esperienza lavorativa, più del settantacinque per cento di coloro che completano il programma nell'arco di un anno trovano un lavoro, un impiego o seguono un corso di specializzazione.

Ecco il messaggio che ho ricevuto da Spear Camden:

> La somma ricavata mettendo all'asta il suo premio è servita a trasformare completamente la vita a un giovane e mezzo. Ringraziamo pertanto sia lei che il signor Wolfensberger!

Questo libro è stampato col sole

Fabbricato da Grafica Veneta S.p.A. con un processo di stampa e rilegatura certificato 100% carbon neutral in accordo con PAS 2060 BSI

Stampato per conto di
Neri Pozza Editore, Vicenza
da Grafica Veneta S.p.A., Trebaseleghe (PD)
nel mese di aprile 2024
Printed in Italy